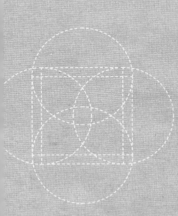

橋 20 冬 / QIAO
15 winter

第 3 期

編輯札記

　　在這一期的《橋》中，首先推出大陸新銳作家「光明中尋找黑暗——哲貴」專題。哲貴原名黃哲貴，1973年出生於浙江溫州。哲貴最為大陸文壇所注目的作品是「信河街」系列小說，這類作品摹寫中國大陸改革開放三十多年以來，經濟高速發展的溫州的人物情態，特別著力描寫溫州的成功人士、有錢人，市場經濟競逐中的「當代英雄」。本專題透過作家的文學自述、作品轉載，以及兩岸評論者對哲貴作品的分析、評論與訪談，來呈現作家獨特的創作視角與文學風貌。

　　接著，本期繼續推出「對話空間：我們一起讀書！」特輯，邀請讀者持續關注兩岸近幾年頗受矚目的作家及文學作品。本期討論的作家有大陸的弋舟、李師江和孫頻，以及台灣的何致和、張經宏、張耀仁和吳億偉。本期仍採兩位評論家共同閱讀、評論一部作品的方式，試圖從不同視角挖掘作品豐富的內涵，提供更多閱讀和解釋作品的可能性。

　　同時，本期新推出「歷史與現實：兩岸文學現象觀察報告」特輯，試圖在個別作品的評論之外，進行宏觀的文學現象觀察。藍建春的文章精準簡要地勾勒四百年來台灣文學發展的歷史脈絡與關懷議題；饒翔與徐剛的文章則關注大陸當前的文壇現象，分別從幾部引起迴響的中、長篇小說與2015年「第九屆茅盾文學獎」的得獎作品，凸顯現實與虛構之間的複雜關係，以及文學獎評選機制內、外權力的競逐與抗衡。三篇文章鮮明地呈現文學與現實、歷史血肉相連的緊密關係。

　　閱讀，讓冬夜更有智性，更加豐盈。

橋 20 15 冬/winter QIAO

第 3 期

目次

光明中尋找
黑暗——

哲貴

小説哲貴

蘇敏逸

哲貴原名黃哲貴，1973年出生於浙江溫州。開始發表文學作品之後，他以名行世，不過他對自己的筆名並不滿意，說這名字聽起來像個中老年作家。喜歡長跑和喝酒的哲貴肯定不老，從他的作品、訪談中可以看到他單純、善良、溫暖、謙和的秉性以及坦率熱情的赤子之心。

哲貴在溫州農業學校時讀的是園藝，但骨子裡是個文青，參加學校的文學社而認識了啟蒙老師程紹國，又因程紹國是名作家林斤瀾的學生，而在往後得以親炙師公，受到林斤瀾創作上的指導。哲貴從農業學校畢業

後，進入報社工作，由於工作認真負責，幾年之間便升任《溫州商報》的編委。

在忙碌緊張的報社工作中，哲貴仍不忘情於文學。哲貴被文壇所注目，是他在2005年之後開啟的「信河街」系列作品，但在此之前，他已經歷長達十年的筆耕生涯。他自1994年開始發表小說，早期的作品以童年經驗為題材，將記憶中的童年往事及人物故事串寫成小說。2001年後，由於報社工作而與城市民工有較為深入的接觸，開始書寫民工題材的小說，這個時期的作品可以看做是報社工作的延伸。

2005年是哲貴小說創作的轉捩點，他將目光投注在自己出生、成長、工作和生活的溫州，摹寫中國大陸改革開放三十多年以來，經濟高速發展的溫州的人物情態，由此發展出獨特的「信河街」系列小說。其中一本小說集《信河街傳奇》以具有豐富的文學史意涵的「傳奇」為書名，讓人聯想到中國古典文學中的「唐傳奇」，以及張愛玲在抗戰時期轟動上海文壇的小說集《傳奇》。但是不同於唐傳奇中的才子佳人與奇事異人，也不同於張愛玲筆下的亂世男女，哲貴著力描寫的是溫州商人、成功人士、有錢人，市場經濟競逐中的「當代英雄」。這一別出心裁的描寫對象讓人耳目一新，它不僅扣合溫州的城市特質：「溫州是中國民營經濟的發源地」，扣合「經濟發展」此一讓中國這三十多年來發生天翻地覆的巨變的主因，它又不同於近年來大陸文壇頗為關注的「城／鄉差異」、「底層書寫」等熱門議題。而事實上，普通讀者與老百姓對於所謂「有錢人」的生活方式與心理狀態也並不熟悉，哲貴的「信河街」系列作品便為我們開啟了新的文學視界。

哲貴作品的獨特之處還在於，他並不如一般人所設想的，描寫這些大老闆或有錢人在爭奪利益時，「商場如戰場」的勾心鬥角、猜疑算計、爾

虞我詐或心狠手辣，作品中也難見兩強相爭、劍拔弩張的「頂尖對決」。他滿懷同情地書寫這些「當代英雄」在巨大的經濟運作機制宰制下的身不由己和命運難測，也頗能體貼地理解他們在聲色犬馬物欲充斥的生活中，情感淡漠、精神荒蕪，生命無所歸依的荒涼悲哀。

　　而我以為，直接以系列名稱「信河街」為題的作品〈信河街〉，較為完整地寄託哲貴對於經濟爆炸時代的美好理想，也無意中流露出哲貴的古典心靈。這篇小說的主軸以黃中梁家族的眼鏡廠為核心，鋪展2007年至2008年美國次貸危機對信河街製造業產生的衝擊，但作品中更為完整地展現父子、兄弟、夫妻、朋友之間深厚的情感和道義，這是中國傳統「五倫」美德的現代式演繹。而王文龍對合作夥伴的責任、信義和情義，以及他面對事業舉重若輕，指揮若定，看待得失富貴如浮雲的瀟灑態度，也可以說是傳統儒、道思想與現代商業行為的奇特結合。在此「典範」的影響之下，第二代的黃中梁、黃一別也積極認真地投入自創品牌、開創國際市場的眼鏡事業。在經濟發展的同時保有傳統中國的人情、倫理、道義與美德，也許是哲貴對於當下中國社會的美麗想望。

　　這美麗的想望會不會是過於單純的奢望，我不知道。哲貴在十多年前已皈依佛門，他總是說人生最大的願望就是在六十歲之後出家當和尚。初次知道哲貴的出家願望時，我感到非常訝異，畢竟佛門的清淨與商業場中的征戰殺伐是世界的兩極。我也隨即想到，出家當和尚的哲貴也許仍喝酒。不過，也許正是佛門的思想與修行，讓他對筆下的「當代英雄」充滿慈悲心，也讓他對社會現實的認識與描述少了煙硝味，多了平和之氣。

【蘇敏逸，成功大學中文系副教授】

在光明中尋找黑暗
我的小說之路

哲貴

一

　　首先說說我為什麼要寫小說的問題。

　　我第一篇公開發表的小說，應該是1994年。發在安徽一個叫《作家天地》的刊物上。當時是奔著刊物名字去的，文章一旦發表，就「作家」了。多牛。文章寄給刊物後，中間沒有通知我，就發了。當時很受鼓舞。為了寫這篇「自述」，我特意翻了書架，沒有找到這本雜誌。我估計，這個刊物不一定健在了——從那時開始，文學已走下坡路。也就是說，我這個作家夢做得很不是時候。

　　坦率地說，我寫小說的動機不純。出名當然是一個很大的誘惑。但我最大的動力還不在這裡。說出來叫人笑話，我從小貪生怕死：一是擔心死的過程會很難受。每個人斷氣之前的樣子都很痛苦，只有出的氣，沒有進

的氣,眼淚一顆又一顆地流,做著垂死掙扎,想起那個樣子我就害怕得睡不著覺。睡不著覺怎麼辦?我就躺在床上做運動:只出氣,不進氣。很快覺得整個人要爆炸了。是不是人要死的時候都是這個樣子的?我覺得是;另一個是死後什麼也沒了,這個世界跟你再沒有任何關係,好吃的、好玩的東西再也沒有你的份了。一想到這一點我特別絕望,覺得人生沒有盼頭。所以,受家庭氛圍的影響,我希望有朝一日能夠出家當和尚。因為佛能許我一個不生不滅的未來,那是一個沒有憂愁和煩惱的世界啊!但是,問題是我不想那麼早去當和尚,我對現實社會充滿好奇,對世俗生活躍躍欲試。我的理想是六十歲以後當和尚。我選擇了寫小說。

我當時並不知道,選擇寫作的道路,其實是另一條絕望之路。

二

我寫作的第一個訓練期應該是1994年到1999年。這一階段的訓練,是感性寫作,也是完全自我的寫作。在這段時間裡,只知道想寫東西。至於寫什麼?怎麼寫?是很少思考的,寫的題材,都是童年往事,人物也是童年裡的人物,然後把回憶裡有意思的細節串起來,就是一篇小說了。也就是說,我是在「寫故事」,而不是在「編故事」。

1998年對於我來說是個重要年份。我碰到了前輩作家林斤瀾。他是我啟蒙老師程紹國的老師。是我師公。紹國說,他看過我幾篇小文章,多次提起我,問我是何許人也?但他在北京,我在溫州,只能「何許」。1998年下半年,我去北京魯迅文學院進修,他把電話打到學校,叫我去他西便門的家。我記得那天是十月十一日,星期日,我上午九點一刻到

他家，他說我「一表人才」，「表」過之後，跟我談藝術，談我的小說，大意是藝術有兩類：一是語言藝術；一是形象藝術。他說我語言平平，形象好。這話讓我震動。我一直以為自己語言好呢！但回頭想想，他說的有道理。在北京的半年裡，我經常去他家，都是上午去，他給我「上課」，中午就在家裡吃。所謂的吃，就是喝酒，他收集酒瓶，家裡有各種各樣的酒。我們只喝白酒，每次從壁櫥裡抓四樣，從中午，一直喝到晚上六點多。在北京的時候，我都叫他先生，一直到1999年他回溫州，我才改口叫他爺爺。在溫州，他跟我說，「你走的是筆記體小說的路子」。到了這時，我才知道自己的寫作是有來源的，是有根基的，是有文脈的。文脈就在唐宋傳奇那裡。就在明清筆記小說那裡。就在陶淵明那裡。就在庾信那裡。就在龔自珍那裡。這就讓我思考了：這樣一種文體，這樣一種敘述方式到底是不是最適合我呢？是不是能夠把我的生命體驗最充分地表達出來呢？最主要的是，我要對筆記體小說做一番考察和梳理，要了解這種文體的優點和劣勢，前人都做出了什麼成果和嘗試？我如何把這種文體和當代的寫作結合起來？如何把這種問題和個人的性格融合在一起，發揮出獨特而新鮮的魅力。

在這種情況下，我對自己的小說產生了不滿。對「寫什麼」和「怎麼寫」產生了很大的疑問。覺得總寫童年很值得懷疑，童年的小說寫幾篇沒有關係，寫了幾十篇後，就侷限了。再說了，一個寫作者，總不能一輩子都寫他的童年吧？（其實，一輩子都寫童年，而且把童年寫出新意來的人還是有的，譬如廢名，他的童年小說《橋》，包括《莫須有先生坐飛機》和《莫須有先生坐飛機以後》，我覺得他都是在寫童年，至少也是以童

年的視角來寫的。又譬如
日本作家文泉子的《如夢
記》，也是寫童年的。）
我這時下決心要變了，怎
麼變呢？我想不外乎是從
「怎麼寫」和「寫什麼」
兩個問題下功夫。這也是
寫作者永遠的命題。至於
「怎麼寫」，我已經明白大致方向了，我能夠在無意中走上「筆記小說」
的路子，一個方面是我的性格使然，另一方面，可能跟我平時接觸的文藝
作品有關，我從小學三年級開始看《唐宋傳奇》，看《水滸傳》，看《聊
齋》，喜歡聽戲，對浙南民間的蓬鼓、布袋戲和木偶戲尤為著迷，這些都
是傳奇戲。而中國真正「有意為小說」（語出魯迅先生的《中國小說史
略》）的小說，就是從唐代的《傳奇》開始。這些閱讀和觀看，已經有意
無意地影響著我，所以，當我拿起筆寫小說時，不知不覺地走到這條路子
上來了。這個時候，我更在乎的是「寫什麼」的問題。我的想法是：每個
時代必然有每個時代的文學，用文學發出那個時代的聲音，用文學探索和
挖掘那個時代人的精神空間，同時發出自己的聲音。基於這個想法，我覺
得我寫的童年故事，不能反映這個時代的聲音和精神了，至少不能表達我
想要表達的思想。我必須尋找新的寫作題材。

　　也就是說，到了這個時候，我才意識到，小說要「有意為之」。

三

從2001年開始,我「有意為之」地寫「民工」題材的小說。

我選擇「民工」題材,是這麼想的:一是我當時正在報社熱線部當小頭目。共三年。每一天都接到上百個民工投訴電話。我每個年底都組織一個名為「別讓打工者哭著回家」的討薪行動,每年為民工討回幾百萬工資。在社會上造成很大反響。通過這三年的接觸,我自認對民工的了解是比較深入的。二是我覺得「民工」進城是中國社會發展中遇到的巨大的問題。有人說,縱觀中國歷史,是鄉村向城市轉變的歷史。很對。但是,我認為,沒有哪個朝代,「城與鄉」的轉變「幅度」有這麼大,人數如此之眾。我覺得,如果在「民工」問題上發出自己的聲音,應該是一個時代的聲音,如果挖掘出「民工」在這個「進化」過程中的精神蛻變,在某種程度上能夠反映這個時代的某種精神。

在寫作手法上,我借鑑了筆記小說裡的一些古老手法。我發現,其實拉丁美洲的魔幻現實主義和西方的後現代,有些手法在筆記小說裡找得到,譬如阿斯圖里亞斯的《玉米人》和施耐庵的《水滸傳》,他們都現實,也都神話;再譬如卡夫卡的《變形記》跟蒲松齡的《織促》,前者把人變成甲殼蟲,後者把人變成蟋蟀,都是經典名篇。

我很慶幸有這段時間的練習。我知道那些作品存在很多毛病,從寫作手法上來說是個退步,我放棄了原先「細緻、溫和、抒情、通俗、幽默」(林斤瀾語)的寫法,走向了傳奇和玄幻、粗礪和崎嶇、從表象走向了內心。我認為,正是這種退步,讓我認識了自己,讓我跳出原先的寫作窠

臼，有了再進步的可能。

其實，我很快發現這個階段的寫作問題了。

第一是我發現寫不出「民工」真正的聲音。充其量，我只是一個傳聲筒，對「民工」的了解是通過採訪獲得的，一個旁觀者發出來的「假聲」，沒有生命力；第二是我發現在「怎麼寫」上也有問題。這一步跨得太大了。從原來的「完全寫實」跳到了「完全寫虛」。寫出來的東西，氣勢有了，力度有了，但細膩的東西卻少了，感動人的細節也少了。這種狀態必須往回拉一拉。然而，我不想很快拉回來，我想讓這種狀態走得更遠一些，陷得更深一些，到了一個臨界點，再拉回來，對於一個寫作者，將是非常有益的。而且，我還在考慮：「民工」的題材是不能再寫了，我必須尋找跟生命有關的寫作土壤，只有在這樣的土壤裡，我的寫作才能夠開出壯麗的鮮花。

四

我更願意承認真正的寫作是從2005年下半年開始。

我發現寫作土壤就在腳下。我生在溫州，長在溫州，親眼看著二十多年來溫州的飛速發展，親眼看著身邊的朋友成為百萬、千萬甚至億萬富翁。我知道他們是怎麼富起來的，在很多時候，我也參與其中。我知道他們的快樂，他們的快樂在很多時候也是我的快樂。我們沒有隔閡。但是，這些都是表面現象，普天下的人都知道溫州人有錢，知道溫州富翁多，溫州別墅多，而且

文匯出版社

貴，可是，誰看見溫州富翁的哭泣？沒有。誰知道溫州富翁為什麼哭泣？不知道。誰知道他們的精神世界裝著什麼？也不知道。但是，我知道他們的人生出了問題，他們的精神世界也出了問題。這個問題是他們的，也是中國的，可能也是人類的。誰都知道，這幾十年來，中國發生了什麼，改變了什麼。這些改變，首先體現在溫州這些富人身上。我想，作為一個土生土長的溫州人，一個寫作者，我有責任把視角伸進他們的精神世界，把我的發現告訴世人。在這個時代，商人被稱為「英雄」，是創造時代的人。正因為這樣，他們身上的疼痛，或許正是社會的疼痛，他們身上的悲哀，或許正是歷史的悲哀。

這四年的實踐，我在摸索一條虛實相間的寫作路子。其實這條路子關係到小說源起，那就是「傳奇」。我想，我的本性，只能走筆記小說的路子。我現在要解決的問題是，能不能在這個文體裡，寫出屬於自己的東西。我嘗試著，能不能在筆記小說裡注入更多理性的思維，能不能在現實土壤裡長出飛翔的翅膀。能不能把筆記小說寫得溫和平實，卻又冷峻崎嶇。另外，我想，在這個什麼事情都可能發生的時代，特別是在溫州這片盛產奇蹟的土壤裡，每一個人物，都是一部「傳奇」啊。我當然也寫他們的生活，我更要探討的是：這些先富起來的人，這些被稱為時代英雄的人，他們是不是一個大寫的「人」？他們的精神世界到底發生了什麼樣的變化？他們的精神世界有多深？他們為什麼會發生這些變化？他們來自哪裡？又將去何方？我希望能夠寫出他們的「列傳」來。

禪宗有一句話叫「龍含海珠，游魚不顧」。

這句話對我影響很大。也深深折磨著我。

我沒有放棄做和尚的夢想。那是我這一生最大的夢想。但是，我又深深迷戀著塵世生活，更迷戀小說寫作，不能自拔。我常常想，如果沒有寫小說，現在會是什麼樣的生活呢？我覺得最大可能是出家當和尚了。

　　另外一個意思是，我現在所寫的「列傳」，就是我要的「海珠」。但內心，我又時不時地「細緻、溫和、抒情、通俗、幽默」一下。人的一生，大多時候在這種彷徨和抉擇中度過。

五

　　從2005年到現在，我一直經營著「信河街系列」，一直延續著「列傳」，作品得到一定程度的認可。可是，從2012年開始，我對寫作產生了很大懷疑和不滿足，我突然意識到，我試圖樹立的寫作標識度，從某種角度來說是沒有意義的。如果放在更大範圍來看，譬如國家，譬如政治，譬如歷史，譬如戰爭，個人寫作的標識度顯得那麼微不足道。我知道，一個真正的寫作者，註定一生要與寫作問題作鬥爭，解決完一個問題，更大的問題立即撲面而來。我現在碰到的一個問題是，你將做一個什麼樣的作家？這是一個簡單的問題，但在某種時候卻是一個巨大而複雜的問題。於我而言，眼前有兩條路，一條名叫一意孤行，一條名叫海納百川。我知道我做不了海納百川，我心嚮往之，卻不能至。這是命。那麼，我只能宿命地把眼光縮回到正在生活和即將埋葬我的彈丸之地，把目光對準我的前世今生、以及未來的可能性。只能用我的眼睛寫下我看到的世界和人物性格，或者，用我的鼻子寫出我聞到的世界和人物氣息，又或者，用思考虛構出我想像的世界和人物圖像。我在接受寬闊世界的同時，更要清晰地

知道，哪些是自己要的，哪些不是自己命中的東西。這是一條枯寂苦絕的路，我不甘願，可別無選擇。另一個懷疑來自我創造的筆下人物，我原來很滿意有一塊有別於他人的寫作土壤，更自喜找到了一個稀缺的敘事方位，能夠不帶偏見地打量和塑造我生活和作品中的商人群體。可是，當我寫了三十來篇信河街「列傳」後，突然對我的觀察產生了深深疑問，也動搖了對我塑造出來人物的信任。世界如此龐大，中國如此複雜，我對這個世界了解多少？對中國的現在和過去又有多少認識？對生活在這個時代人的精神世界進行了哪些有效的觀察和研究？作為一個寫作者，我真正走進我所觀察和塑造人物的內心世界了嗎？如果我沒有走進他們的精神世界，如何塑造出真實而又立體的他們呢？

李敬澤先生在給我一封回信中說：對複雜性的體察，是你尤其應該花心思的——鑑於你在本質上是個單純的人。他說得對，我在生活中是個相對簡單的人，我不能在與複雜事物的斡旋中找到樂趣，只能敬而遠之。如果當初不選擇寫作，我肯定是個更加快樂的人，每天喝酒吃肉，與世無爭，或者乾脆剃髮做個化外之人，尋找人生另一種真諦。可是，我無師自通地選擇了寫作，無可救藥地迷戀作家這個行業，有人說這是飛蛾撲火。我覺得不是。在我心中，寫作的光環一如佛祖頭頂的光暈，妖嬈而聖潔。我一直認為，寫作是一個體面的行當，作家是一個體面的職業，我只不過是提著燈籠，在光明中尋找黑暗而已。

阿彌陀佛！

2015年09月30日　改於溫州

短篇小說

施耐德的
一日三餐

哲貴

山東文藝出版社

早

　　發生了昨晚的事，謝麗爾幾乎一夜沒睡。施耐德卻像什麼事也沒發
生，熱烈地打了一夜呼嚕。謝麗爾不停地翻身，動作幅度一次比一次大。
希望弄醒他。她想質問他為什麼對她女兒做出那種事。他侮辱了她的女
兒，也侮辱了她。女兒當場就哭著跑了。謝麗爾沒想到施耐德會有這種舉
動，瞪了他一眼，出門去追女兒。她打女兒的電話，女兒接了，已坐在回
家的計程車上：

　　「真丟人啊！」女兒說。

　　「沒事的，過去了。」

　　「真是太丟人了，媽媽。」

　　她不知道說什麼好。還是不放心。去了一趟女兒的家。還好，女兒已
到家，一看見她，撲在她懷裡說：

　　「早知這樣，真應該聽媽媽的話，不應該去。」

　　「沒事了，沒事了。」

「以後讓我怎麼面對他呢？」

「他做得不對，我讓他向你道歉。」

「這哪裡是道歉的問題，太丟人了。」

「他必須給咱們一個說法。」

「要說法做什麼呢？我再也不想見到他了。」

安頓好女兒，謝麗爾才回去。女兒說這事就算過去了，她不知道女兒說的是真是假，至少她心裡「過不去」，她必須找施耐德說個明白，他對自己的行為要有一個交代，要給她一個理由。

到家後，施耐德已經睡下。推了推他，他轉了個身，繼續睡。她心裡有東西堵住，很吃力地喘氣。拿刀剁他的心都有了。

他的睡眠習慣蠻好，不管遲睡早睡，中間都不會醒來。

凌晨四點四十五分，他準時醒來。起床。上衛生間。喝水。泡牛奶喝。謝麗爾閉著眼睛，她想開口，卻又覺得不是時候。還有，這事應該施耐德主動向她解釋，而不是她先開這個口。她在等待。一邊聽著施耐德的聲音。五點正，他像往常一樣，出門了。

謝麗爾聽見樓下的關門聲，接著是車庫裡汽車發動的聲音。聲音漸漸遠去。

施耐德的一天拉開帷幕了。

他先是開車到體育場跑二十圈，八千米，約一個鐘頭。還沒跑完，已在心裡盤算去哪裡吃早餐。他喜歡吃的有魚丸麵、排骨麵、牛腩麵、牛肉拉麵、炸醬麵。這些麵分布在不同麵館，他想吃哪家就吃哪家。老闆都是老熟人，知道他的喜好，見他進來，對廚房裡大喊一聲：來一碗大份的魚丸麵，麵要煮硬一點。不久，一碗熱氣騰騰的麵端到他面前，他用因等待和嚮往而微顫的手，往麵裡加了胡椒粉，再加醋，再加香菜，只用了五分鐘，碗就空了。連湯也喝光。他長長地舒了一口氣。

從麵館出來，他先去菜場，海鮮類買了：子梅魚、三文魚、花蛤。肉

類有：排骨和牛肉。蔬菜豆製品類最多：蠶豆、白蘿蔔、海帶、油冬菜、豆腐和芹菜。

菜場出來，他又到對面的早餐點買肉餡的饅頭和豆奶。

回到家是七點三十分。謝麗爾已起床。施耐德的媽媽溫曼蘭也已起床，坐在一樓客廳的靠椅裡。施耐德一進門，媽媽就說：

「正邁你回來了！」

「媽媽，我是耐德，您的兒子。」

「正邁你越來越幽默了，居然假冒兒子跟我開玩笑。」

「媽媽，我真的是耐德。是您的兒子，小名叫長壽。」

「你真的是長壽？」媽媽用眼睛仔細打量他。

「我是長壽，不信您摸摸我的臉，下巴是不是有一顆胎痣？」施耐德把菜和早餐放在餐桌上，蹲下來，拉過她的手，放在自己下巴。媽媽摸了一會，說：

「是有一顆胎痣。」

停了一下，又問：

「長壽是誰？」

「您的兒子啊！」

「你真是我的兒子？」

「是啊，我叫長壽，您的兒子。」

「長壽，你爸爸去哪裡了？」

「我爸爸剛出門去金店了，今天有很多客戶要來取金戒指和金項鍊。」

「哦，那你也早點去幫忙。」

「好的，我一會兒就去。您先吃早餐，我買來您最喜歡吃的肉包和豆奶了。」

施耐德把媽媽從靠椅裡扶起來，從袋子裡拿出肉包和豆奶給她吃。他知道謝麗爾喜歡吃實心的包子，也給她買了一份，「麗爾，你也來跟媽媽

一起吃吧！」

　　謝麗爾本不打算理會他，但見這種情況，只好坐下來吃他買的早餐。

　　「長壽，你也坐下來一起吃。」媽媽說。

　　「我在外頭吃過了。」

　　「你沒騙我吧？」

　　「我真的吃過了，吃的是魚丸麵。」

　　「你以後要多吃肉包，不要吃魚丸麵，你看你都瘦成什麼樣了。」

　　施耐德微胖，有個不大不小啤酒肚，堅持跑步十幾年，因為好吃，沒瘦下來。

　　施耐德的爸爸四十多年前就死了。他原來是信河街最有名的打金老司（「老司」是信河街人對手藝人的尊稱）。據說，當年信河街的年輕人結婚，都要到爸爸的金店來打一對金戒指做信物。後來，爸爸被打成投機倒把，發配青海改造，次年死在那裡。那年，施耐德十六歲，他從小跟爸爸學打金，學了一身本領。爸爸被打成投機倒把後，他看見打金店就躲著走。

　　施耐德的媽媽七十歲得老年癡呆症。開始還認得施耐德，八十歲以後，每一次都把他認做施正邁，施耐德只好騙她，爸爸去金店上班了。她倒也不追究到底，說過就忘。

　　謝麗爾和媽媽在一樓餐廳吃早餐，施耐德去二樓洗澡。洗完澡後，他每天上午還要去他的機械廠上半天班。他以前全天都在機械廠，有時為了趕訂單，晚上也在廠裡加班。媽媽得了老年癡呆症後，他聘請了職業經理人，把工廠的日常管理和銷售分給兩個職業經理人。他只負責產品開發，改成只上半天班，抽出時間在家裡陪媽媽。他的機械廠是在改革開放後辦起來的，產品在不斷變化，以前主要是：拋光打磨機、焊槍、清洗機、不銹鋼錘和錘墊等。現在技術進步了，主要是：納米噴鍍機、納米噴鍍噴槍等。

施耐德在機械方面有特殊才能。他每年到國外走兩趟，一方面是旅遊，旅遊是他人生的一個愛好，已走了六十來個國家，理想是走遍全球所有國家；另一方面是去購買最先進的產品，買回來後，把機器拆開，把每個零件研究透，用不了多久，就能生產出一模一樣的產品，而價格不到外國的三分之一。

施耐德洗完澡，謝麗爾已在二樓等他，看著他。

「幹嗎這樣看著我？好像我做錯了什麼似的。」他笑著說。

「你欠我女兒一個道歉。」謝麗爾嚴肅地說。

施耐德突然沒聲音了。臉色一白。笑容被抽走了。

停了一會兒，他默默地理了理衣服。又看了謝麗爾一眼，輕輕地抬起腳。謝麗爾說：

「你不回答我的問題，就這樣走了嗎？」

施耐德躡手躡腳地走出去。謝麗爾想伸手去抓，卻又伸不出去。看著他走下樓梯。聽見他到了一樓，跟他的媽媽說，「我去幫爸爸做生意了。」然後，聽見車庫裡汽車發動的聲音，漸漸遠去。

中

謝麗爾不是施耐德的原配。他也不是她的第一任老公。

謝麗爾原來的老公是信河街政府部門的一個頭目，手裡有權，找他的人多，應酬也多。自從生了女兒後，她的直覺告訴她，老公有其他女人了。她問過老公，他不承認。她再問，他還是不承認，說她神經過敏。謝麗爾心裡明白，也沒有去找證據。讓她意外的是，她的內心沒有憤怒，更沒有怨恨。有的只是恐慌，每天提心吊膽，擔心老公提出離婚，擔心這個家庭隨時瓦解。老公的態度卻是出奇地好，無論她提出什麼要求，都滿足她。在家時間比以前多。笑容比以前多。說話的聲音也比以前溫柔。老公越是這樣，她的危機感越強，總覺得他下一句話就會提出離婚。這個擔心

總是困擾著她，夜裡總做這樣的夢，一夢就驚醒過來，渾身冷汗。熬到女兒讀小學那一年，她對老公說：

「我們離婚吧！」

「什麼？」他不相信地看著她。

「我們離婚。」

「為什麼？」

「我累了，不想再撐下去了。」

「就這個原因？」

「就這個原因。」

「不對，肯定還有別的原因。」

「沒有別的原因。」

「肯定有。」

「真的沒有。」

他看了她一會兒，問她說：

「是因為我對你不夠好？」

「不是。」

「是因為我哪裡做錯了？」

「沒有。」

「是因為我沒有進步？」

「你想到哪裡去了。」

「是不是你有別的人了？」

「沒有。」說出這兩個字後，她居然微微地笑了一下。她看了他一眼，然後把頭轉出去，說，「我只是累了，想過另外一種生活。」

兩個人有一段時間的沉默，還是她老公先開口：

「我承認以前有做出對不起你的事情。」

「沒關係。」她說。

「但那些都是逢場作戲，我真正愛的只有你。」

「我知道。」

「我向你保證，從今以後，再不做對不起你的事。」

「如果你真的愛我，就放手讓我走吧！」

老公見她這麼說，看了她一眼，歎一口氣，低下了頭。過了一會兒，他抬起頭來，問她說：

「你有什麼要求？」

「只有一個要求，女兒跟我。」

離婚後，謝麗爾到派出所把女兒名字改成謝又綠。她是信河街實驗中學的語文老師，女兒在實驗小學讀書，在一個校區，女兒跟她一起上下學。

從那以後，謝麗爾真的改變了生活，每年到了暑假和寒假，她就把女兒託付給外婆，她早早跟旅行社聯繫好，背起行囊，跑國外旅遊觀光去了。

她跟施耐德就是在旅行中認識的。施耐德又老又土，大她十歲，相貌看起來幾乎是兩代人。他們兩個是旅遊團的常客。

剛見面時，謝麗爾就發現施耐德左手中指戴著一枚大號螺帽一樣的金戒指，戒指裡還鑲嵌著一顆鴿子蛋大的紅寶石，特別醒目。有人故意開他的開玩笑，問他的戒指值不值五十萬？他笑笑。謝麗爾從不主動跟施耐德說話，有時目光碰到了，能避開趕緊避開，如果避不開，只能無奈地跟他點一下頭，施耐德也是很矜持地跟她點一點頭。

時間久了，她發現施耐德跟別人不一樣的另一面，他總是有意無意地躲避著大眾的目光，一群人中，他總是站在最邊沿，有時一車人在說笑，只有他沉默著，有人問他，他只是抿嘴笑笑，不應和。她還發現，大多數的情況下，施耐德總是把戴金戒指的左手插在口袋裡，只有用到左手，才會拿出來。這就把她弄糊塗了，既然不想讓別人看見他的金戒指，為什麼

又要戴它呢？

　　謝麗爾真正跟施耐德有接觸，是那年暑假的美國旅遊，前後一共十八天。

　　他們旅遊團的路線是從北京坐飛機到洛杉磯，再到華盛頓，再到紐約，再到舊金山，再到夏威夷，再返回北京。按照旅程安排，一座城市到另一座城市，都是坐飛機，唯一從華盛頓到紐約這段路，當地旅行社安排大家坐大巴，早上出發，晚上到達。這樣也好，可以順途領略一下美國發達的高速公路，更增加這趟旅遊的豐富性。謝麗爾還了解到，從華盛頓到紐約，他們要在費城吃午餐，她是語文老師，知道費城出過一位著名作家，名字叫馬克・吐溫，如果有時間，她還想到他的故居看看呢！可是，謝麗爾在華盛頓最後一個晚上得了重感冒，頭上像掛著一塊鐵，站不穩，眼皮睜不開，喘氣吃力。雪上加霜的是，那天晚上不知吃壞了什麼食物，下半夜開始拉肚子。但行程已安排，她只能跟著大家走。

　　從坐上大巴開始，謝麗爾就斜靠在座位裡迷迷糊糊地睡覺，她隱隱約約感覺到，有雙眼睛一直關注著她。那趟旅行的後半段，她一直感覺到這雙關注的眼睛。

　　從美國回來一個星期後，她的郵箱收到一組從華盛頓到紐約的照片，還有一張馬克・吐溫故居的照片。郵件是施耐德發來的。

　　再一次跟團出去旅遊，是那一年的寒假。兩人約好去土耳其。

　　那年春節，謝麗爾應邀到施耐德家做客，見到了他患老年癡呆症的媽媽，也參觀了他的家──是一幢三層的小別墅：一樓有客廳、廚房、餐廳、他媽媽的臥室、客房和一個儲藏室；二樓有三個房間，一個是施耐德的臥室，另兩個空著；三樓是施耐德的工作室，他說自己每天都要在工作室裡待上一兩個鐘頭，有時是下午，有時是晚上，研究他的產品。別墅建造時間過久，顯得有點陳舊，但收拾得比較乾淨。可見施耐德不是一個邋遢的人。這一點也是謝麗爾比較欣賞的，她不能接受一個指甲

縫裡有污垢的人。別墅邊上有一條河流，叫溫瑞塘河，打開窗戶就能看見河裡的荷花。

　　施耐德老婆很早就離開他。1982年秋冬之交，施耐德的機械廠剛剛上軌道，有人說他破壞計劃經濟體制，要抓他，他嚇得關了機械廠，一個人跑到山裡躲起來。他們就把他老婆抓起來。他老婆那時剛生完第二個兒子不久，被關了三天後，昏迷過去，他們才把她送回家，施耐德媽媽馬上把她送到醫院，還沒到醫院，她就斷氣了。

　　老婆走後的第二年，上面政策說他沒罪，他才敢回家，重新辦起機械廠。他的兩個兒子，大的叫施恩，小的叫施惠。高中畢業後，施耐德就把他們送到國外去讀大學。首先是施恩，施耐德送他去德國讀大學的前一天晚上找他談話。

　　「既然出去了，就不要回來。」

　　「為什麼呀爸爸，這裡是我的家。」

　　「這裡不是你的家。」

　　「怎麼不是我的家了？這裡有奶奶，有爸爸。」

　　「這裡是奶奶和爸爸的家，不是你的家。」

　　「為什麼就不是我的家呢？」

　　「你的家在外面，應該有更大的家。」

　　三年後，他送施惠去美國讀大學的前一天晚上也找他談了同樣的話。施惠大學畢業後想回來，施耐德在電話裡跟他說：

　　「如果回來，我就不認你這個兒子，連家也不讓你進。」

　　「可是，我想家。想爸爸和奶奶。」施惠在電話裡帶著哭腔。

　　「如果你想爸爸和奶奶，等你在那邊立住腳後再回來。」

　　「爸爸，我覺得一個人好孤單。」

　　「時間長了就習慣了。」

　　每次跟施恩和施惠通完電話，施耐德都要在電話邊坐很久。

　　施恩和施惠都是在國外待了八年，成家立業以後，施耐德才同意他們回家來探親。

　　謝麗爾覺得施耐德對兒子的心腸太狠，問他為什麼要這麼做？他什麼也不說。謝麗爾也問過金戒指的事：

　　「你幹嗎戴這麼大的金戒指，還鑲嵌了紅寶石，土不土啊？」

　　「你覺得很土嗎？」他身體下意識地縮了一下，看了謝麗爾一眼。過了一會，舉手看了看金戒指，反問她。

　　「有錢也沒必要這樣炫耀啊！」

　　「我覺得挺好。」他輕聲說。

　　他們結婚後，謝麗爾也說過他的金戒指。

　　「你把金戒指拿下來吧！看著怪彆扭的。」

　　「我沒覺得彆扭啊！」他輕聲爭辯說。

　　「跟你的性格也不符。」

　　他也是身體下意識地縮了一下，看了謝麗爾一眼，什麼也沒說。當然，也沒把金戒指拿下來。

　　他們結婚的第三年，謝麗爾從實驗中學退休。女兒也大學畢業，考進了信河街一家事業單位做文員。第二年，跟本單位一個小伙子談了戀愛。談了三年，修成正果，去民政局領證結婚，然後辦了酒席。

　　無論是女兒結婚之前，還是結婚之後，都住在謝麗爾原來七十平方的小房子。謝麗爾沒有叫她搬到施耐德的別墅來住。施耐德也沒說。女兒結婚時，跟她的新郎買了一套一百四十平方的新房。謝麗爾把那套小房子賣了給他們做首付，他們兩人解決每月的銀行按揭。女兒比她有經濟頭腦，剛參加工作，就跟朋友組織了一個互助會，第二年，手頭就有一筆小積蓄，馬上拿去買基金，結婚後，想搞點大的投資——炒房子。

　　謝麗爾退休後，依然保持旅遊的習慣，現在已走了七十多個國家。有一點必須說明，謝麗爾走了那麼多國家，所有的費用都是自己出，即使跟

施耐德一起走，也是各付各的。當然，施耐德也從來沒主動提出來要替她付錢。謝麗爾去年參加了電腦學習班，學會了視頻製作，於是，便有了一個宏偉的工程——她要把所有的照片製作成一個個視頻，可以像電影一樣播放。這半年多來，她除了做中餐和晚餐，其他時間都在二樓的書房裡忙這個工程。已經完成二十來個國家了。

施耐德去機械廠上班後，謝麗爾給女兒打了一個電話，聽出女兒的聲音很平靜，她才坐到電腦前製作視頻。一直到了十一點，才到一樓的廚房燒菜。她根據施耐德早上買來的菜，先做了三文魚和花蛤，這兩個菜相對簡單，三文魚是生吃，切一下就可以。花蛤燙一下就行。子梅魚清蒸了一半，另一半放冰箱裡，晚上燒。這是施耐德專門買給他媽媽的菜，子梅魚肉嫩味鮮，他媽媽每次都說好吃。肉類做了排骨燉白蘿蔔。蔬菜豆製品類做了蠶豆、油冬菜和豆腐。剩下的都是晚上的菜。

謝麗爾在廚房燒菜時，施耐德的媽媽坐在客廳的靠椅上，眼睛一眨不眨地看著前方，臉上沒有一絲表情。她的一頭白髮梳向頭腦勺，嘴巴也不動，像一尊雕塑。謝麗爾有時經過她的面前，她沒反應。

中午十二點，施耐德開著他的別克車回來。這輛車他開了十多年，一直沒換。為什麼願意戴著那麼誇張的金戒指，卻不換一輛好一點的車子？謝麗爾知道他不缺錢，他的機械廠生意很好，訂單多得做不過來。可是，他每次賺了錢，並不存在銀行，要麼匯給兩個兒子，要麼就存在三樓的保險箱。他在別墅周圍裝了監控，還裝了報警器。三樓又加裝了一套監控和報警系統，電源也是另外接。

施耐德進了客廳後，媽媽瞇了一下眼睛，說：

「正邁你回來了。」

「媽媽，我是耐德，您的兒子。您摸摸我下巴的胎痣。」施耐德蹲下來，熟練地拉住她的手，放在自己的下巴。

「你真是我的兒子？」她的眼睛朝門外看了看，「你爸爸怎麼沒回

來？」

「我爸爸剛去金店嘛！」

「哦，剛去金店？」

「你這麼快就忘了？」

「好像是剛出去。」

「今天金店生意很好，很多人約好來打金戒指和金項鍊。」

「哦，怪不得走時連招呼也沒打。」

「我爸爸已經吃過中飯了，現在我們吃。」

「正邁吃飯怎麼也沒叫我？他是不是不要我了？」

「不是的，他今天店裡忙嘛！」

　　施耐德把媽媽扶進餐廳，讓她坐好。他去洗了手，出來時，謝麗爾已把媽媽的飯盛好，他坐在媽媽身邊，戴上老花鏡，把子梅魚的刺一根根挑出來，把魚肉一塊塊送進媽媽嘴裡。花蛤也是一個個剝開，送到媽媽手裡，吃幾口飯後，就叫媽媽夾一口油冬菜。

　　每次都是等謝麗爾和媽媽吃完後，施耐德才開始吃。他先大口大口地喝黃酒。一邊喝，一邊筷子密密飛，一邊鼻子用力地喘粗氣。他每天中午喝一斤半黃酒，下酒菜主要是三文魚、蠶豆和涼拌豆腐。喝完一斤半黃酒後，有時不過癮，需要再補一瓶冰鎮啤酒，必須是冰鎮的，以前主要喝百威，這兩年改喝喜力，力道足一些。喝完酒後，他再吃一小碗的飯。有時吃一大碗的飯。

　　吃完中餐，差不多下午兩點了，施耐德去樓上午睡。一直到四點三十分才起床。起床後。他泡一杯綠茶。喝完茶後，差不多是五點，他開始給媽媽洗腳。在他跟謝麗爾結婚前，都是他給媽媽洗澡。隔天一次。謝麗爾覺得兒子給媽媽洗澡有諸多不便，建議讓她來洗，施耐德從善如流，但他每天下午會給媽媽洗腳和按腳。這個過程要持續四十五分鐘。到吃晚飯的時間了。

在這個時候，謝麗爾有心質問他，也是問不出口。再說，她要做晚餐。

晚

施耐德基本不吃晚飯。一般情況，他只喝一杯桂格牌麥片。一大杯的麥片，兩口就喝完。剛開始，謝麗爾每次叫他慢一點，沒人跟他搶。他笑著說，我也想慢點喝，可能我前世是餓死鬼來投胎，一看到食物就控制不住。

除非有應酬，他在家裡不喝酒。他覺得晚上吃進去的東西會變成脂肪。這是他的養生之道。已堅持十五年。這十五年來，體重沒有增加，他也一直在「微胖界」混著。他每年去做一次體檢，各項指標都正常。他很滿意。他叫謝麗爾也跟他一樣進食，跟他一樣凌晨去跑步。謝麗爾早上起不來。至於晚上不進食，她倒是試過幾天，可是，到了夜裡十二點左右總會被餓醒，餓得手發抖，喘氣吃力，只好爬起來燒麵吃。堅持幾天後，體重反倒增加。她放棄了。

對於謝麗爾的半途而廢，施耐德失望了好幾天，說謝麗爾缺少毅力。他說媽媽如果不是得了老年癡呆症，可以堅持下來。但謝麗爾沒把他的話放在心上，她雖然沒運動，身體一點沒發胖。她倒鼓勵施耐德跑步和節食，否則的話，他可能會從「微胖界」昇華到「巨胖界」。她想像不出跟一個大胖子怎麼生活。

施耐德像中午一樣服侍媽媽吃晚飯。看著食物，不停地嚥口水。媽媽吃完後他把牙膏擠好，把水杯裡的水盛好，扶媽媽去刷牙。她刷完牙，施耐德用熱毛巾幫她擦臉。然後扶她到客廳看電視。她看了十五分鐘左右的電視，突然顫悠悠地從靠椅裡站起來，看了施耐德一眼，說：

「走，正邁我們回家。」

「這就是我們的家呀！」施耐德站起來。這一次，他沒辯解自己的

身分。

「正邁你真是越來越幽默了，這種事也跟我開玩笑。」

「沒有開玩笑，這裡真是我們的家。」

「我知道你是在試探我，我明確地告訴你，我的年紀雖然大了，人還沒有『昏君』。難道連自己的家也認不出來嗎？」

施耐德轉頭看看謝麗爾，謝麗爾剛洗好碗從廚房出來。她在圍裙上擦了擦手，扶住媽媽的手臂，說：

「媽媽，這真是我們的家。」

「正邁，這人是誰？家裡怎麼多出一個人來？」

「她是耐德的老婆。」

「耐德是誰？」

「耐德是您的兒子，小名長壽，我是長壽的老婆，您的兒媳婦。」謝麗爾說。

「正邁，你真是變壞了，居然跟一個不三不四的人合夥起來騙我。」

「媽媽，我說的都是真的，沒騙您。」謝麗爾知道她說的是胡話，可被稱為一個「不三不四的人」，還是有點委屈。

「沒騙我？居然說這裡就是我的家。你們真以為我什麼也不知道嗎？你們這樣欺騙我是何居心？目的何在？」

「對對對，這裡不是我們的家。」施耐德改口說。

謝麗爾不知道他說這句話的意思，他總不會也得老年癡呆症了吧？見他故意對她眨了眨眼睛，拿了車鑰匙，扶著媽媽，走出門去。謝麗爾不知施耐德葫蘆裡賣的是什麼藥，也跟出去。走到門口，媽媽突然附在施耐德的耳邊說：

「正邁，快逃，有人來抓你了。」

謝麗爾看了看四周，心中一凜。

「我們馬上逃。」施耐德顫抖著聲音說。

「叫長壽和他老婆也快逃。」

「他們已經躲起來了。我們快走。」

施耐德扶著媽媽進了車庫。車子開出來時，用奇怪的眼神看了謝麗爾一眼。

謝麗爾打了一個寒顫，覺得身上的汗毛齊齊豎了起來。趕緊轉身進門，抱著雙臂，縮坐在沙發裡。沒多久，聽見施耐德的汽車聲。接著，聽見門鎖的聲音，門開了，施耐德扶著媽媽進來，說：

「我們到家了。」

媽媽進來後，抬頭四周看看，眼光從謝麗爾臉上掠過，點了點頭說：

「這才是我們的家嘛！」

「對對對，這才是我們的家。」

「這下總算安全了。」她舒了一口氣。

「對，這下安全了。」施耐德也跟著舒了一口氣。

「正邁你以後不要再跟我開玩笑了。」

「以後不會再開玩笑了。」

「你別以為我老了腦子糊塗了，其實我什麼都清楚。」

「是的，您腦子很靈清。」

「什麼事也別想騙我。」

「對。」

「誰也騙不過我。」

「是的。」

「我心裡明明白白。」

「對，您心裡比誰都明白。」

施耐德把她扶進房間，幫她脫了外衣外褲，把她的被子蓋好，關了燈，帶上房門，輕輕走出來。低著頭，坐在沙發裡。

謝麗爾的眼睛直直地看著他。她知道施耐德的性格，她如果不開口，

他會一聲不吭地坐下去，差不多的時候，轉身上樓睡覺。謝麗爾今天晚上不會讓他隨便去睡覺，他必須給她一個說法。

「施耐德你為什麼不說話？」

「說什麼？」他抬頭看了她一眼。

「說昨晚的事。」

「我不知道你指的是什麼事。」

「你是真不知道還是假裝不知道？」

施耐德低下頭，不說話了。

謝麗爾覺得他在裝糊塗。這使她更生氣。做錯了事不爽快承認，算什麼男人？她不想跟他繞圈子。

「謝又綠是不是向你借錢了？」

「是的，我說我沒錢。」

「我知道你有錢。上週我剛看見你把五十萬現金放進三樓的保險箱。」謝麗爾看了他一眼，越說越生氣，「你不借也就罷了，說沒錢也就罷了，幹嘛當著謝又綠的面，把價值幾十萬的紅寶石戒指扔進窗外的塘河裡？」

施耐德看了她一眼，說：

「那戒指是假的？」

「假的？」謝麗爾看了看他，說，「我不信。」

施耐德站起來，帶她上了三樓工作室。

他在一個小工作台前坐下，說，這是納米噴鍍機，這是納米噴鍍噴槍，這是拋光打磨機，這是焊槍，這是清洗機，這是不銹鋼錘，這是拉絲板，這是批花機。施耐德告訴她，這些都是打金的工具，除了納米噴鍍機和納米噴鍍噴槍是他現在生產的產品之外，其他工具都是他爸爸留下來的。說完之後，他用一把小鑰匙打開工作台下面的一個抽屜，謝麗爾看到一抽屜鑲嵌著紅寶石的金戒指。施耐德又用另一把鑰匙打開另一個抽屜，

裡面全是紅寶石。施耐德拿起一顆紅寶石，對她說：

「這不是紅寶石，是人造的紅色晶尖石。這顆如果是真正的紅寶石，起碼價值三十萬，這麼大人造的紅色晶尖石只有幾百元。」

說完之後，他又打開另一個抽屜，拿出一塊東西對她說：

「這是銅。用它做成戒指後，再噴上金粉，就變成金光燦燦的金戒指。」

謝麗爾站了一會兒，搖了搖頭，問施耐德說：

「我還是不明白，你不肯借錢和扔戒指有什麼關係？」

「我想把錢借給謝又綠的，她是你的女兒嘛！」他抬頭看了謝麗爾一眼，又輕聲說，「可她一開口，我的行為就不聽指揮了。」

停了停，他突然臉色詭異地對謝麗爾笑了一下，說：

「你不是一直想知道我為什麼要戴戒指嗎？它是我的尾巴。」

「尾巴？」謝麗爾說。

「這些年，不斷有人來工廠借錢。說是借，實是敲詐，有借沒還。我說沒錢，他們不信。他們手裡掌握著工廠的生死大權。我不能得罪。只好想出戴假戒指的辦法。他們一開口，我就說沒錢。他們說你戴這麼大戒指，還沒錢？他們一說，我就把戒指脫下來扔到窗外的河裡，說，這戒指是假的。誰也不會料到我會來這麼一手，都愣住了。我像一隻狡猾的壁虎，自斷尾巴，逃過一劫又一劫。」說完，他苦笑一下，搖了搖頭，聳著肩膀，撢著雙手，夾兩腿之間，身體盡量縮在一起。

謝麗爾站在那兒，不知道說什麼好。

2012．05．22 於溫州

原刊於《收穫》2013年2期

金理、哲貴

寫作使我更寬容地看待世界

金理、哲貴對談

金理｜哲貴你好，很高興有這樣一個交流的機會。儘管在《人民文學》、《收穫》等最一線的雜誌都發過小說（而且好幾篇是頭條），得過「人民文學新人獎」、「十月文學獎」這樣的獎項，但是你給我最突出的印象是低調、謙遜。我也很少看到你的創作談。能不能先從生活經歷、創作經歷談起？

哲貴｜謝謝金理。我生活在一個叫溫州的城市，從歷史的緯度看，除了南宋宗室南遷，導致溫州的政治、經濟和文化有過暫短的燦爛，其他時間，溫州一直處在政治、經濟和文化的邊緣地帶，如果用一個

詞叫「孤懸海外」也不算過份。所以，無論是從地理還是心理的角度來說，我覺得自己都是個「化外之民」。你所說的低調和謙遜，應該是理性和書面的說法，對我來說，只是感性的人生態度，因為長期遠離政治、經濟和文化中心，待在一個相對封閉的小地方，人的內心也會相對封閉起來，無形中會把世界劃分成你們的和我們的。我在溫州看世界，發現世界轟轟烈烈，很羨慕，很想參與其中，但因為地理和文化原因，只能關起門來安安靜靜過小日子。有人曾說這是從容，其實不是，我覺得根源在於自卑，因為沒有「開化」首

先體現在心理上，有意無意地，會跟這個世界保持著若有若無的距離，這麼做最原始的原因就是害怕受到傷害，這種反應是動物的本能，我們知道，一般的動物，只有人類主動傷害，它們才會攻擊。

溫州近三十年來名聲鵲起是因為經濟。有一種說法：溫州是中國民營經濟的發源地，是中國最早發展商業文明的城市之一。經濟的飛速發展，多少讓溫州人找回一些自信，也慢慢地、主動或者被動地融入這個世界，這在農業文明社會是辦不到的。還有一個原因是近三十年來科技的快速發展和運用，大大縮短了世界的距離，也就是說，無論是中心的人還是邊緣的人都同樣擁有了解世界的手段，差異的只是角度和姿態的不同，譬如你在上海，肯定會有上海的角度和姿態，我在溫州，使用的是溫州的角度和姿態。還有一個差異是個人世界觀的差異，這個差異是在個人生活和學習中慢慢形成的。對於一個寫作者來說，角度和姿態可以決定作品的銳度，世界觀卻決定了深度和廣度。

我認為正是因為世界的距離縮短了，才給我了從事文學創作的可能和興趣，因為我發現在這世界快速縮小的三十年裡，人的內心卻以成反比的姿勢無限擴

大。從某種角度說，我真的要感謝這三十年來經濟和科技的發展，讓我這個偏居一隅的寫作者擁有了觀察天下的可能。

金理 | 在創作道路上，林斤瀾、程紹國這樣的前輩對你產生過什麼樣的影響？

哲貴 | 程紹國先生是我的啟蒙老師，我最初是從他的文章中感受到文學的力量和文字的美妙。那時我還是個學生，參加工作後才跟他有了交往，頻繁喝酒，感情日深。無論在哪個階段，他都會及時地給我鼓勵，使我有勇氣繼續在文學這條路上走下去。

因為程紹國先生是林斤瀾先生的弟子，從輩份上林斤瀾先生是我的師公，我後來一直叫他林爺爺。我們三人有一個明顯的共同點——喜歡喝酒。他在創作上給我諸多幫助：他讓我對文學產生了敬畏之心，讓我知道一個作家應該堅守的底線在哪裡，讓我知道如何成為一個發出自己聲音的作家，他曾經手把手教我小說的技巧，最主要的是，他願意把自己的缺點說給我聽，使我少走彎路。

其實，在我成長的過程中，得到很多師友的指點和幫助。在他們的幫助中不斷地糾正自己的文學觀念和創作手法。但

是，我更知道，一個真正的寫作者，每一步都需要自己來摸索，師友的幫助是探索路上不可缺少的溫暖動力。

金理｜你的職業是編報紙，如何處理正職和作為「餘興」的寫作這兩者之間的關係。比如，會給自己安排固定的創作時間嗎？媒體工作對創作會有什麼樣的影響？

哲貴｜兩者矛盾重重卻又水乳交融。編報紙占用了大量時間，但我也通過報紙的工作接觸和觀察到更寬廣的社會。

我總覺得時間不夠用，有很多書要看，有很多人要更深入地接觸，有很多小說要寫。同時，又不斷安慰自己，不要急，慢慢來，多寫一篇和少寫一篇沒有本質上的區別，這一篇是不是你真正想寫的才最重要。

我沒有固定的寫作時間，當記者時訓練出一種本領，無論什麼環境和時間，只要拿起筆來很快就能進入狀態。

金理｜我很好奇你腳下的這片土地。對於有些作家來說，文學所由以養成的資源是晦暗而無法考較、也無須考較的，但是你生活的這方水土卻構成了你小說最主要的質地。信河街之於你，已經不僅僅是地理空間，幾乎就是小說裡的「空氣」，所有風土人情、道德人倫、生活細節都揉碎了又瀰漫在小說裡。這也像別林斯基所謂的「情勢」——「促使詩人走向詩的舞臺、對他的詩歌活動起了影響的情勢」。這是我對「信河街」之於你意義的理解——既是小說中的「空氣」，又是創作過程中的「情勢」。不知你怎麼來看這個問題。

哲貴｜從2006年到2013年，我用八年時間描寫和探究這個特殊群體，得到一些肯定的聲音。我知道，一個新作家走上舞台，個性和特色是很重要的，但優點同時也是缺點，因為個性和特色代表著銳利和單一，而一個作家能不能走遠，最主要還是靠他的寬闊和複雜。正如你所言，信河街之於我，已經不僅僅是地理空間，幾乎就是小說裡的「空氣」，但是，這「空氣」裡組成成分過於單一，就像一座植物園，應該品種豐富，所謂「春花、夏蔭、秋色、冬綠」，是從縱向考慮植物的種類，更要橫向考慮各個品種，喬木要有桉樹、樟樹、松樹、柏樹、杉樹、楓樹等等等等，灌木要有大紅花、夾竹桃、三色董、龍舌蘭、仙人掌、風車草等等等等。而我這座植物園裡，見到的只是一種叫商人的大樹，因為它過於龐大，抑制了其他

植物正常生長。這可能是我的偏愛，因為這種偏愛，在不知不覺中產生了偏見甚至無視，我認為這樣的寫作者是不合格的。

金理｜接下來我們轉入你小說中的人物。信河街上的民營企業家是你傾力關注的人物群體，他們在飛速的經濟發展中積聚起財富，一般被稱做「富人」、「成功人士」。在經濟加速發展、利益重新分配過程中，糾纏著種種公平、道義的問題，不僅引發人際間的衝突，也會在人的心靈空間中激起震盪。所以這些年來，對於這些富人階層其實我們並沒有一個健全的認識，恰如俗語說的「羨慕嫉妒恨」。你的關注點，和大眾視野不一樣的地方在哪裡？

哲貴｜作為一個生活中的人，我和大眾對富人的理解差不多。但作為一個寫作者，我對我關注的富人有著與大眾甚至是許多進入文學史的作家確實有不同的角度和視野。

中外文學史有許多名作塑造了許多商人形象，包括《紅樓夢》、《包法利夫人》這樣的名著，但是，認真分析，他們對小說中的商人大多懷有深深的偏見。簡單地說，在大部分的作品裡，商人的形象被塑造成「無奸不商」和「唯利是圖」的人。就拿《包法利夫人》為例，裡面塑造了一個叫勒樂的商人，明為布商，實為放高利貸者。勒樂在全書共出場十次，其中八次正面描寫，兩次通過別人描述，遺憾的是，所有的描寫都指向勒樂是個「無奸不商」和「唯利是圖」的人。我想，品格再差的人，總有他善良的一面，即使沒有善良，至少也有溫暖，哪怕是瞬間的溫暖，可是，我在這個人身上沒有找到。這樣有名有姓的作品我可以舉出幾十部，我認為這是作品的偏見，更是作家的偏見，他們把世界分成了非黑即白的兩極，對人類也進行粗暴的歸類，即官員是什麼樣的，商人是什麼樣的，文人是什麼樣的，醫師是什麼樣的，農民是什麼樣的，工人是什麼樣的。於是，世界在這種預判之下條理清晰起來，善惡分明，一切盡在掌控之中。

作為個體的人，在現實中可以立場鮮明，可以愛恨分明，可以陰狠毒辣，可以決不饒恕，但是，一個寫作者至少應該具備開放的心態和寬廣的胸懷，用理解的眼光看待自己作品中的每一個人物，無論是什麼身分的人，無論從事何種職業，他（她）首先是一個「人」，他（她）應該同時擁有簡單和複雜，溫暖和冷酷，善良

和險惡，人性和魔性。

我不敢說完全做到理解小說中的人物，但我盡可能做到給所有人物一個合理的解釋，他們的喜怒哀樂都事出有因。我首先是把他們當一個「人」來塑造，其次才是他們的身分——商人。

多虧了寫作的訓練，使我越來越以寬容的心態看待這個世界，而且我發現，隨著心態的變化，世界也逐漸開闊起來，這可能是文學在我身上最有力的反應。

金理 | 在一般的廣告、傳媒與文學書寫中，我們看到的只是由飲食生活、休閒方式、商務應酬等所構成的富人階層「半張臉的肖像」（借王曉明語），而你帶領讀者掀起「另外半張臉」，發現底下潛藏的精神隱疾，進而體貼其內心世界的種種需求。這似乎在糾正大眾視野的一般認識。其實我覺得用「糾正」還不妥當，而應該是「還原」。黑格爾說：「人既是高貴的東西同時又是完全低微的東西。他包含著無限的東西和完全有限的東西的統一、一定界限和完全無界限的統一。人的高貴處就在於能保持這種矛盾，而這種矛盾是任何自然東西在自身中所沒有的也不是它所能忍受的。」人之為人，在於其擁有一種

能夠從一切肉身性、社會現實規定性中抽象出來和超越出來的可能，這是人的「無限性」。而優秀的文學，理當撬開僵化的身分外殼，「還原」出人的「無限性」。所以我覺得對你的創作應該有辯證把握：你有自己穩固的「取景器」——一個特定空間（「信河街」）、一類特殊人物（商人），但是你的創作關懷是試圖穿透身分、個性、地域，而回返到人類生存的一般狀況與人性的共通困境。也許這就像你說的：「這個問題是他們的，也是我們的，可能是中國的，也可能是全人類的。」是不是可以這樣理解？

哲貴 | 沒錯。

小說的起源是講故事，但這個故事僅僅是表層的，小說之所以成為小說，在某種程度上來，是為了探究人物的內心世界，也就是你說的「無限性」。

你剛才用「還原」這個詞來歸納我目前的寫作，非常準確，如你所說，我可能在某種程度上糾正了大眾視野對「另半張臉」的一般認識。以你的睿智和敏捷，應該早就看出我的不足之處——僅僅「還原」是不夠的，我遠沒有寫出這類人的複雜性——這正是你的寬厚慈悲之處，指出他人缺點是一種建設，發現他人優點更是

一種建設。

金理 | 對於中國社會近三十年來的發展，不少作家都關注在瘋狂、畸形的一面，因此持激烈批判的態度。但我覺得這樣的態度也有些簡單，這條發展道路裡面應該有值得肯定的地方。我是在考慮你小說中的「富人」群體時想到這個問題的。這些「富人」其實有自身特徵的，他們往往是從國企、事業單位辭職下海的、改革開放最初的一批「試水者」。比如黃徒手，一身手藝以前在「在電泵廠裡施展不出來」，辭職單幹之後卻闖出了自己的一片天。我特別注意到你描寫他打出了氣閥、跳板、點火裝置等各種各樣的配件之時，「黃徒手眼睛紅起來了，躍躍欲試」⋯⋯在這個時刻躍動的，不僅是對優越物質生活的追求，更是對個人生命價值與意義的滿足，是對生命活力與創造力的激發。你小說中的人物，即便發家致富之後，也不願脫離具體勞動和生產第一線，那門手藝對於其個人的意義，遠遠超過致富工具之上，「技近乎道」，就像〈牛腩麵〉中黃伏特覺得在自己的餐飲行業裡「他就是一個藝術家」。你怎麼看待小說人物的這樣一個特徵？

哲貴 | 中國自古以來就是個農業社會，農民對手工藝者一直有崇拜心理，覺得他們介於人和神之間，身上懷有一股神秘的氣息，尊稱他們為先生。而手工藝者也頗看重自身這種身分和尊重，更加珍惜自己的手藝，很多時候，他們往往和擁有的手藝合二為一，思維和言行也明顯帶有專業特徵，如理髮匠的樣子會越來越乾淨，說話和做事偏向女性，泥水匠的身體和動作會越來越像他們的產品，連說話的聲音也變得生硬和堅固，殺豬客的身上會越來越尖利，像他們手中油瀝瀝的殺豬刀，修鞋匠的樣子會越來越灰暗，像一雙經過長途跋涉的鞋子。

我確實有意設置了小說中這些人物的手工藝者身分，因為緊隨其後，這些人物有了另一種身分——商人，或者是成功的商人。我讓這些手工藝者「潛心於物」，他們自有「與世界最基本的打交道方式」，那「道」也會通過具體的勞作而回返、護持匠人的生命。但是，當他們的身分轉換成商人時，便遇到了另一種「道」，一種是「潛心於物」，一種是「外化為形」，一靜一動，在這兩種「道」的衝突中，導致人物內心的裂變，這種裂變反映到他們的日常生活中，使人

物和所處世界的關係變得緊張，更主要的是，人物和自己的關係變得不可調和。

金理｜你的小說中還有一類特殊人物，這些富人的後代，俗稱的「富二代」，比如〈安慰〉裡的黃乾豐、〈倒時差〉裡的黃嘉誠。他們沒有在「第一線」發家致富的打拼經歷，在生活理念上也與父輩有所不同，以上提到的這兩篇小說裡都不乏有趣的父子關係。你怎麼看這類人物？「父與子」也是很經典的文學母題，你怎麼來設計？

哲貴｜我一共寫過三篇「父與子」的小說，你剛才提到兩篇，還有一篇小說〈空心人〉。現在回過頭去看這三篇小說，發現它們有一個共同點，都是站在「子」的角度來寫，「父」只是一個陪襯，一個符號，因此，缺點也就顯而易見——沒有真正寫出「父與子的關係」，也就是說，這三篇小說裡，我都沒有用力去探究作為一個父親的內心，也沒能雕刻、塑造出一個新型的父親的形象，希望以後有機會把這一課補上。

金理｜你的小說寫盡了欲望征逐後的異化，以及對異化的驚懼與閃躲。但我覺得

特別難能可貴的是，你往往會給人物保留一個自我「覺知」的時刻。我在一篇關於你的評論中曾經描述過作為讀者對這樣一個時刻的理解：對於主人公來說，這個時刻往往意味著不適、不滿足、在習以為常中感覺到了格格不入，甚至縈繞著一種關於過往生活的失敗感。不過，正是產生了對於失敗的自覺，人才能夠意識到轉變、意識到生活的「未完成」與「再次生長」，所以這個時刻往往通向自我審視與新生。我想聽聽你的看法。

哲貴｜小說描寫庸常生活、世俗人物，最終目的或者說作用卻是對抗庸常生活和世俗人物，是對世道人心的剝離和引領，是對世俗的挑戰，溫暖並撞擊人心，使人飛離堅硬的生活地面。

老話說，文學源於生活卻高於生活，我想這句話至少包含三個方面的意思，第一指的是作者對他所處世界進行形而上的思考，包括他觀察世界的角度、高度、深度、寬度和溫度，考量一個寫作者能不能把他對世界的觀察提升到哲學層面的思考，我覺得這是衡量一個作品的主要標準；第二指的是作者有沒有在作品中反映出當時的世風人情，近年看了一點史書，發現不是很靠譜，從某個方面說，我

覺得文學更能反映當時的歷史，就看寫作者有沒有眼光和筆力精確地描繪出能反映那個時代的政治、經濟、文化和民俗；第三指的是作者有沒有在作品中塑造出新的文學形象，這個人物是在那個特定歷史時期產生的，帶有那個時代的印記，但這個人物必須是豐富的，無論是他（她）的行動和思想，也必須是複雜的，無論是善良還是奸詐，最主要的是，這個人物必須是自我生成和自我生長的，帶有原始的氣息。我覺得人類的「失敗感」是與生俱來的，正是因為有「失敗感」，人類才會不斷地審視自己，糾正自己，也才有可能「再次生長」，只是很多寫作者沒有發現他（她）作品中人物有這種品質，或者說，他（她）作品中的人物沒有主動表現出這種品質。

金理｜越是身處混亂晦暗的現實，越是需要關注人的內心世界，我想這也是作家的天職。〈金屬心〉是我很喜歡的作品，你用生動的細節來演繹一顆行將死滅的「金屬心臟」如何起搏、如何讓生命再度

中篇小説集

金属心

21世紀文学之星叢書2010年卷

哲貴 著

作家出版社

開花。這個心靈重新起搏的時刻，就是我上面談到的自我覺知的時刻。從這些創作特徵來看，我覺得你是一個非常善意的小說家，對於人心不放棄、對於人類精神的自我改進有一種信任。不知道對你的這個判斷是否成立？

哲貴｜謝謝你善意的解讀。我在作品中描寫人性的善意和溫暖，從某種意義說，是我的生活需要這種善意和溫暖。同時，我也毫不懷疑地認為，善意和溫暖應該是我們生活的底色。

當然，作為一個寫作者，首先應該對人性之惡有充分的體察，對人的複雜性有充分的勘探和洞察，只有在這個基礎上，體現出來的善意和溫暖才是開闊和有力量的。還是舉《包法利夫人》的例子，小說中塑造了一系列像藥劑師奧默先生、客店老闆娘勒方蘇瓦寡婦、稅務員比內先生、布店老闆勒樂先生等人物，包括艾瑪的情人羅多夫，作者充分挖掘這些人物靈魂中尖利的惡和骯髒的複雜。另一方面，福樓

拜又對夏爾的善良和忠厚作出了毫無保留的讚揚,特別是到了小說結尾部分,艾瑪死後,有一天,夏爾去阿格依市場賣馬,意外碰到了羅多夫,羅多夫邀請他去喝啤酒,兩人隔桌而坐,夏爾緊盯著對面那張曾被艾瑪深愛過的面孔,思緒萬千……最後,夏爾突然說,是的,我不怪你。我現在不怪你了。這所有的一切都是命運造成的。每次看到這裡,我都有種憋了很久之後重重喘了一口氣的感覺,我知道,說出這句話後,夏爾得到了昇華,他已不僅僅是一個醫師的形象,也不僅僅是一個丈夫的形象,而成了文學史中了不起的形象,相反,他的對手羅多夫卻變了一條無靈魂可言的可憐蟲。同時,我也覺得,作為作者的福樓拜,當他寫出這句話時,他的靈魂跟夏爾一樣也得到了洗滌和昇化,變成一個胸襟無限開闊的人。

金理|初讀你的小說,會有一種印象:到了結尾的時候,意猶未盡,怎麼這就完了?比如朱麥克跑到麗江,偷偷地看幾眼佟婭妮,也不打照面,就飛回了信河街……(〈住酒店的人〉)他到底「開悟」了什麼?這很像古人王獻之雪夜訪友到好友家門口卻興盡而歸。再比如〈倒時

差〉這篇,「我」的女友和父親的情人之間似乎有某種神秘關聯,你特意描寫這兩位女子的手,都是「細長而白淨」,似乎暗示著什麼,但也許什麼都沒有。從讀者感受來說也許會抱怨怎麼「不寫透」、會覺得「差一口氣」,我估計從你創作而言應該是有意為之吧。有意讓這口氣留著,就像中國畫裡的「留白」。

哲貴|是的,我覺得「留白」留得還不夠,國畫需要留白,小說更需要留白。我發現許多作家在寫作時總是擔心讀者不能明白他的意圖,一定要把話說滿說白(我也總犯這種毛病)。現實恰恰相反,一篇好的小說,肯定要有巨大的留白,要騰出空間讓讀者去想像,所謂作者和讀者共同完成的作品,大概就是這個意思吧。譬如小說寫一個人在思考問題,如果作者把他(她)思考的問題都寫出來,對於讀者來說,當然讀明白那個人物腦子在想什麼了,但是,問題也恰恰在這個時候出來了,當讀者讀明白那個人物在想什麼時,那個人物也就顯得簡單無力了。所以,「留白」有時不是為了「留白」,而是讓作品延伸。

原載於《創作與評論》2014年第9期
【金理,復旦大學中文系副教授】

哲貴的安慰心理學
關於《信河街傳奇》

黃德海

浙江文藝出版社

一

　　哲貴的《信河街傳奇》，由七個中短篇組成。地理上，都集中在信河街；人物呢，是一群有錢的成功者，大多是千萬、億萬富翁。幸虧有哲貴存身的溫州可以讓我們確認，否則，真的很難相信，一條小小的街道，怎麼會容納這麼多有錢人，怕是信口開河吧？

　　不過，暫且用不著坐實哲貴的信河街是不是在溫州，也用不著把福克納約克納帕塔法縣那「郵票大小的地方」引為佐證，虛構寫作者構造的地理空間，本來就是彌勒的如意乾坤袋，書生的隨身百寶箱，大可以容納世界，小可以卷而藏之。只是，這個虛幻的花園裡，必須有真實的癩蛤蟆，比如，信河街上的人之所以致富，甚至經營出現問題，小說有必要給出堅實的理由——而這，正是哲貴的強項之一。

　　〈金屬心〉裡的霍科之所以致富，憑的是對社會的洞察，他「深知政府的一個決策可以讓一個行業生，也可以讓一個行業死」。〈責任人〉裡的黃徒手，憑對技藝的熱愛，改造了鐳射打出的限流片，不但價錢便宜，而且，「手工壓出來的小孔，內沿平整而光滑，打出來的火花形狀像剝了殼的雞蛋」，他由此賺到了人生的第一桶金。〈雕塑〉裡的雕塑家唐小河轉行設計馬桶，反覆琢磨其中的竅門，比如怎麼設計坡度才不會「尿花四濺」，怎麼抽水既不射出又能把內壁清洗乾淨……產品受歡迎進而致富，全靠精巧的心智。〈牛腩麵〉裡幹飯館的黃伏特，能認出

「真正的牛腩是在牛的第五根肋骨以下。可是，這片肉裡也有高下之分，最差的是上邊的肉，有七層。最好的是下邊的肉，只有兩層，一層皮包著一層肉，皮和肉的比例是七比三」。有如此匠心獨運的發現，當然經營餐飲無往而不勝。〈試驗品〉裡的朱少傑，因為一次偶然的機會發現陵園環境不盡人意，敏銳地意識到此方面的欠缺，投鉅資建設，果然風生水起。

集中的另外兩篇，〈跑路〉和〈信河街〉，涉及的是2008年金融危機對信河街經濟的衝擊，哲貴也充分地給出了他們經濟受到衝擊的理由。跑路的王無限明白，「擔保公司出問題的原因有很多，但……最直接的一個原因是銀行收縮銀根，原本承諾的貸款突然取消了」，點出了金融危機跟信任危機的內在關聯。而做眼鏡貿易的唐筱娜，「在信河街眼鏡產業鏈的三個環節中，她這個環節才是上家，也是這次金融危機中受衝擊最大的一個環節」，明確指出了市場的薄弱環節究竟何在。

這些部分初看起來平平無奇，仔細想，卻是哲貴細細體察生活的所得。他是生活的有心人，因而洞悉了某些問題的核心，讓人有驚豔之感。在一篇小說裡，這些看起來細微的部分，不但讓小說此後的

展開有了一個讓人信任的基礎，更為可貴的是，在小說裡，這些部分是細節裡的細節。這樣講有點複雜，不妨說，對一個小說來說，筆觸抵達細微之處，還算不上細節，要能把細微之處拆開，從這個細小的地方又看出一個世界，細節才真正出現。說得確切一點，所謂小說裡的細節，是普通所謂的細節裡的細節，否則，那些細節就只不過是泛泛的觀察所得，因為沒有洞察，算不上出色。

如此因洞悉而來的細節，還有另外一個妙處。不知道從什麼時候開始，社會對有錢人滋生了一種奇怪的傲慢，認為他們不過是時代風雲際會的產物，或者是齷齪無恥的獲益者，卻從未想過，他們致富的原因有可能是出於思維的奇特或是為人的勤謹。哲貴提供的這些細節，把有錢人的致富之因和潰敗原由輕輕點了出來，我們可以從中看到，原來財富也不是輕易就會流動到某些人手裡的，其致富必有原因；而財富攜帶的能量，會打開一個他們不曾想到的世界，帶給他們意想不到的傷害。這傷害，有的是外在的，如金融危機對他們的直接衝擊；有的，則是內在的，比如哲貴致力的對他們心理的探討和試圖給予的安慰。

二

哲貴在一本小說集的序言裡坐實了信河街位於溫州，並且說：「普天下的人都知道溫州人有錢，知道溫州富翁多，溫州的別墅多，而且貴。可是，誰看見溫州的富翁們哭泣了？沒有。誰知道溫州的富翁們為什麼哭泣了？不知道。誰知道他們的精神世界裡裝著的是什麼了？也不知道。但是，我知道，他們的人生出了問題，他們的精神世界也出了問題。」（〈我的小說之路〉）出了什麼問題？

霍科患有先天性心臟病，人到中年，越來越嚴重，不得已換上金屬心，自此心裡總會一塊地方是冰冷的，「內心正在變得冷漠和堅硬」，連老婆跟別人偷情也不能引起痛楚。黃徒手呢，失眠，頭痛，消化不良，情緒低落，最糟糕的，是經常聞到酸酸的鎳片氣味，甚至在妻子的身上也聞到，因而覺得生活沒勁，感受不到幸福。唐小河和妻子董娜麗沒有能夠繼續做假冒產品，後來就熱衷於讓董娜麗整形。每次整形都帶給唐小河新的快感，而快感消失後，又是新的一次整形。黃伏特的妻子季麗妮不關心家庭，對孩子三心二意，一心撲在拓展業務上；而妻弟季良雖

有廚藝天才，卻對女孩經常性喜新厭舊，麻煩不斷。朱少傑的問題更加明顯，他發現，「在這個世界上，他最喜歡的人是他自己。他已經失去喜歡別人的能力了」。

這就是哲貴看出的富人們的精神問題，他要在小說裡做的，是展示這些問題，並給以理解和安慰。霍科跟人交往非常冷漠，但遇到對人真心的蓋麗麗之後，他日趨堅硬的心，經常有被揪了一下的感覺，他意識到，「原以為已經徹底死亡的心，似乎一息尚存」。通過主動尋求心理治療，黃徒手意識到，生活變化得太快，他的心卻停在原來的地方，沒有跟上來。經過艱難的治療，雖然問題仍未完全解決，但他卻由此展示了對自己審視的決心：「在這個大家向前跑、也一直向前跑的時代，已經很少有人有你這樣的勇氣，願意付出代價，停下腳步去審視自己了。」唐小河與董麗娜夫婦，則通過整形這個辦法，「得到內心的安慰」。黃伏特一家，因為季良惹事，孩子被綁架，妻子終於意識到孩子對自己的重要性，內心的母性被喚醒，一貫女強人的她，「臉上居然出現羞澀的表情」，「眼睛定定地看著那棵蒿菜，看著碗裡升騰上來的熱氣，突然『嗚嗚嗚』地哭了起來」。朱少傑呢，

因為失去了喜歡別人的能力，跟艾麗莎簽訂了婚姻協議，卻在陵園銷售的關鍵時期，因艾麗莎媽媽影響銷售，把她送進了精神病院。

〈跑路〉和〈信河街〉可以作為對照，都是寫受到金融危機衝擊後人的反應。〈跑路〉裡的各種人物，在出現危機時，推翻了背信的多米諾骨牌，最終是信任和財富的雙重坍塌。〈信河街〉寫的，則是信任和寬容。王文龍被西班牙合夥人欺騙，仍困難重重地回到信河街還債。借債的嬸嬸也對王文龍信任有加，王文龍還和叔叔、嬸嬸住在了一起。最終，他們艱難地走過危機，各自神態安詳。

小說裡的這些有錢人，哲貴並沒有對他們提前抱有偏見，而是把他們具體的心理困境寫了出來。這個意義上的富人，其實就是日常生活中的每一個人，如哲貴所說，「這個問題是他們的，也是中國的，可能也是人類的」（〈我的小說之路〉），因為這就是人類普遍的困境。也就是說，哲貴在決定寫這些人的時候，早就越過了財富多寡的障礙，注視的是他們的內心層面。說得再深入一點，這些有錢人的致富，雖然有其獨特之處，卻並未在思想上真正超群脫俗，因而他們在精神意

義上也不過是普通人。然而財富本身的能量，卻讓他們看到了生活更深一層的東西，也有餘力來考慮自己的精神狀況，可他們並沒有在思想上做好充分的準備，也不具備從累積財富的過程中直接汲取能量的智慧，因而在遇到精神困境的時候，往往束手無策或採取極為特殊的手段，甚至完全被動地依賴外界提供的機會。這些方式因為不是自內而外的，並非憑藉智慧的解決，因而其安慰的獲得，總是無法持續。這也就是在這本小說集裡，大部分人，都是突然得到安寧，偶爾獲得平靜，因特殊的際遇而放鬆下來，或在與人的交往過程中意識到自己的感動，而所有這些，在小說中都沒有看到持久的可能。

這也就是為什麼我把哲貴的小說稱為「安慰心理學」的原因——他提供的是心理的安慰，而不是某種特定的安寧。怎麼區分兩者呢？安慰是一種曲折的體諒，溫存的體貼，就像一隻善解人意的手的撫慰，給人帶來一種同生共感的暖意，卻只在某些瞬間起作用。特定的安寧呢，拿帕斯卡舉例吧，他對自己著名的「激情之夜」的記載是：「確定。確定。感覺、快樂、和平。」出於對帕斯卡的信任，我相信這一非凡的經歷的確給予了他某種不可

替代的確定感，也就是他獲得了某種意義的安寧。對關注精神安頓的人來說，「他們有心智去構想，有感受力去體會生活和痛苦的混亂、徒勞、無聊和神秘，而他們只有在全身心的滿足中才能得到安寧」。哲貴小說中給出的只是安慰，也因此缺了安寧的力量，而這個力量的缺失，也跟他對自己小說文體的認知有關。

三

對自己的小說文體，哲貴曾自報家門：「其實這條路子關係到小說的源起，那就是『傳奇』。我想，我的本性，也只能走筆記小說的路子。」對這個文體的現代意義，哲貴設想的探索方式是：「能不能在筆記小說裡注入更多理性的思維？能不能在現實的土壤裡長出飛翔的翅膀？能不能把筆記小說寫得溫和平實，卻又冷峻棄絕？」（〈我的小說之路〉）

上面這段話裡，有把傳奇和筆記兩種不甚相同的文體混為一談的嫌疑。唐傳奇「情節曲折」、「文辭美麗」，是「有意為文」；而宋人筆記則「無意為文」，故「清淡自然」，「自有情致」。相對來說，筆記體本來就多理性思維，紀曉嵐的《閱微草堂筆記》，「幾乎每記一事，

都要議論一番」（汪曾祺〈紀姚安的議論〉）。如此看來，哲貴所近的，應該是唐傳奇的傳統，他所謂的加入理性思維，就是要在傳奇的「情節曲折」之中加入。另外，如哲貴所說的從現實中生出飛翔的翅膀，冷峻棄絕的態度，豈不正是傳奇的當行本色？

不妨把話說得遠一點，舉幾個唐傳奇的例子。

〈枕中記〉寫窮困的盧生於邯鄲客店中遇道者呂翁，獲枕入夢，於夢中盡歷榮華，醒來時，主人炊黃粱未熟。〈南柯太守傳〉寫「嗜酒使氣」的遊俠淳于棼在一株古槐樹下醉倒，夢見自己變成大槐國駙馬，任「南柯太守」二十年，生兒育女，榮顯一時。夢中驚醒，發現自己不過是在螞蟻國裡做了顯貴。〈枕中記〉和〈南柯太守傳〉均把人生視同一夢，在夢與現實的交接處、在感歎人世虛幻的縫隙裡，凸顯出作者對時空侷限的自覺。對人來說，一生不過百年，而枕上一夢或蟻穴生平，卻是對這百年侷限的變化，一夢可歷一生，人的生存時空豈不是要大大擴大？這種對時空變化的認識，從一個方向上超越了時空限制和認識限制帶來的無奈，豈不是「從現實的土壤裡長出飛翔的

「翅膀」？

再比如〈虬髯客傳〉。故事開頭是李靖見楊素之後，楊素侍婢紅拂女半夜追至，說自己「閱天下之人多矣，無如公者」，決意追隨。在李靖和紅拂女避難期間，一「赤髯如虬」者，「乘蹇驢而來」，觀李靖「儀形器宇，真丈夫也」，遂相與為友。兩人綜論天下英雄，李靖認為李世民有明主之象，虬髯客設法一見，果然「真英主也」，於是舉鉅資給李靖以佐明主，自己則避地而處。這樣的相識風塵，又這樣明快的決斷，豈不是「溫和平實，卻又冷峻棄絕」？

〈聶隱娘〉裡幾乎沒有直線邏輯，聶隱娘的被擄走，殺人時的果決，選丈夫時的堅定，易主的乾脆，對空空兒判斷的準確，都沒有交待原因，卻也因此有了壁立千仞的氣象。而對這種氣象的破壞，正是所謂理性思維的加入，在我看來，這也幾乎是現代小說的頑症之一。小說中理性思維的實質，是為其中人物的行為提供堅實的邏輯支援。在這個意義上，現代小說背離了唐傳奇蓬勃的朝氣，那些傳奇中原本無理可講、無邏輯可循的故事，慢慢演化得枝蔓叢雜，雖然有了明確的線索，卻缺少了傳奇中放宕汪洋的自信，被邏輯的圈套牢牢捆縛了起來。

從這個方向看，希望冷峻棄絕的哲貴，在自己的小說中，對人物有時未免太過留戀，也太多情了些。那些累積了巨量財富的人物，那些經歷過大風大浪的商人們，他們的掠奪性和內心強頑的一面，哲貴下筆有些小心翼翼了，太過於「細緻、溫和、抒情、通俗」。與此相關，哲貴的小說，也就未能完全達到他所設想的飛翔狀態，那些在信河街上尋求心理安慰的富人們，顯得過於理性，也太嬌柔了。天地不仁，什麼不是時過境遷？聖人不仁，哪裡有那麼多細緻的撫慰？哲貴筆下信河街上的人們，按哲貴的設想，或許不只是需要安慰，他們該擁有獲得安寧的雄心。

大概用不著強調，之所以把話題扯得這麼遠，是因為哲貴的小說，已經有了某種卓爾不群的氣象，並已經接近了傳奇的某些特質，因此才有了被鄭重討論的可能。哲貴不是喜歡「龍含海珠，游魚不顧」這句話嗎？那麼，或許就不妨在小說中再「無情」一點？大概只有如此，寫作者才能在湯湯而去的時間河流之下，尋出更為有力的生機，小說也才能顯示出更為雄闊的人類景象。

【黃德海，《上海文化》編輯】

溫州喜劇
讀哲貴小說《空心人》

蔡明諺

北京十月文藝出版社

> 社會是個泥坑，但我們得站在高地上。
>
> ——巴爾扎克〈高老頭〉

巴爾扎克在小說〈紐沁根銀行〉中，曾經饒有趣味地「補述」了一段應該放置在〈歐也妮·葛朗台〉（當然也可以編入〈高老頭〉）的插曲。小說人物在談論銀行家紐沁根的崛起過程時說：「千真萬確，先生們！他遇見到如今成為德·奧勃里翁伯爵的老父葛朗台要破產，就向那個好老頭索債，奪去他十五萬瓶香檳；他又從迪貝爾格手中奪去同樣數目的波爾多葡萄酒。這三十萬瓶收下的酒，朋友，三十個蘇一瓶收下的，從1817年到1818年，他請駐紮在王宮市場的聯軍品嚐，每瓶六法朗。如今，紐沁根銀行的票據和紐

沁根的名字在歐洲已經家喻戶曉了」。

我不知道哲貴是否讀過巴爾扎克，但我在閱讀哲貴小說的時候，確實常常想起巴爾扎克。尤其像前述「以酒抵債」的情節，竟然會和哲貴小說〈賣酒〉所編寫的故事如此相近。更何況在小說〈討債〉中，哲貴還借用了巴爾扎克著名的「重現人物」（recurring characters）寫法。他讓〈賣酒〉的主人公，在〈討債〉中重現（反之亦然）。〈賣酒〉有個片段說：「他（史可為）想了一個辦法，列出一個

喜歡喝酒的朋友名單，聯繫好後，送酒上門給他們試喝。有一個辦眼鏡配件廠的朋友，喝後覺得很好，向他買了五十箱，但他只是個例」。而在〈討債〉中，這個插曲被鋪陳為：「說起這個新疆的葡萄酒還有一個故事，林乃界一個辦眼鏡配件廠的朋友去討債，錢沒討回來，討回一倉庫葡萄酒。他知道林乃界喜歡喝酒，送了幾箱給他嚐嚐味道，林乃界覺得不錯，也為支持那個朋友，就買了五十箱，存起來慢慢喝」。藉此對比可以知道，前一個「辦眼鏡配件廠的朋友」是後來小說〈討債〉的主人公林乃界，而後一個「辦眼鏡配件廠的朋友」則是前此小說〈賣酒〉的主人公史可為。而這正是巴爾扎克建構在「人間喜劇」的社會全景圖像時，最為著稱的人物設計手法。

　　哲貴在構築他自己的「信河街傳奇」時，不曉得是否曾經想起「人間喜劇」。雖然相對來說，我更多的傾向認為，哲貴與巴爾扎克的「相似」之處，可能只是「巧合」。但我確實相信，如果哲貴願意多讀一些巴爾扎克，對於他未來的小說寫作，是會有相當幫助的。哲貴對富人群像的關注，對於人性善念的執著，對於小說道德理想的追求，其實都更接近巴爾扎克，而不是川端康成、菲茨杰拉德、魔幻寫實主義或者古代筆記小說。如果哲貴有足夠的自信，尤其是對巴爾扎克式的現實主義有更多的信心，那麼以他所具備的經驗和能力，應該可以寫出成功的「溫州喜劇」。

　　哲貴在《空心人》的後記中說，促使他寫小說〈信河街〉的原因，是溫州當時正在發生的信貸危機：「有人通過民間借貸的手段，斂聚了大量資金，然後攜款潛逃。這可能是一場資金的危機，也是一場信用危機，更是人如何踐行契約的危機。我們都面臨著這個危機的考驗，生活在一個充滿猜疑和不信任的環境裡。」如果從〈信河街〉的發表時間來看（《人民文學》2011年第9期），哲貴寫作系列小說的背景，是從2011年四月開始延燒的「溫州民間借貸危機」。

但是小說〈信河街〉和《空心人》內文所設定的「情節動機」，和小說家在後記中所講述的「寫作動機」，卻是兩個完全不同的「危機」。〈信河街〉的敘事者說：「這次金融危機是2007年八月份從美國爆發的，馬上就蔓延到歐盟各國和日本等金融中心。到了2007年的九月份，嬸嬸的貿易公司就出現問題了。」小說〈空心〉記載：「從年底開始，由美國次貸危機引起的全球經濟危機，已經影響到信河街」。〈賣酒〉的次要人物說：「去年下半年由美國次貸危機引發的經濟危機爆發後，馬上蔓延到歐洲，我公司產品主要出口歐洲，去年訂單就減少了一半」。〈討債〉中的主人公則說：「自從去年發生美國次貸危機後，馬上演變成全球經濟危機，我的小工廠也受到影響。」也就是說，推動「信河街傳奇」系列故事的情節動機，全部被設定為在更早之前發生的美國次貸危機（2007-2008）。

我不知道這樣的置換，是否為小說家哲貴的刻意操作。畢竟「借古喻今」

（雖然這裡僅差距四年），本來就是古代文學中的常見手法。只是當小說家在創作過程中（小說允許虛構），把「本土性金融危機」抽換成「全球性金融危機」時，這個動作就造成了某種「暗示」：那就是造成危機的是「他者」（美國），而不是「自我」（溫州）。是新的、現代的、法治的西方金融體系，而不是舊有的、從南宋就開始的（哲貴後記）、人情的民間信貸模式。於是，哲貴透過小說要重新呼喚的，是人與人互相信任的「傳統」商業慣習：「我問過父親及其上輩人，他們或多或少都參與過這種民間借貸。在他們的記憶裡，從來沒有人在這種經濟活動中違反規則：都是親戚朋友，如果在這種事情上動歪念頭，以後怎麼做人啊！做一個『人』，是父輩們最基本最樸素的信念，但是，我們是從何時開始，把這個信念丟掉了呢？」

我並不是經濟學者，無法處理複雜的金融問題。但我想用一個比較簡單方式，描述小說家哲貴在溫州所面對的「問

題」。溫州商業模式的特點是，這些中小企業主在集資經營的過程中，相當依賴於民間信貸或私人錢莊，而不是官方的銀行體系。這種民間信貸是「非正式的」，是基於人情信任（家族、宗族、朋友等）建立起來的聯繫。但是，這和「正式的」、現代的、基於法治的西方金融模式所建立的借貸關係（以及道德正義）彼此是矛盾的。在小說文本中，哲貴似乎在告訴我們：是美國的次貸危機，造成了溫州當地人與人之間信任的斷裂，甚至危及了本地傳統的商業慣習（從南宋以來）。這是溫州金融模式在現代化過程中的背反，是傳統「人情」與現代「法治」的背反。這個矛盾現象在小說〈信河街〉中，表現得最為明顯。小說人物王文龍在巴塞隆納犯法，被西班牙警方通緝，但是卻受到信河街人民的敬重和庇護。而小說家最後設計讓王文龍所代表的傳統「人情義理」，超越了法律（西方、現代）的限制與懲罰，甚至超越了通常的愛情關係與家庭結構，而讓小說的結尾近乎烏托邦。

應該可以說，哲貴的信河街系列創作（包括《空心人》），根本上維繫於這種樸素的「人的文學」信念。哲貴的小說因此顯得「沒有壞人」，這是他文學創作的最大特點，但同時也是最大的缺陷。從《信河街傳奇》到《空心人》，應該可以感覺，哲貴正在努力要將其小說人物「複雜化」。例如〈空心〉的主人公「南雨」時而積極進取，但又帶有虛無色彩；而〈討債〉主人公「林乃界」偶然憤起，卻又更常痿弱。從情節結構來看，這些人物「未必善始」，但是「終能善終」。故事的結尾往往人人各得其所，各取所需。該還清欠款的都能還清欠款，該追回賒帳的也能追回賒帳。即便是〈空心〉那樣比較複雜的結尾，雖然有情人未必終成眷屬，但主人公南雨，還是成功地退回到自己的「刺蝟」內心狀態：「一遇到問題，馬上就縮回去，把自己保護起來」。這是半明半暗的，但同時也是相對安全的內心狀態。哲貴的小說集以「空心」為題，但我總覺得他筆下的人物，與其說是「空心」，

不如說是「孤獨」的。而造成人與人失去信任的原因，與其說是外在的金融危機，不如說是個人內心「孤獨化」的結果。而造成「孤獨化」的原因，則是哲貴筆下的小說人物性格，與外在世界的脫離。

托爾斯泰在小說《安娜·卡列尼娜》的卷頭語寫說：「幸福的家庭都是相似的，不幸的家庭各有各的不幸」。如果借用這段話來看，哲貴筆下的溫州商人是幸福的，他們看起來都很相像，那是因為他們「在小說中」不曾真正被迫走上絕境。例如小說〈討債〉，林乃界所採用的傳統「人情」攻勢，其實已經證明並不足以讓他追回欠款。但如果小說家就此停筆，哲貴能不能寫一個安分守己、老實工作的眼鏡廠老闆，最後卻被信貸體制和貪官汙吏壓垮了呢？或者在小說〈空心〉中，主人公南雨在結尾過後，如果緊咬牙根展開報復，或者甚至失去父親和姐姐的支持而被逐出豪門，那麼他會不會變成夏爾·葛朗台，被放逐南洋後血液中的貪婪基因爆起，徹底捨棄尊嚴和愛情，最後變

成德·奧勃里翁伯爵？或者小說〈信河街〉的敘事主角，大學畢業生黃中梁在看盡了謹小慎微的父親與善良溫和的叔叔，安守本分工作卻又不可逆的分別走向破產，他會不會變成野心家拉斯蒂涅，放手與這個世界拼一拼呢？相同的，小說〈賣酒〉的主人公史可為，如果不是籌回欠款、見好就收，那麼他會不會繼續併購，最終變成銀行家紐沁根呢？

但哲貴不是巴爾扎克，更何況我也從來不認為，哲貴可以（或者應該）變成「中國的巴爾扎克」。恰好相反，我從來不相信這種「大而無當」的標籤。只是比較起來，小說家哲貴太過親近，甚至是太過同情他筆下的小說人物，而這就造成了小說「再現」（represent）現實的妨礙。巴爾扎克說：「社會是一個泥坑，我們得站在高地上。」這原本是小說人物一句明哲保身的台詞，但卻可以用來解釋小說家和小說人物的相對位置。巴爾扎克當然也熟悉，並且同情他筆下的人物，尤其是貴族階級。但是作為一個「站在高地上」的

小說家，巴爾扎克同時看到了貴族階級不可逆的沒落，以及資產階級不可扼抑的興起。換句話說，對於「人」的同情，並不會妨礙小說家描寫「泥坑」，甚至是「再現」現實。哲貴是一位溫柔敦厚的小說家，他想要為這群溫柔敦厚的商人塑像，為這群似乎正在沒落的中小企業主發聲。哲貴的小說帶給人們溫暖，試圖重建人與人彼此信任的美好時光。但是這不應該妨礙小說家對於現實的認識：那就是這樣的美好時光已經過去了。如果小說家繼續沉溺於「過去」的美好，並以此衡量現在，想像未來，那麼最後被泥坑淹沒的可能不僅是小說人物，恐怕還有小說家自己。

亞里斯多德曾說：悲劇的效果，應該要能喚起人們的恐懼以及憐憫。恐懼是因為讀者感覺自己與故事人物相似，憐憫則是因為讀者感覺故事人物不應得此厄運。我覺得在小說集《空心人》中，哲貴的創作大概就是走到這樣一個轉折的路口：他或者應該直率、坦然地面對現實的醜陋，或者只能繼續躲回陰晴不定的內心自我。

如果小說家對小說人物的同情，不能夠喚起人們的憐憫；如果小說家對故事情節的編造，不能夠引起人們的恐懼，那麼小說該如何引導人們思考，支持讀者進行更深刻的反思，進而認識世界、理解世界、改變世界呢？文學也許無法改變世界，但文學應該幫助人們理解這個世界，思索人在這個「泥坑」中的現實處境，避免自己被泥坑淹沒，甚至能夠擺脫這個泥坑。

《法華經》說：「三界無安，猶如火宅，眾苦充滿，甚可怖畏」。如果火起了，用吶喊喚起民眾，說失火了、失火了，趕快各自逃命，這不是虛幻（這就是魯迅）。但如果火起了，卻說沒有火、沒有火，大家各安天命、隨遇而安，那才是真正虛幻了。面對三界火起，小說家應該告訴我們安身立命的法門，還是應該善用譬喻、大聲呼喊，引導人們逃出火場呢？我覺得小說家哲貴，或許可以想一下這個問題。希望他的「信河街傳奇」，終將能夠變成廣闊深厚、甚可怖畏的「溫州喜劇」。

【蔡明諺，成功大學台文系副教授】

刘晓东

福寿春

三人成定

練死
習亡

the labor of

花街樹屋

努
力
工
作

努力工作

努力工作
我的家族
吳億偉　勞動紀事

對話空間：
我們一起讀書！

孤獨要怎麼接地氣
談弋舟小說集《劉曉東》

彭明偉

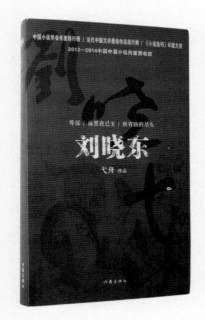

作家出版社

一、光明的尾巴

「我認為可以稱為理想的寫實主義。意思是說：不迷失在黑夜中，做一些準備工作來迎接將要到來的早晨。」（〈楊逵訪問記〉）

1970年代末，台灣老作家楊逵（1906-1985）在鄉土文學論戰正酣之際，暢談他從日本殖民時代以來的創作經驗，強調他一向主張的文學立場：浪漫的現實主義。楊逵和本文所要談論的中國大陸七〇後的作家弋舟本是風馬牛不相及的，我在看弋舟的小說看得疲累之際，看到楊逵的這一番話讓我油然振奮起來。相較於楊逵這般壓不扁的玫瑰的生命韌性，弋舟以及後面的世代雖然年輕，卻活得顯然十分疲憊，有時簡直可說是活得不耐煩，他們所創作的文學大多是充滿疲態的

文學。

楊逵成名之作〈送報伕〉（1934）敘述受報社老闆（資本家）壓迫剝削的送報伕們（勞動大眾）在受到工人領袖啟發覺悟之後，眾人團結起來進行罷工鬥爭，抗爭終於獲勝，迫使老闆讓步。楊逵之後的小說多半按照這樣浪漫的現實主義路線來寫，小說人物唯有懷抱某種社會改革的理想，才能在貧苦艱困的逆境中保持昂揚的意志，不屈不撓，奮鬥向上。作家在這樣人物身上灌注了活潑樂觀的精神。

我留意到弋舟的小說都有結尾光明的尾巴，偏好大團圓的結局，故事開頭的謎團疑雲消解後豁然開朗，如小說集《劉曉東》（2014）所收錄的三個中篇〈等深〉、〈而黑夜已至〉、〈所有路的盡頭〉都是。三篇故事裡的主人公都叫做劉曉東，他們經歷重重波折後，最後若有所悟，想要告別過去、準備迎向新的開始，在故事最後想要留下些希望，讓故事有個好的、光明的結尾。如〈而黑夜已至〉結尾所描寫的劉曉東的心境變化：

　　昨晚是一個節點。但它沒什麼不同。唯一的特殊，可能只是在於我沒有拍夜晚的立交橋，沒有把照片發在微博上，然後寫下：而黑夜已至。

　　我在晨光中摸起了手機，對著一片灰白的虛空拍照。鏡頭裡沒有焦點，我的手也在顫抖不已。我把這團白光發在微博上，寫下：黎明將近。
（《劉曉東》，頁168）

他看似領悟了什麼，不過最後的感悟並未改變現實的世界、並未改變現實的秩序，連自己面對世界的心態與觀察世界的方法也並沒有多大改變，「黎明將近」一句聽來輕飄飄的，沒有足夠分量，這是因為故事前頭的鋪陳不足，心理轉折細節交代不夠充分，所以不足以憑著末尾這一句話就將黑夜扭轉為黎明。

弋舟小說看似光明的尾巴其實根本上仍不是光明的，仔細看來便能察覺是勉強平添上去的。這種在結尾時虛弱的改變乃至虛假的轉變在〈等深〉這篇的結尾更為明顯。這篇小說的結尾可說是再戲劇性不過的，主人公劉曉東替他的情人莫莉找回失蹤的兒子後，在路上突然接到莫莉失蹤多年的丈夫也是他的同學周又堅的電話，周說他自己現在過得很好，他受到曾

是他的妻子莫莉的奸夫、他的仇人而現在是他的老闆的收編照顧而隱遁山間，他的世界裡充滿悅耳的鳥語女聲。接聽這一通神奇的電話後，主人公自述：

> 走吧，總不能永遠站在路邊。
>
> 蘭城被一條大河分為了兩半，當我從河的南面跨橋走向河的北面時，我只是再一次感覺到了「渡過」的心情。（《劉曉東》，頁82）

在這只有感覺、心情，連領悟之類的都不是了。最後沒有實質的思想改變，劉曉東這人物只有不斷地「渡過」，從這裡到那裡、從現在到明天，一樣沒有明確目標。

弋舟的這三篇小說都有貌似光明正向的結尾，然而這些故事結尾其實都大有問題。為何如此呢？男主人公劉曉東們都是憂鬱孤獨的中年人，個個婚姻破碎、人生漫無目標，他們青年時代曾受時代感染，有過高度的理想主義，無奈在這樣的理想主義破滅後，他們中年時迎向一個富裕異常卻虛無無比的時代，人與人之間，尤其是男女之間只剩下權力欲望而缺乏了愛。這三篇小說都是講述發生在蘭城（蘭州城）裡憂鬱而孤獨的主人公以及其他的憂鬱人物之間的故事，故事人物都是生活富裕不虞匱乏，權力才華樣樣不缺，如三位劉曉東們不是大學教授就是名利雙收的藝術家、商界大亨宋朗（〈而黑夜已至〉）、莫莉天資聰穎、學習成績年年第一的兒子周翔（〈等深〉）或富裕的書商邢志平（〈所有路的盡頭〉），他們唯獨少了奮鬥求生的意志，除了為了復仇（如周翔）、為了贖罪（如宋朗）這樣的動機而活著，或是感到信仰破滅而死（如邢志平）。在中國未曾有過的富裕的年代，他們都只為自己而活，為自己的那一丁點執著而自私地活著，不是為他人、為這個世界而活著。

二、天下霧霾時怎麼辦

我在北京時碰上霧霾的紅色警報，天下霧霾瀰漫該怎麼辦？除了戴起口罩自保，還能如何呢？如〈所有路的盡頭〉裡的蘭城也籠罩在霧霾中，劉曉東、小酒館老闆和他的朋友邢志平都被憂鬱的霧霾所困，他們生活都依賴一種絕對的穩定感，一旦失去這種絕對的穩定感，生活就會崩毀。如〈而黑夜已至〉裡的劉曉東有個生

活怪癖，他說：

> 這的確是個毫無意義的舉動。但它卻發展成了一個規矩。從此我夜夜重覆這套規定動作，水泥墩子是一個可以信賴的座標，站在它上面，有效地保證了拍攝角度的一致。我想，我只是喜歡這種絕對感，它有種單純而穩定的特質。（《劉曉東》，頁112）

> 最後，我將那張夜晚的立交橋照片發在了微博上。我這麼做，同樣有半年了。沒什麼含意。我只是日復一日這麼做，堅持同一角度，堅持同一時間段，堅持只配上同樣的一句話：而黑夜已至。（《劉曉東》，頁115）

類似的，在〈所有路的盡頭〉裡同樣描寫到一種特殊的絕對的穩定感。主人公劉曉東常光顧一家名叫咸亨酒店的小酒館，酒館老闆自己有一個特殊的專座：

> 老闆坐在老位子上。小酒館裡沒有吧檯，他有把自己的專座，放在牆角最昏暗的角落裡。稀奇的是，這把椅子你永遠無法搬動，在裝修的時候，它的四條腿就被水泥固定住了。酒館老闆說，這樣做，不過是為了給他自己強調出一種「穩定感」，坐在上面，他就會打消出門鬼混的念頭。我覺得這個說法挺有意思的。（《劉曉東》，頁171）

曾是拳擊手的老闆表示：「知道我為什麼將那把椅子固定住嗎？還有個原因，我把它當成個拴馬樁了，我讓它拴住我。我害怕一旦沒了束縛，我也會一頭扎到路的盡頭去。」（《劉曉東》，頁173）這篇故事裡的邢志平就是因為失去了青年時代信念的支撐、理想主義幻滅之後而自殺的。

弋舟在故事中太過投注在描寫人物的這種絕對的穩定感，著重對劉曉東們的憂鬱心理和孤獨的精神狀態進行分析，因而將社會之惡、時代之惡內化為人性之弱點。作者主要探究的不是外在的社會現實、歷史遺留的結構問題，而是被罪惡感苦苦糾纏的自我，以致於我在閱讀時感到主人公劉曉東們以及其他人物活著的理由是為了處理化解這樣的苦惱。他們都有濃厚哲學家、文藝青年的氣息，平日言談都

是人性哲理之類的話題，尤其是關於人性之惡的討論，但又渴望見到一丁點人性之善。整體而言，弋舟的小說偏重在探討人性，但缺乏社會性的結構基礎，因而他偏愛的人性分析描寫顯得架空、不接地氣，看似普遍的人性然而缺乏中國當代的現實歷史的血肉。

弋舟在這部小說集的自序〈我們這個時代的劉曉東〉末尾有這一段話：

> 天下霧霾，我們置身其間，但我寧願相信，萬千隱沒於霧霾之中的沉默者，他們在自救救人。我甚至可以看到他們中的某一個，披荊斬棘，正漸漸向我走來，漸漸地，他的身影顯現，一步一步地，次第分明起來。

如同這篇自序的標題，作者弋舟行文經常以「我們」、「時代」這樣全稱的方式來表達某種集體性、普遍性，代表像劉曉東們這樣的某一代人的精神樣態。這篇自序像一篇悲壯的英雄主義的宣言，劉曉東們不滿於所處的時代而且有拯救時代的企圖，作者說他們努力於自救救人，不過由宣言與實際的小說敘述所顯示的落差，我認為劉曉東們自救的動機仍遠大於救人濟世的動機。例如在〈而黑夜已至〉裡，富商宋朗因早年駕車撞人而愧咎不已，他願意花錢贖罪，明知是被敲詐勒索，但仍樂於花錢以解決自己的罪惡感。他解除的是自己的焦慮而非解決他人的、社會的問題。劉曉東們也是如此，在三篇故事裡，他們都是被動地、被捲入了故事，而非懷抱什麼信念，主動積極去解決他人的問題，去面對讓他們如此憂鬱孤獨的病態社會的問題癥結以求起碼的改變。劉曉東的故事裡沒有歷史，只剩個人的回憶，支離破碎的回憶，既沒有社會主義的歷史，當前有中國特色的社會主義的社會樣貌也十分模糊，以至於弋舟雖然試圖勾連理想主義破滅的時代感與個人孤獨感之間的關聯，想說卻又說不上什麼深刻具體的看法。

作者雖想以主人公劉曉東們來代表當前中國一般四十歲一代的中年人，不過劉曉東們絕非一般人，他們的教授、藝術家身分以及觀看社會的方式其實是相當菁英主義的，而且這些憂鬱的主人公的自我中心傾向非常鮮明。所以劉曉東們絕不普遍，反而是特殊的某個階層、一小撮人，

由這種特殊人物的自我中心視角來講述故事以求達到某種社會的普遍性，這種設想本身其實就是一個矛盾。

這三篇小說都是以偵探推理小說情節為基本敘事結構，三位主人公都名叫劉曉東，三篇故事情節又是互不相干、各自獨立。不過三篇的共通之處是以劉曉東一人為中心，從他個人的視野講述故事，其他人物的命運遭遇乃至形象其實並不重要，他們不過是劉曉東自我的映照，劉曉東們藉以反觀其自身，並在故事最後獲得某種啟示。由此來說，這三篇小說都是講述劉曉東個人的成長故事。作者巧妙地以偵探小說情節為骨架，故事開頭以死亡、失蹤的案件產生懸疑感，主人公被動地而非主動地，涉入偵查案件的過程，在一連串解謎發現的過程中，劉曉東們才有機會接觸其他人物，理解他人的行為動機，從而進入他人的心靈世界。例如在〈等深〉裡，劉曉東推敲出周翔的離家失蹤是出於復仇動機，而這復仇動機背後又牽扯到周翔的父母親的愛欲糾葛。又如〈所有路的盡頭〉裡，劉曉東為了解開邢志平自殺之謎而四處探訪邢志平的親友，由一個人的死來揭開其他人的生命中彼此交錯的祕密。劉曉東們在這種發現他人的祕密的過程中，更為重要的是反過來發現自我、獲得啟示。

然而，表面看來，孤獨憂鬱的劉曉東們都經由偵查探訪的過程接觸了不同的人，如他的情人、老同學、中學生、小歌手、有錢的老闆等，但劉曉東們在這些人身上看到的並非這些人的個性、獨特性，並非看到「這個人」，而是看到其他人物生命飽受各式苦惱所糾纏，無一不是再度強化了劉曉東們自身的孤獨憂鬱傾向。大體上可說，在弋舟這個劉曉東系列故事裡只有一個人物，就是劉曉東，其他人物作為劉曉東們映照自己的鏡面，讓劉曉東們反覆從鏡子裡看到他自己。天下人看起來都是一般的，都跟自己一個樣，不免單調乏味。所以我在閱讀這些故事時不禁思考人的自我大小問題，劉曉東們的自我太大了，而他人的自我太小，這種自我中心傾向，侷限了劉曉東們的視野，他們難以擺脫個人憂鬱的或說是孤獨的眼光，從而難以真正地跨進他人世界。

從弋舟作品大量運用魯迅、陀思妥耶夫斯基和現代歐洲作家作品的文本互涉手法來看，他的小說也是偏於文學文本之

間的相互交涉，而不是文學與社會、人物與社會之間的交涉互動，乃至人與現實之間用血肉之軀進行的搏鬥抵抗。〈所有路的盡頭〉裡的退役拳擊手的頹廢，原因是沒有對手，天下霧霾，不知從何防備、從何回擊，所以乾脆放棄抵抗的生命意志，退縮回個人的小圈。為了維持個人穩定的心理秩序，〈而黑夜已至〉裡的劉曉東日復一日，在固定地點、固定時間、固定角度拍攝固定的夜景。攝影表面上看似是一種個人與外在世界的交流形式，其實更接近於內心獨白，為了鞏固自我內在的小世界，而絲毫沒有改變世界。儘管這「舒適圈」不怎麼舒適，劉曉東躲進這焦慮不安的「舒適圈」，享受自己的孤獨頹廢。

三、我的光明的結尾

弗蘭茨·卡夫卡（1883-1924）有個極短篇〈下定決心〉，收在《觀察》（1912）這部卡夫卡最早出版的作品集裡，這篇作品展現驚人的悲觀宿命，有夠虛無，人物陷入一種無所作為、無所反抗的隔絕處境。卡夫卡寫道：

把自己從一種惡劣的處境中掙脫

出來，只要自己樂於用力去做，想必輕而易舉。我掙脫了安樂椅，圍繞著那張桌子跑，活動一下頭和脖子，讓眼睛閃閃發光，把它們周圍的肌肉繃緊。要控制住感情，要是甲現在來看我，就熱烈地歡迎他；要是乙在我的房間裡，就友好地對待他；要是在丙家裡，就把他所說的一切大口大口地吸進肚裡，儘管會感到費力和痛苦。

但是，儘管我這樣去做，整個事情，輕而易舉的和困難重重的事情，也將因為每個無法避免的錯誤而中止，於是，我將不得不回到我原來的圈子裡轉悠。

所以，最好的辦法依舊是：忍耐一切，採取一種麻木不仁的態度，隨波逐流，切莫讓人哄騙，做出不必要的舉動，用動物的眼光觀察別人，也不要感到後悔，總之，要用自己的手壓住幽靈般的生活中還剩下的東西，也就是說，要繼續擴大那最後的、像墳墓一般的安寧，除此之外，什麼也別讓存留下來。

在這種情況下的特有的動作，便是用一隻小指擦一擦眉毛。

「忍耐一切，採取一種麻木不仁的態度，隨波逐流」、「總之，要用自己的手壓住幽靈般的生活中還剩下的東西，也就是說，要繼續擴大那最後的、像墳墓一般的安寧，除此之外，什麼也別讓存留下來。」卡夫卡以精確具體且生動無比的細節支撐這樣的感慨，他所展現的孤獨隔絕有驚人的深度，寫出一種瀰漫存在宿命感的孤獨境界。對照弋舟的小說人物，往好處說，弋舟是尚存一絲不平反抗之氣，往壞處說是還不夠虛無、不夠頹廢，想寫現代人的孤獨卻還不夠孤獨。

我終於理解為何讀弋舟小說讀得那麼疲累了。卡夫卡的人物徹底絕望，放棄抵抗，無可擺脫的存在的悲劇感著實讓人震驚，而弋舟的人物絕望的反抗成了一種姿態，孤芳自賞、顧影自憐的孤獨。實際上並未反抗什麼、改變什麼，因為劉曉東們只是強化自我孤獨的形象而非改變孤獨的狀態。不接地氣的孤獨，不過是顧影自憐的孤獨。

劉曉東們還不夠孤獨，那麼如何走出顧影自憐的孤獨的鏡像循環呢？孤獨要怎麼接地氣呢？

最後，我不免還是想起老作家楊逵的話，他說：

我們不要被很多什麼主義所迷惑，這些主義往往是空洞的，閉門造車的，就是有理想，也是很虛玄的、不著地的。所以作家要生活在大眾之中，從實際生活中去發掘資料，從失望中創造出建設性的，有前途的東西來。——〈楊逵訪問記〉

【彭明偉，交通大學社會與文化研究所助理教授】

歷史記憶、精神創傷與中年危機
弋舟小說集《劉曉東》讀札

方岩

一

我對1980年代的最初印象來自《人民日報》。這不是一個虛構的故事，我亦無意用反諷的語調來描述自己的經驗。很多時候，與一段歷史相遇確實充滿了太多的偶然與巧合。大約是從1989年的夏天開始，爸媽每天下班後會把單位的《人民日報》帶回家給我看，這個「課外讀物」伴我完成了從小學三年級到四年級的過渡。那個時候，五年制小學的孩子在三年級時便基本上掌握了常用漢字，並開始學寫作文。在當年的貧困縣的縣城裡，實在是難以覓到今天所謂的兒童讀物來進行閱讀／寫作訓練，於是，《人民日報》便成為政治永遠正確的父母的唯一選擇。就這樣，我對自己出生的年代開始有了模糊的記憶。我之所回憶起這段經歷，是因為弋舟的寫作讓我意識到，我個人經驗中關於一段歷史的曖昧不清的記憶片段，後來卻成為「劉曉東」們或者說歷史中某代人

心中的塊壘。這種因為一個時代而建立起的脆弱、隱密關聯，讓我面對弋舟的寫作時顯得興奮而焦灼。興奮是因為有人向我吐露了一個時代的陰影和祕密，而我恰恰路過這個時代卻又擦身而過；焦灼則因為我並不清楚，這種經驗在多大程度上能夠成為可以共用的社會記憶並與當下建立聯繫。

對於「劉曉東」們來說，1980年代是一場成人禮，不管是個體／肉身意義上，還是在社會／政治意義上。在這段歷史中，他們完成了價值觀的建立、崩坍或轉向。儘管他們在當下已經是「知識分子，教授，畫家」（本文所有引文，除專門標注出處的地方，其餘均引自小說集《劉曉東》），1980年代依然是他們生命中如影隨形的幽靈。與用身分、地位、金錢撐起的光鮮的社會形象相比，歷史的幽靈無疑更偏愛真實而瘦弱的靈魂——他們曾被「理想主義的光芒」吸引、灼傷而

又念念不忘，只是「整個時代變了，已沒了他發言的餘地」，於是面對世界的方式只能是或對峙（〈等深〉中的周又堅）、或瑟瑟發抖（〈所有路的盡頭〉中的邢志平）、或犬儒（三篇小說中那個喋喋不休的敘述者劉曉東）。

二

坦率地說，我並不認為現有的言論空間阻礙了我們繼續談論1980年代的挫折與傷痛，並進而影響到對《劉曉東》的繼續討論。在1970年代末至1980年代初，曾爆發了一場以聲討歷史為名的文學運動，參與者無不在鮮血與暴力的展示中獲得了政治正確和道德淨化的快感，於是早於1980年代的那些傷痛和挫折就被順利地歸結為歷史的「斷裂」、「變異」、「病變」的結果。由此，幾乎所有的參與者都迅速完成了與自己參與創造的歷史的切割，事實上這是另外一層意義上的自我捆綁和自我禁言。

儘管1980年代的陰影始終籠罩著弋舟的敘事，然而弋舟確實無意復活「傷痕文學」的思路去追討歷史責任和道德承擔。因為，如果把「劉曉東」們解釋為歷史的受害者，那麼又如何解釋多年之後擁有了「知識分子，教授，畫家」等社會精英身分的「劉曉東」們？如果，轉而承認他們亦是「體制的受益者」，那麼，是否意味著他們已與歷史達成和解，就此修復斷裂的歷史？事實上，在「受害者」與「受益者」之間，在發現歷史連續性中斷裂的瞬間與重建斷裂歷史中的連續性之間，存在著複雜的糾纏，從來就不是簡單的政治立場和膚淺道德訴求所能解決的問題。所以，刻意預設某種立場去書寫或解讀一段歷史的罪與罰，本身便涉及寫作和批評的倫理問題。因此，討論「劉曉東」們所涉及的問題，最關鍵的地方在於，1980年代的光榮和挫折如何進入「虛構」，在具體經驗的層面建立歷史與當下的關聯。

弋舟一直在歷史記憶、精神創傷與當下的生活之間尋求充沛而豐富的敘事張力，他的敘事來來回回穿梭於「那個時候」的回憶與「這個時代」的陳述之間，充滿了歷史辯證法的色彩（筆者注：「那個時候」、「這個時代」這兩個標示歷史年代的詞語反反覆覆出現於「劉曉東」們的故事中）。這一切源於弋舟始終正視一個基本事實：「劉曉東」們作為歷史主體見證了一個時代的開啟和落幕，他們以自

身的言行參與、建構了那個時代的激盪和頹敗；「劉曉東」們深知他們精神乃至日常與那個時代的同構與呼應關係，而絕非僅僅是被歷史潮流攜裹的盲從者。

所以，時過境遷之後，他們固然可以如前朝遺老那般執念往事——「那個時候，茉莉是一個將十字架戴在胸口的女孩」，卻也認識到幻滅降臨時的代價——「他這個無辜而軟弱的人，這個『弱陽性』的人，這個多餘的人，替一個時代背負著譴責」；他們一邊溫習著那個時代的高蹈——「他生命中第一次遠行，就遭遇了一個詩人。在那個時候，這不啻是和一整個時代正面相遇」，一邊卻又能清醒地反思、擠壓那個時代的精神泡沫——「現在看來，尹彧當年的詩，的確不足以進入文學史」；他們很清楚自己在當下相對優裕的物質生存狀態——「我們都曾經被迫逃離，後來我們也貌似過得都不錯」，然而卻總是難以平衡兩個時代之間的精神落差，於是他們成了時代的分裂症患者、「自我診斷的抑鬱症患者」……。

於是，劉曉東們成為了這樣一種群體：告別激昂和虛妄並存的大時代之後，投身於精緻而市儈的小時代；背負著大時代的幽靈，享受著小時代的恩惠。他們的肉身在兩個時代的精神和日常中「踟躕和徘徊」，從而讓自己的故事成為時代症候的載體，彙聚其中種種經驗一端連著真實與虛妄相交織的歷史，一端指向心不在焉卻又蠅營狗苟的當下和未來。

三

弋舟覺得「劉曉東」這個名字「以自己命名上的庸常和樸素，實現了某種我需要的『普世』的況味。」在我看來，這「普世」指向的是經驗的複雜。正如前面已經提到的那樣，「劉曉東」們的故事的遠景是政治、歷史，紋理中卻佈滿世情和日常，構成這些經驗的是諸多充沛、飽滿的細節。這些細節把「劉曉東」的故事引向諸多的可能性。因此，與其對這些經驗進行分類、定性，倒不如緊貼細節去體會這些讓人心力憔悴的故事裡所瀰漫的繁複的思緒和情感。

大學教授劉曉東及時地阻止了一個未成年孩子周翔精心策劃的謀殺案，孩子的父親正是自己的大學同學周又堅。周又堅多年來的沉默與頹廢深深影響了孩子，以至於當周翔發現自己的母親（也是劉曉東的大學同學）與上司關係曖昧時，便以為發現了父親消沉的原因，於是試圖用快

意恩仇換回父親的尊嚴。劉曉東在找到周翔時，一個令人焦灼的問題浮現出來：「我覺得我此刻面對著的，就是一個時代對另一個時代的虧欠。我們這一代人潰敗了，才有這個孩子懷抱短刃上路的今天。」由此，歷史變動、精神創傷與當下的生活之間的關係便在〈等深〉這個故事裡建立了聯繫。

我並不認為此刻劉曉東的不安是一種中產階級的矯揉造作。很顯然，劉曉東的焦慮來自於自身的精神創傷以及這種精神創傷對後代的遺傳和感染，畢竟小說裡還有個孩子名字也叫劉曉東。這一點絕非空穴來風，至少有研究會言之鑿鑿地宣稱：「今天我們已經掌握了大量材料，證明確實有精神創傷的代代相傳⋯⋯父母的過去被轉移到他們的子女的幻想和感情生活中去了⋯⋯在當今的形勢中，確實有一種精神創傷正在發揮影響——而且既是在個人層面，也在集體層面上發揮影響。」（【德】哈拉爾德・韋爾策編：《社會記憶：歷史、回憶、傳承》，季斌、王立君、白錫譯，北京大學出版社2007年版，頁257）但是，科學研究能闡明問題的發生機制，卻無法面對歷史的弔詭。正如小說使用了海洋地理學的名詞「等深」作為

小說的題目。我們很容易理解從「等深流沉積物」到歷史遺跡、歷史殘留物這樣的隱喻生成過程，只是如何解釋、如何祛魅又是另外一件讓科學束手無策的事情了。

我固執地認為，弋舟在寫下劉曉東的焦慮時，一定想起了近百年前魯迅的感傷：「救救孩子」。我無意在文學史意義上把弋舟和魯迅關聯，而是覺得弋舟重提了百年來中國歷史中的一個死結，即歷史斷裂與精神創傷。我所說的「斷裂」並非是指重大歷史事件發生後所造成的歷史轉向，而是指歷史敘述刻意製造的中斷和隔絕。其中很重要的一點，便是歷史記憶代際傳承時所設置的禁忌和空白。由此導致的後果是，每一代人總是在上一代人的沉默或言辭閃躲中度過，在對過去無知和對未來的不可想像中，獨自摸索。這個過程中始終伴隨著莫名其妙的不安的感覺，還有那些說不清道不明的被拋棄、被傷害的感覺。如此反覆，始終沒有盡頭。所以擺在劉曉東面前的只有一種選擇：如何重建歷史記憶的代際交流。

在這個過程中，劉曉東首先面對便是如何重評「那個時候」，其實便是如何看待孩子的父親包括自己在內的一代人：「我們畢業前那個夏天所發生的一切，已

經從骨子裡粉碎了周又堅。整個時代變了，已經根本沒有了他發言的餘地。如果說以前他對著世界咆哮，還算一種宣洩式的自我醫治，那麼，當這條通道被封死後，他就只能安靜地與世界對峙著，徹底成為了一個異己分子，一個格格不入，被世界遺棄的病人。」

歷史在一代人身上刻下印記之後，人群發生了分化，一部分人成為「貌似過得也不錯」至少表面上看似正常的劉曉東，一部分攜帶著與當年的劉曉東同質的部分駐留在往日的時光裡，「將世界戛然卡住」，成為「那個時候」的活標本。於是，才有了劉曉東對著孩子談論周又堅。這其實也是今天的劉曉東在對著昔日的劉曉東進行回憶、凝望、反思。「街頭」、「喊」、「咆哮」、「夏天」、「疾風驟雨」、「風口浪尖」等片段拼貼了一個時代「沸騰的往事、遼闊的風景」。然而，當劉曉東有意無意地把這些回憶與周又堅患有「癲癇」常常因為外界刺激不斷「昏厥」這樣的生理病症相關聯的時候，他的態度變得曖昧起來。事實上，「癲癇」又何嘗不是「那個時候」社會精神症候的一種隱喻呢？但是問題另一面是，這「癲癇」中畢竟承載了他們當年對美麗新世界

的想像，而且他們亦付出了代價。所以，劉曉東最後對孩子說：「周又堅是有正義感和羞恥心的人，他在生理上的痼疾，其實更應當被看做是一種純潔生命對於細菌世界的應急反應。」劉曉東小心翼翼而又有所保留地擠壓了那個時代的泡沫和不堪，提取了那個時代他們所珍視卻不免有些誇張和美化的品質，顫顫巍巍地交給了孩子。

「發自肺腑地想要給周又堅的兒子、我們的下一代，樹立起一個完美父親的形象」這種訴求，於個體而言即真誠又現實，於一代人而言，則可稍稍化解歷史的重負。多麼艱難的交流重建啊！儘管這樣的交流顯得力不從心、戰戰兢兢，然而歷史記憶裡晦暗的硬塊開始微微地鬆動，那些因歷史變動所造成的精神創傷似乎也有了療救的可能。這讓我想起集子裡另一篇小說〈而黑夜已至〉的結尾：「黎明將近」。

四

作為一個集子中的系列小說，每一篇似乎都指向「劉曉東」們的某一種面相。在〈而黑夜已至〉中，歷史的夢魘似乎漸行漸遠，「劉曉東」們的當下狀態便

成為敘事焦點。劉曉東情人的學生徐果找到他，這個姑娘聲稱十年前自己的父母死於一場車禍，肇事司機找人頂罪逃脫了法律的制裁，如今她需要別人協助她向如今已為巨富的司機討回物質補償。政法大學的藝術系教授劉曉東後來發現自己幫助別人完成了一場詐騙，儘管這場騙局的初衷多少還顯得有些無私。

雖然與〈等深〉相比，這篇小說存在著一些過於明顯的「偶然」和「巧合」，但是這並不影響我們審視已陷入「中年危機」（筆者注：這個名詞並未在三部小說中出現）的「劉曉東」們的基本狀態——「如今我是個抑鬱症患者，我自我診斷，自我歸咎，我覺得我欠了這個世界的」。「中年危機」、「抑鬱症」、「精神創傷」存在著相似之處：深陷時空的某個節點，退不出來邁不過去；在個人或真或幻的悲哀中不斷淪陷，對外面保持著尖銳的敏感卻又拒之千里；看透了世情的運行規則和底線，對自己卻無限放縱、寬容。正如劉曉東躺在情人的床上感慨的那樣：「是的，這城市很糟糕，那麼空，卻又人潮湧動，一個早上就會有七個人死於車禍，下著和山裡不同的骯髒的雨；人的欲望很糟糕，可以和自己兒子小提琴老

師上床，可以讓自己的手下去頂罪，可以利用別人內心的罅隙去佈局勒索。可是，起碼每個人都在憔悴地自罪，用幾乎令自己心碎的力氣竭力抵抗著內心的羞恥。」此時的劉曉東已經放棄了對外界對自身的任何抵抗，自我感傷自我哀憐的情緒遍佈全身。

與此相對的是，徐果對劉曉東說過：「是的，你們都是這個社會的強勢階層。」劉曉東想要自辯卻又無能為力。因為，這段在文本語境中並無嘲諷之意的話無意中透露出些許社會真實。儘管「劉曉東」們已經無力也無心參與這個世界上的任何問題，然而在更為弱勢的人的眼中，他們依然是這個社會的精英，或多或少地分享著體制的紅利，能享受部分的權利，調動些許資源。

所以，我反覆閱讀〈而黑夜已至〉時，一直在懷疑，弋舟是否在用這篇小說來完成關於知識分子／中產階級的自我嘲諷和自我審視。因為，掌握知識、擁有話語權、洞察世界的「劉曉東」們如果想掩飾自己在這個世界上的懦弱、無力和苟且，他們確實可以為自己調動很多的話語資源和社會資源，例如，返身歷史可以找到「精神創傷」這種精神症候，居於當下

則能用「抑鬱症」這種生理症候，當然，也能用「中年危機」這樣一個較為通俗而又有無限容量來容納種種託辭的名詞，畢竟他們真的是「中年男人」啊。但是誰又能清楚呢？小說的結尾，劉曉東對情人說：「今天陪我去醫院吧」。或許我們社會的社會中堅、知識精英呈現種種精神症候是真實的，而這真實是他們與體制和諧共生的結果。只是「劉曉東」們不願說破，他們的精神症候是社會種種症候的表徵，甚至可以說，他們參與、構建了自身與社會的種種症候。所以說，他們無法救人、亦無法自救。這一點確實令人絕望！

五

〈所有路的盡頭〉是集子裡的告別篇。大學校友邢志平跳樓身亡，劉曉東為追尋死因，與形形色色的「劉曉東」們發生了交談。終於他們可以聚在一起聊聊他們共同經歷的「那個時候」了。追尋的結果令人惶恐而羞愧：邢志平不是「那個時候」典型的「劉曉東」，他游離於「那個時候」的潮流，卻始終被潮流攜裹得踉踉蹌蹌，最終被「那個時候」虛妄的神話所壓垮。這是一個巨大的反諷：一個歷史潮流之外的無辜的人，卻承擔了歷史的挫敗和傷痛，而僅有那些閃耀的歷史時刻卻歸於繼續活著的「劉曉東」們。於是，「劉曉東」們一邊緬懷共同的時光，一邊剔除盡了關於「那個時候」的意義修辭。路的盡頭只能是告別：「這一刻，我的心裡沒有絲毫感觸。不，也許有，我想我是在向照片上那個八十年代致哀和告別」。

當然，我也很清楚路其實遠沒到盡頭，這只是「劉曉東」們暫時的告別，只是片刻的自我安慰。因為，我想起〈等深〉裡病重的父親對劉曉東吼出的一句話：「你懂什麼？我說的聲音不是你喊出來的，是你肚子裡的！你肚子裡的話太多了，早晚會憋死你。」所以，還有很多話「劉曉東」們沒有說，還有很多事情「劉曉東」們還未面對，他們需要的可能是相對從容地去面對、去思考、去了結一個個問題、一件件事情。在〈等深〉的結尾，劉曉東說：「蘭城被一條大河分了兩半，當我從河的南面跨橋走向河的北面時，我只是再一次感覺到了『渡過』的心情」。是的，在「那個時候」和「這個時代」之間，「劉曉東」要多次往返、渡過，路遠沒到盡頭……

【方岩，中國現代文學館客座研究員、《揚子江評論》編輯】

文字世界裡的平靜之地
評李師江《福壽春》

徐譽誠

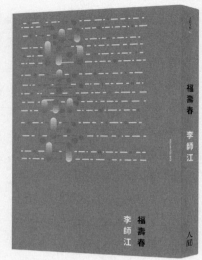

人間出版社

一

台灣讀者對李師江應不陌生，有兩個主要印象。一個是他在2002年至2003年在台灣出版了四本著作，包括長篇小說《她們都挺棒的》、短篇小說集《比愛情更假》、《肉》，以及隨筆集《畜生級男人》。如此密集的出版速度（以及二刷至三刷的追補加印），顯示當時在台灣已引起一股閱讀風潮。這些作品的風格一致，即為「下半身寫作」的創作實踐。其名源於2000年在北京出版的詩刊名稱：《下半身》，強調相對於上半身的知識文明、道德禮教，下半身更顯得真實活現、生猛有力。其後該創作方向漸成流派，同時期的作者還包括尹麗川，在台灣出版過《賤

人》、《再舒服一點》等。

下半身流派的創作風格，從上述書名即可嗅聞一二。李師江在該段時期的作品，直率敢言、筆鋒尖銳，不顧自身疼痛與否、執意衝撞任何道貌岸然的思想壁牆。在該批小說裡，主角大多是個在北京城市生活的、三十歲左右的男子，以第一人稱敘述著自己的肉體慾念、過往情史，以及各式各樣的打混求生經歷。綜觀之，主角原型是個不屑世俗的浪蕩無賴，他全身是刺，表面上否定所有肉慾以外的價值，實際卻深深相信文學藝術，彷彿尖刺表面下藏有一顆柔軟內心，於是所有攻擊性的言語其實都與敗俗惡德沾不上邊，比

較像是某種信念激烈展現的形式手段。

台灣讀者對李師江的另一個印象，是2008年出版的歷史傳記《像曹操一樣活著》。該書以幽默詼諧的輕鬆筆調，把僵硬厚實的歷史文本寫成一則又一則通順流暢的生動故事。原本下半身流派的寫作路數，在該書裡變成描述一代梟雄歷史情節的戲謔口吻，味道正好相合，讀來好笑有趣，在台灣銷售反應頗佳（至少已五刷加印）。

上述兩種印象，在台灣各有不同的讀者群。下半身系列作品較接近純文學，歷史傳記系列則較接近大眾文化，兩邊讀者看到另一邊作品時，可能會心底懷疑作者姓名只是湊巧相同而已。這是李師江厲害的本事，不將自己框限在某個創作類型裡，勇於嘗試更多可能性。近期李師江在台灣出版的《福壽春》，即又是一例。

二

《福壽春》是李師江2007年的長篇小說。該作品整部均聚焦在福建寧德市郊區的增坂村農家生活上，以寫實筆調描繪農民李福仁一家，從他六十幾歲急欲兒子們繼承農事家業敘述起，到七十幾歲無力下田、無人可繼只好賣出農地，這段十來年的農家故事。

小說裡這十來年的時空背景，從文本判斷約是八〇至九〇年代，正是大陸現代化快步起飛的時候。在都市化高度集中的趨勢裡，增坂村這類農村小鎮，位處現代化潮流的細長尾巴最末端；村民們維持傳統生活模式，與土地共生，從事農業、漁業工作，而年輕一代則對農漁勞動沒興趣，大多對繁榮的都市生活有所嚮往，實際上卻不清楚自己能做些什麼。同時期在大陸的另一社會背景，是1980年政府推動的一胎化節育政策。在如此背景下，邊陲農村的上下兩代形成對比。小說裡李福仁一家即是實例。

李福仁與妻子常氏共育有四男、兩女。在農業社會的傳統價值中，多子多孫等同有更多人手能夠幫忙家裡農事，代表農穫增加、收入提高。但在現代化的浪潮下，李家年輕一輩的兒子們已不想繼承家裡的傳統農漁事業，同時對於務農的父母不再唯命是從，甚至連敬養終年之孝道都無法盡責。在這個快步現代化的社會裡，「子孫滿堂」已不像在傳統社會裡所象徵的福氣富貴，「養兒防老」亦已不是因果定律。然而，矛盾的是，年輕一輩在節育政策的規範之下，仍會想盡辦法地生下一個男丁，為此不惜遠走他鄉、躲避計生組追緝，只為膝下能有一名男孩傳承血脈。

年輕一代所面對的問題，在上一代早有答案結果。《福壽春》裡首篇即是算

命師預言著李福仁的未來：「子孫滿堂、老來孤單」。在沒有生育限制的年代裡，李福仁生有四名男丁，性格、才能、際遇各有不同，但均未能如李福仁之意繼承農事家業，甚至無法好好陪伴身邊。兒群眾多已是如此，年輕一代又如何能期待未來血脈單傳的男丁能負起沉重的養老責任？

這是傳統鄉村社會現代化必然遇到的問題。新舊兩代隨著時代變遷而彼此越離越遠；世界越是進步，親子人倫關係越是退步。看起來是個無解的循環難題：年輕一輩表面想要跟上時代，摒棄傳統農業生活，實際上在現代化潮流裡走不出什麼新的路徑，仍緊緊捉著重男輕女的舊價值，猶如原地踏步。

《福壽春》所描述的即是這般困境。小說從算命師的預言開始，隨著一節又一節的劇情鋪陳，看似預言正在一步一步成真。小說前大半部的真正主角是常氏，她一生為兒女奉獻，心甘情願做牛做馬，對兒孫慈愛寬容，極盡寵溺能事，卻無法得到對等回報。李福仁則相對是個旁觀角色，堅信辛勤勞作才能獲得成果，對於其他家務繁瑣之事較少過問。這對老夫妻，在小說情節推演中，看似要被現代化必然的發展趨勢拋在後頭、狠狠淘汰，眼看預言即將成真，但小說最末卻是一個翻轉，對於那無解的循環難題提出見解。

原來那堅守的信念價值：「男丁傳承血脈、養兒防老、重視未來需有子嗣送終與造墓祭拜」也許都不是最重要的。小說裡最末一節，李福仁受盡不肖兒子的氣，上山找和尚友人談天；這一談，他似乎發現生命裡其他的可能性，也就留宿山間寺廟之中。和尚對他說：「福在心中，自覺得有福便是有福了，那福，乃是自己參悟出來的。」而李福仁原本極在乎沒有兒孫給自己造墓，經歷如此體悟後，則覺得有沒有墓都不再重要了。小說裡如此形容：「無事也上了山頭，看山觀海，聽鳥聽泉，碰到零丁到此地種茶的農人，閒叨幾句，便將那世俗煩惱，漸漸忘卻。」

回過頭檢視：所謂的現代化潮流，除了工業科技的發展、經濟模式的改變、生產效益之提升等，在人文精神上，是否有任何可稱做「進步」的地方？此問句可能需要更多時間才能回答，而在《福壽春》這部小說裡，從前大半部看來，人與人之間關係稱不上進步，甚至越見疏離；但在最末結尾，精神思想擺脫老舊枷鎖，往前跨進一大步。就小說而言，我們看到物質生活隨著章節漸漸改變，但在思想上能夠與之對應進步的，不是年輕一代見識過都市生活的兒孫們，而是最後在山間開悟的李福仁。這是小說情節上的起飛迴轉，也是作者對於此議題的省思與體悟。

三

　　《福壽春》這樣一部以寫實基調為主的鄉村小說，的確讓人難以聯想是下半身流派的李師江的作品，但裡頭的增坂村，其實已多次出現在他先前的小說裡。例如在短篇小說〈比愛情更假〉裡，增坂村即是男主角的故鄉，在他受夠大都市各式紛擾炫目的複雜情節、想找個清悠的地方專心寫作時，他即會躲到增坂村裡，靜靜地專職文學創作。

　　增坂村在李師江作品裡是寧靜故鄉的代表，也是現代化大都市的相反對照組。都市裡人心迂迴複雜，鄉村裡即簡單直白；都市裡物慾橫流、情感氾濫成災，鄉村裡則真切務實、清心寡慾。增坂村該是李師江心目中的境外桃源，各種煩心紛擾的止步之地。城市裡有多嘈雜混亂，增坂村即有多寂靜清悠。

　　於此，我們不難理解，為何原本筆鋒尖銳、伶牙俐齒的李師江，在《福壽春》裡願意老老實實地、近乎白描方式地敘述一則農家故事。前後兩種創作路數各不相同。我認為下半身流派時期的李師江強調的是對慾望、人性的自省式深度思考，盡其所能地往未知之境探問，重視在文學藝術上的成就。而《福壽春》則是以情感為主要訴求，對故鄉依戀、對於鄉村在現代化趨勢下必然漸漸消逝感到不捨，進而在文字的世界之中，以白描寫實方式，一磚一瓦地將整座村莊重新建立起來。李師江在該書後記說道：「我越來越深刻地意識到，終究是需要故鄉的……可以預知的是，再過多年，我所熟悉的故鄉，將會面目全非，乃至消失——不論是因污染而背井離鄉，還是因開發而物是人非，『故鄉』，將會被快速奔跑的中國遠遠拋棄。那時候，聊以自慰的，只有手邊一本《福壽春》。」於此，該書對於作者的意義該是「在永恆的文字語境裡，重建故鄉」。

　　然而，作者並非真正務農之人，整個「故鄉重建計劃」僅能是觀察與記錄的結果。李師江或許發現自己的文人式敘述語調再如何貼近鄉村，中間仍會有所隔閡，於是將敘述視角改為「說書人」，整部小說即是說書的成果。這個「說書人」並非完全客觀地描繪農村裡發生的大小事，他會不時跳出來和讀者對話，叫喚讀者「看官」，並且發表對故事的意見。他的立場是肯定傳統農村與土地共存的生命觀，偶爾嘲笑自己的文人語調，有時也會發表自己的文學創作觀；從裡頭我們能看出《福壽春》的創作理念：「看官若讀了泱泱百萬文字，盡是些無用之事，既不能勵志啟迪，又沒有傳奇異見，只是小得不能再小的人情世故，普通得不能再普通的平凡賤

人，倒不知會做何感想？於我自己來說，倒是想靜坐書齋，不在人群中說喧囂嘩眾之語，專寫這無用之書來著，窮一生寫一生，旁人看不看喜不喜歡無關我事。」若以李師江的作品來看，那「有用之書」約莫是相近時期的歷史小說曹操系列，而「無用之書」則是這本《福壽春》。這裡指的有用／無用，只是現代化思維下的產物，即是以「閱讀後能否有實質幫助」為判斷依據；能像工具書增長生活所需的知識見聞者，則是有用，反之則無用。若以此標準來看，人類情感算是有用或無用？顯然無用居多（不僅如此，還常常拖累有用的部份）。作者以這段話註解了整部小說，以及表達自己的創作初衷：正因為「無用」，所以《福壽春》在精神世界裡可以是一塊平靜之地，不受時代變遷影響、不被高速效率化的現代生活磨損掉裡頭的情感價值，能夠讓作者本人，以及任何願意打開書本的讀者，進到裡頭鬆緩口氣，享受片刻的寧靜休憩時光。

四

總結而言，《福壽春》是一本懷舊的情感之書。作者願意放慢腳步、細細描繪農村人事的姿態，在緊湊的現代生活裡顯得難能可貴。他所展現的，不只是傳統鄉村的樣貌，更是人與人之間的濃厚情感。

《福壽春》的書名，出自於小說裡李家門口張貼的春聯，原是吉祥話之意。但若再拆解，把三個字分開解讀，亦能有其涵意。「福」代表的是小說裡的父親李福仁，「春」則代表李家的四個兒子安春、二春、三春、細春，「壽」則是年歲之意；把三個字相合，字面意思則是「父與子的相處時光」。

李師江在該書後記裡，提到自己回故鄉的生活裡，有一件重要的事情即是開車載父親去看病：「我突然意識到，送父親來往的時光，亦可能是人生中最美的時光之一。父親於我而言，不僅是父親，他承載著我對鄉村的寄託與迷戀。」

《福壽春》裡的最末情節，是細春上山探視父親，希望勸父親下山，但終究未果。最後細春獨自下山，想起曾與父親的相處片段，不禁淚濕：「那斥責，如今想來如此親近，歷歷在目──這喝斥以後不會再有的。如今自己也當了父親，那感覺，也許只有自己喝斥兒女的時候，才會再有──卻是換了角色。」讀到此處，任誰也不會再去算計什麼有用無用，人生在世，最在乎的仍是情感。《福壽春》是作者一句溫柔的感嘆，而此書的情感之濃，在此處亦可見一斑。

【徐譽誠，作家】

從「糞便」說起⋯⋯
讀李師江《福壽春》

宋嵩

人民文學出版社

一

　　這個開頭可能會給人帶來不適感，但是它真的很重要。

　　在小說《福壽春》的第9節，常氏在自家的花園裡摘了半斤茉莉花，並以一斤一元的價格賣給了小販，得了現錢，這才意識到原來種花也是可以賺錢的，遂埋怨丈夫李福仁「若早些鋤草施肥，今日或許可大採摘了」。幾天後，李福仁為了給園地施肥，特意去找鄰人老蟹：

　　李福仁掉轉話題道：「我那茉莉要澆糞肥，可到你的糞池去舀兩桶？我一家也都在你糞池裡拉。」老蟹道：「那無妨，你舀便是，現在有人舀了，也有不跟我說的呢！」又道：「這些年多用化肥，糞也不珍貴了，誰愛舀我也不說他。」
　　⋯⋯
　　當下李福仁謝了，到後廳牆角挑了兩個糞桶，見細春正在跟厝裡小孩子玩耍，便詢問要不要一起去。細春道：「挑糞這種事落我頭上，豈不讓

人笑死，你就讓我歇著吧！」

……

直忙兩天，把鸚鵡籠和蓮花心的樹都澆遍。那樹吃了肥料，倒跟聽話似的靈驗，很快出了一遍新芽新枝，又繁茂了一重。

這便是小說第9節後半部分的情節大概，未讀過原書的讀者也可經由這段文字領略該書的獨特風貌。是的，它給人的感覺很特殊。《福壽春》甫一面世，便被眾多評論家視為大陸七〇後小說家走上「向傳統回歸」之路的領頭羊；更有論者從語言、結構、敘事腔調、敘事方式諸方面出發，分析「中國本土小說傳統對於李師江的滋養與影響」，稱《福壽春》是「李師江向中國本土小說傳統的致敬之作」，甚至盛讚《福壽春》的創作是「奇蹟」（王春林：〈鄉村書寫中的人性之旅──新世紀長篇小說創作的一種趨向分析〉）。若按章回小說的傳統，我們或許可以代作者為這一節（回）戲擬一個「常氏受驚辭雇主，福仁借糞澆花園」之類的回目；但若要拿出讀《紅樓夢》和《金瓶梅》的架勢來讀《福壽春》，作者一本正

經地用幾千字的篇幅討論「糞便」，其用意實在是大可玩味。在這寥寥幾頁的敘述裡，小說中的三位重要人物──李福仁、常氏和細春──的性格，便被大致勾勒出來；而李福仁和小兒子細春的一番對話，也如草蛇灰線一般，為小說的結尾埋下了伏筆。由此看來，這段語涉「糞便」的文字，看似閒筆，實則是解讀《福壽春》的一大關目。

二

李師江的小說創作始於世紀之初，至今已有十四、五年；《福壽春》寫於2007年春、夏之交，恰好位於作者創作歷程的中點。早年的李師江是「下半身詩歌」的中堅人物，小說只是他詩歌創作的副產品，書寫主題與詩作同構，同樣以追求肉體的在場感、關注生活中最本能的層面為己任。他當年鮮明的小說風格得到了虹影「他是我們時代的塞林格，具有真正的麥田守望精神」的評價，尹麗川則指出「李師江的小說中有種汪洋恣肆的能力，這種能力可以被視為是一種『小說天才』」。然而《福壽春》的問世，卻標誌著李師江創作風格的巨大轉變；尤其是當這種轉變

發生在頗具先鋒姿態的長篇《逍遙遊》斬獲大獎之際，就更出人意料了。從此，李師江開始了多種風格並行不悖的小說寫作之路，既有延續最初路數的《中文系》、《哥仨》，又有關注鄉村生活和家庭倫理的《福壽春》、《神媽》，甚至還將目光投向歷史題材，創作了反映閩台近代歷史的《福州傳奇》和《三坊七巷》。

或許是擔心熟悉自己的讀者面對《福壽春》在風格上的轉變無所適從，李師江在小說前安排了二十三條「創作劄記」，逐條闡發自己在寫作過程中所遵循的原則和追求的目標，其中屢屢提及《紅樓夢》、《金瓶梅》；又在「後記」中罕見地與讀者分享「藏在內心的關鍵字」，試圖用諸如溫暖、父子、命運、土地、香火、傳承、挽歌、舐犢、愛溺、生老病死等詞語來概括小說的主旨和自己的寫作意圖，像極了許多古典章回小說前後所附的「讀法」，向小說傳統的回歸也由此更加徹底。

李師江延續古典小說傳統的努力，從《福壽春》的命名上也可見一斑。「福壽春」真是極具中國特色的好名字，相信每一位華語文化圈的讀者看到這三個喜慶的、帶有美好寓意的字眼聚在一起，都會從心底湧出一種過年般的感覺；而在小說中，這三個字也出現在「一門天賜平安福，四海人同福壽春」的春聯上（第11節）。更重要的是，這種命名方式傳承了由《金瓶梅》開創，又由《玉嬌梨》、《平山冷燕》等世情小說延續下來的傳統。「金」、「瓶」、「梅」分別代表著與西門慶有密切聯繫的三個女子的名字，而福、壽、春三字則構成了李師江筆下的男性人物群像（李福仁、李兆壽、李家四「春」）。除此之外，作者還坦言，「『福壽春』代表了傳統農村人的最高理想，是一個農民對自己家庭所嚮往的理想境界，他們希望自己長壽、親人幸福、子孫滿堂。以此為題，可以達到將農村理想置於當下的效果，具有大俗大雅的美學趣味，也能代表這部小說內容上的趣味。」

三

然而，理想與現實之間往往存在著巨大的差距。理想必定是美好的、喜劇性的，但現實卻總不能遂人願，反倒由性格

導向悲劇。現在，我們可以回頭來審視本文那個頗為讓人反胃的開頭了。

讀慣了古往今來以情節取勝的小說，相信許多讀者乍一面對《金瓶梅》這樣沒有完整、離奇的情節，唯以描寫日常生活為能事的作品都會不太適應。但這樣的小說對人物性格塑造的要求更高，難度也更大。黑格爾曾有名言說，「性格就是理想藝術表現的真正中心」。李師江以《金瓶梅》為榜樣，在《福壽春》中，我們處處可以窺出他塑造人物性格的努力，單就前舉「糞便」一例便可見一斑。

作為小說中最重要的女性人物，常氏一手掌管全家財政，在李家的地位甚至超過丈夫李福仁，起著「主心骨」的作用；但握有財權並不等同於擅長理財持家，氾濫的母性往往導致家中財政外緊內鬆，這便是「愛溺」這一關鍵字的具體所指，它表現為常氏對子女一視同仁的縱容，尤其是對三春的姑息養奸。常氏到自家花田裡摘花一事，發生於她剛剛被城裡主家辭退、「無時不想著生計」之時；而她的被辭，正是由於主家葉華疑心她和三春手腳不乾淨、出於「家賊難防」的考慮

而作出的無奈決定。作者雖未明言盜竊之人是誰，但旁觀者清，讀者一眼便可看出此舉必是三春所為無疑。可憐常氏一片舐犢之情，直到此時仍不忘祖護三春，理由居然是讓人啼笑皆非的「我兒也是讀過書的誠實人」——姑且不說「誠實」與否，單就「讀過書」而言，便足夠讓人笑掉大牙。聯想到此前三春曾抱怨自己沒有做生意的本錢，「憑我的腦子，是可以發財的」，這母子二人，一個大言不慚地吹，一個心甘情願地捧，活脫脫演出一幕幕人間喜劇。

作為名義上的一家之主，李福仁的威嚴也只能如這「名義」一般虛無縹緲。他對妻子可謂是言聽計從，只要她略有「抱怨」，第二天就會騰出手來，帶著小兒子到花田鋤草，「直忙了兩三日」，李家老夫妻二人之間的關係也便由這三言兩語概述出來。而李家茉莉花田的荒蕪也是事出有因：在常氏，是因為她長期在縣城人家當保姆，不可能顧及家中農活；在李福仁，則是因為自己的四個兒子都不是種田的料，或好高騖遠或遊手好閒，當務的農活全都壓在他一個人肩上，類似於種茉

莉這種無須太多關注、重要性也比不上種水稻蕃薯的活計，自然會在日常的忙碌中被忽視和遺忘。「田園將蕪」的現狀，也折射了出年輕一代的心已經無法拴在土地上的事實。李福仁為了兩桶糞去同老蟹商量，兩位老人的對話也頗有深意。一方面，為此區區小事還要親自登門徵得對方的同意，彰顯出李福仁身上凝聚著老一輩人「重禮數」的傳統，與年輕一代的「無禮」、「不孝」、「膽大妄為」形成鮮明的對比，也印證了老蟹「現在有人舀了，也有不跟我說」的無奈；另一方面，李福仁在問過「可到你的糞池去舀兩桶」之後，還不忘強調一句「我一家也都在你糞池裡拉」，也顯示出他性格中固執的一面；不願求人，亦不會欠人；而這種固執，還直接導致了日後李福仁、李三春父子的反目，並成為李福仁看破紅塵、決心追隨長生和尚在慈聖寺終老一生的關鍵原因。

在這段與挑糞澆田有關的敘述中，還有一個不太起眼、但在之後的情節發展中越來越重要的人物，那就是李家的小兒子細春。在小說的前半部分裡，細春是以一個懵懂、貪玩的鄉下孩子的形象出現

的，小學畢業便不讀書了，雖然已滿十六歲，平日裡仍熱衷於和小夥伴們下河摸魚捉泥鰍。眼看安春、二春、三春都不可能繼承自己在農事方面的經驗，李福仁只能將希望寄託在細春身上，帶他下田鋤草、到灘塗洗蟶崽，希望能把他培養成為農家的接班人。但三個哥哥的不安分早已深深影響了細春幼小的心靈，一再抱怨「他們都不幹農活，你偏讓我幹！」（第6節）挑糞一事也被他理所當然地視為恥辱，「豈不讓人笑死」。細春的心態，同樣也是現今農村少年普遍心理的縮影；更令人擔憂的是，這種心理幾乎是不可逆的，正如茉莉花「吃」了糞肥後固然會繁榮一時、但這「中興」卻無力挽回李家的頹勢一般。它幾乎決然地宣判了傳統鄉土倫理的死刑，構築於土地與農事基礎之上的鄉土社會也隨之土崩瓦解。耐人尋味的是，在細春日後的成長過程中，他雖然曾走過一段彎路，險些重蹈三春的覆轍，最終卻又變相與鄉村妥協，儘管不可能再次像父輩那樣扛起鋤頭去土裡刨食，但將發家致富的希望寄託在水產養殖事業上，畢竟也是向鄉土回歸的努力。只是世事總不能盡如人

意，在老一輩人眼中最懂事的細春卻也最命苦，做養殖失敗了無法翻身，還要因為躲避計劃生育政策逃到縣城去開老鼠車維生。在小說的結尾，細春勸李福仁回家未遂，回望父親在雲霞滿天的背景下略顯發黑的身影，回憶起十幾年間父子之間關係的轉變，進而念及世事無常，不由得感慨萬千。讀到此處，相信每一位讀者心頭湧現出的，必定也是當年福仁、細春父子一前一後走在田間小路上的情景，個中酸澀，不由得使人潸然淚下。

在老輩人看來，人生在世，只有將娶媳婦、造新厝、修墳墓三樁大事了結，才算得上風光完滿；然而李家的事實則是，後兩項大事遙遙無期，四個兒子的婚事也未能全得善終，父子關係甚至鬧到了不可調和的境地。李家的父子矛盾，歸根結柢是現代城市文明侵蝕傳統鄉土文明的結果。作者在後記裡說自己的創作初衷是寫一部「鄉村小說」，但這顯然是一個「不可能完成的任務」。書中雖然沒有明確說明人物所處的時代，但根據某些細節（諸如「學生運動」、「台海危機」等等）和時間跨度來判斷，小說所反映的是二十世紀八、九十年代之交直至新世紀之初這十餘年間的鄉村變遷，而這段時間正是鄉土文明在城市文明的入侵面前加速瓦解崩潰的關鍵節點，以化肥代替糞肥，不過是這一變遷的一個具體表徵而已。李家的家庭成員除李福仁之外，幾乎所有人都多多少少與城市（縣城）發生過聯繫，並且樂此不疲。大兒子安春身為轉業軍人，兩年的部隊生活使他堅定了「休叫我幹農活」的信念，從此盼望著能靠戰友的關係在縣城裡找個差使。次子二春與李福仁之間的矛盾是作者最先透露給讀者的，而他也成為李家第一個外出打工的人。三春的「城鎮化」途徑最為極端，學木匠手藝不成之後加入了縣城黑社會小弟的隊伍。在小說的第11節有一段相當精彩傳神的描寫，寫三春加入黑社會後回家過年，頗有「衣錦還鄉」之感，「帶了一身派頭走過，自然是家鼠走在田鼠堆裡，有與眾不同的時髦相」；在街頭遇到熟人的問詢時還會「微笑致意，低調回道：『沒什麼，忙工作！』」而他應付母親常氏的說法則是「他那工作只有錄影裡頭有」。《逍遙遊》和早期短篇裡隨處可見的招牌式

的辛辣諷刺，在此難得地現身（這再一次證明李師江不可能在寫作中完全拋棄既有風格。在之後的寫作中，儘管他也曾致力於近代史這樣的嚴肅題材，但在此過程中的某些表述仍然被論者所詬病，最突出的例子便是他的長篇歷史小說《福州傳奇》）。這些是李家的男性成員。在女性成員中，常氏不僅進城給人家當保姆，還多次為了兒子的事情去找嫁在城裡的妹妹常金玉，每次都被金玉詬病「兒子闖的禍，一樁樁你都要跟到底，一輩子就給兒子做牛做馬，何時有個了結呀」；甚至還有一次為了去託人給三春求情，被門衛誤當做賊捉住，丟盡臉面。幾個兒媳，也都因為躲避災禍、逃避計劃生育檢查而進過城。算來算去，只有李福仁一人沒有並且拒絕同城市產生聯繫。也許，他是增坂村海邊最後一塊沒有城鎮化浪潮所吞噬的礁石。在已經成人的細春眼中，他的身影「鐵一般堅定」，但這種固執、堅持的價值又有幾何？李師江最終安排李福仁到佛寺中與長生和尚「閒居」，用出世的方式完成無奈的退守，也由此完成了對「福」、「壽」、「春」的反諷式否定。

四

《福壽春》是李師江在大陸出版的第二部長篇小說。在其第一部長篇《逍遙遊》的後記中，他曾頗為戲謔地寫道，自己的小說「在台灣被定位為快感」，相信這也是大多數人讀罷《逍遙遊》之後的最大感受。然而僅僅兩年之後，《福壽春》便帶給讀者截然不同的閱讀體驗。在小說中，李師江刻意模仿明清白話小說式的語言，力求以語言的陌生化來為閱讀過程減速。在第13則「創作札記」中，他寫道：「必須壓抑住局部出彩。段子橫出、奇話連篇是不誠實的炫技寫法。」緊接著又在第14則中強調「慢，是紙本小說的一種美學；忍，是紙本小說的一種品質。」「段子橫出、奇話連篇」的小說，恰如「下半身寫作」的詩歌，讀起來給人以一種很「爽」的感覺；但也正因為這種「爽」，作品往往流於皮相和輕浮，「肉體」之外別無他物，不可能、也不能夠觸碰哪怕是稍微宏大一點的主題。其實，在《福壽春》之後的創作中，李師江也並沒有完全擯棄他自入行以來便形成的創作路

數，在《中文系》和《哥仨》中又回到老路上，甚至比《逍遙遊》走得更遠。

王國維在評論元雜劇時曾指出：「元曲之佳處何在？一言以蔽之，曰：自然而已矣。古今之大文學，無不以自然勝，而莫著於元曲。……彼以意興之所至為之，以自娛娛人。關目之拙劣，所不問也；思想之卑陋，所不諱也；人物之矛盾，所不顧也；彼但摹寫其胸中之感想，與時代之情狀，而真摯之理，與秀傑之氣，時流露於其間。」（《宋元戲曲考·元劇之文章》）李師江雖然在第11則「創作札記」中表達了類似的願望（「越是出主旨之處，越要寫得不經意。否則，小說將成為某個社會問題的載體，或某個概念的詮釋。」）但他最終還是沒能將其貫徹到底。顯然，《福壽春》是不符合王國維心目中「古今之大文學」的標準的。它是一部努力追求克制、隱忍的小說，是精心謀畫、處處設伏的小說，是一部「不自然」的小說。在李師江自己的創作序列中，《福壽春》是一個無法被複製的「異

數」；而在當下的長篇小說創作實踐中，它也是一個相當罕見的存在。

這篇文章是從「糞便」說起的，在它行將結束的時候，讓我們再次回到「糞便」。我驚訝地發現，在創作生涯的初期，李師江曾寫過一篇題為〈糞便〉的短篇小說。在小說中，作者用「糞便年代」來指代「饑餓年代」，寫得汪洋恣肆。為了養大賴以活命的紅薯，「滿世界都是拾糞的人」；而村裡最富的人就是擁有最多糞便的人，因為他擁有增坂村（！）最大的糞池……〈糞便〉顯然也不是「鄉村小說」，它是那個階段的李師江最擅長的「下半身寫作」，比《福壽春》更不像「鄉村小說」。但它的故事的的確確也發生在一個叫「增坂」的村莊裡：或許「糞便」給李師江留下的印象過於深刻，從那個時候起，他就在謀畫著要藉這個由頭在「鄉村」的一畝三分地上鬧出點動靜來。——對於能把小說寫得那麼古靈精怪的李師江來說，這也不是沒有可能啊！

【宋嵩，中國現代文學館研究部助理研究員】

心靈創傷者的蒼涼情愛
評孫頻之《三人成宴》

王鈺婷

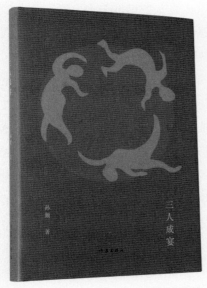

作家出版社

孫頻的《三人成宴》中展現了獨特的女性視野，以及幽深細緻的美學風格，相較於中國當代文壇八〇後的小說家極力捕捉成長與青春的苦澀與騷動，孫頻似乎是一個異數。孫頻筆下寫得最多的是愛情與婚姻中複雜多面的內在葛藤，並揭露其中所具有的獨特「人性」與創傷，這令我聯想起張愛玲在〈自己的文章〉中，對於書寫情愛「小道」有這樣的自剖：「我甚至只是寫些男女間的小事情，我的作品裡沒有戰爭，也沒有革命。我以為人在戀愛的時候，是比戰爭或革命時候更素樸，也更放恣。」受到張愛玲精鍊多變筆法深深吸引的孫頻，在《三人成宴》中，她關照的也無非是男女間的小事情，她沒有刻意書寫轟轟烈烈的大時代氛圍，「瑣碎政治／小歷史」的創作姿態，毋寧是她與同輩作家相較所展現出的對話姿態與自

我定位。

〈三人成宴〉是本部小說集的同名之作，也是頗令人驚艷的作品，這篇作品中孫頻以冷冽嘲諷的筆調，犀利剖析出封閉的女性角色在「主流」社會中的掙扎，微妙勾勒出父權制在性方面的壓迫，並促使女性受到壓抑，而終究瘋癲的敘事，頗具性別意識。〈三人成宴〉的主角鄭亞西是位離群索居的女畫家，由於鄭亞西三十出頭時就抱定不婚的主張，掙下房子，為了躲避長年孤寂的腐蝕，鄭亞西決定尋覓房客，故事就從李塘這位猶帶少年目光，介於男人與女人之間曖昧氣息的中年攝影記者租貸鄭亞西的房子來開啟敘事。

「三人成宴」是鄭亞西在經歷愛情創傷後的藝術之作，對照出女主角與新舊情人兩次的情感態度。首次「三人成宴」畫作的揭曉，在於李塘酒後無意中向鄭亞西吐露與妻子的無愛婚姻，促使他患有性愛恐懼症，面對李塘提出自己最致命祕密後的羞報，鄭亞西所交換的是「三人成宴」畫作後隱藏的創傷，她在男友移情別

戀後，不停地畫情敵以紓解怨恨，也將所有的愛恨情仇全盤轉移，以至於在想像中「三人成宴」畫作，在怪異燭光下男友面容模糊，情敵反而益發豐沛飽滿，顯現出兩個女人長久對峙的張力，而「三人成宴」畫作隱密最深處的部分，為女主角同樣因為愛情的創傷，而失去做愛的能力，鄭亞西所傾吐的祕密，也達成她與李塘某種奇特的平衡。小說最大的轉折之處，在於兩位同路人——孤獨的女畫家與失去雄性威脅力的中年攝影記者，達成無性無愛婚姻的協定，只求相互陪伴，而「三人成宴」場景的再現，也在於此一協定的破局，並呈現其中隱藏的父權暴力。

〈三人成宴〉一步步呈現出父權制家庭的形構，以及對於女性的威脅與強制。李塘婚後搖身一變成為順理成章的男主人姿態，以及他從上一段婚姻中性的受害者，成為這段婚姻中性愛索求的加害者，背後為證明男性「雄風」的虛妄，以及男性「擬家長制」的心態，其中李塘以心理障礙為由，引導鄭亞西接受治療、盡

妻子的責任，以過著「正常」夫妻的生活，充滿男性的權威，此舉也一再引發鄭亞西性愛恐懼症的痼疾，使其更為封閉內縮。第二次「三人成宴」的場景，在李塘為證明自己的正常，隨後找一位年輕女性同居，也是鄭亞西十年前「三人成宴」畫作的真實版，在餐桌上李塘說明自己的痊癒，這也是兩人分道揚鑣的筵席，隨後鄭亞西回返孤獨，陷入畫畫的瘋狂之中，將眾多人像的畫作指認為身旁周遭的真人，並促使李塘於一次探訪中，將鄭亞西送入精神病院，診斷出精神分裂症，小說結尾勾繪出女性的瘋癲，與女性創造力遭受壓抑的困境，無非也是一則夏洛蒂‧吉爾曼（Charlotte Perkins Gilman）《黃色壁紙》的演繹，《黃色壁紙》中與斑駁壁紙合而為一的女體，投射出小說中女主角創造力被父權家庭剝奪的幽暗視景，孫頻在結尾反諷寫下精神病院的鄭亞西，現今能看到許多人在她身旁，再也不知道何謂孤獨，反而透露出更淒冷蒼茫的色調，本以為婚姻可以解救孤獨的鄭亞西，最終讓我們體認到婚姻本與孤獨無關，也拯救不了任何人。

〈瞳中人〉一篇，也反覆辯證婚姻的形態與本質。〈瞳中人〉主要描寫女主角余亞靜為一落魄的畫家，只能找尋長期飯票以做日後安穩打算，余亞靜無意中遇到願意娶她的男子，條件也堪稱適合，在孫頻筆下，婚姻並非唯美浪漫，而是精於算計的女性為求生存而發展出來的策略，孫頻警醒地提到：「結婚對她們來說永遠不失為一種經典的生存方式。某種程度上講，婚姻是女人的一種宗教，是恐懼和希望催生的孩子。」小說描述原本余亞靜以為自己在婚姻中占盡一切優勢，也在一次次賭氣與離家出走中挑戰丈夫寬容的底線，余亞靜在離家出走半個月的旅程中遍尋過去曾經認識的男人，卻也領悟到過盡千帆皆不是，過往情愛如雲煙。〈瞳中人〉小說的轉折之處，在於余亞靜回首，原以為滿操勝算的婚姻，卻也逐漸逼臨出丈夫在這段婚姻中美其名實踐愛即寬容的真諦，實則反射出丈夫的無心，並牽引出

丈夫一段贖罪式的情感創傷。

〈瞳中人〉孫頻集中經營出瞳的意象，小說開頭即書寫丈夫空洞眼神，猶如飄渺神秘的空洞，而丈夫的「瞳中人」確實不是余亞靜，在兩人婚姻破局，丈夫自殺後所留下的日記遺物中，余亞靜發現自己長久以來成為丈夫補償因其背負而跳樓身亡的牟小紅之替代物，丈夫對余亞靜縱容與溺愛，以進行對牟小紅今生無以回報的贖罪，而「瞳中人」的互為隱射性，在於曾經最落魄與無依的余亞靜，也在丈夫眼中是為牟小紅的客體／替身，激發他父性的本能，成就「和平寧靜跨越陰陽兩界的時光」，小說瀰漫著依舊是張愛玲式的灰暗鬼氣。飄盪的精神創傷者，張著如同渺遠月球表面一般的眼神，只能以各自壓抑和救贖的方式來回應他們的情感態度，一級一級走進沒有光的所在。

〈一萬種黎明〉以男性小說家為敘述者，描述逃離婚姻單調生活的小說家，到葡峰山莊度假，原等待與風情萬種的山莊女主人張銀枝一次銷魂的邂逅。小說家幾天之後如其所願和張銀枝上床，卻發現其對於性事的平淡與麻痺，而張銀枝做愛不為錢也不為愛的態度，發出耐人尋味的誘引，也成為小說家寫作的奇異入口，他一一托出張銀枝的身世之謎。在困苦的山上成長的張銀枝，由於父親早逝，弟弟殘疾，在母親改嫁之後，懼怕於繼父的權勢與對於金錢的掌握，過著十年被繼父強姦的陰暗生活。家庭悲劇埋藏下的心理創傷導致張銀枝雖厭倦做愛卻渴望暴力，她一再與不同男性發生性關係，以彌補內心的空洞，孫頻描述在張銀枝內心認同做愛與強暴無異的本質：「一個內心受過暴力的人會用什麼補償自己，就是加倍暴力」，張銀枝以強暴救贖自己曾有的罪惡，而小說家給張銀枝的救贖，在於他說出巴爾札克所言「蕩婦中的純真才是大純真」，張銀枝視小說家為唯一的知音，也展開「一萬種黎明」的虔誠苦行。

「一萬種黎明」是心念也是信念，在此孫頻將張銀枝的自虐、偏執與癡狂發揮得淋漓盡致，張銀枝自我踐履了與小說

家的「一期一會」，在夕發朝至的火車上等待黎明的到來，看一眼心戀之人隨即回返，以實踐「愛一個無望的人本身就是一種對自己的懲罰」，三年中每年見四次面，也凝鑄為活著唯一寄託。小說結尾，揭露出小說家的心理創痛，出於道德與良知，他長年累月守候罹患精神病的妻子，張銀枝每次探訪，一次次引發他身體深處毒性的魔鬼，最後終於毒死妻子，被判殺人罪，也開啟張銀枝永恆的探監之旅。我以為「一萬種黎明」寫出黎明的遙迢無盡，一萬種即是無盡一詞的借代，無盡黎明，無盡等待，也應證出孫頻筆下的蒼涼情愛。

除了婚姻的孤獨、情愛的荒涼之外，孫頻也書寫同為弱勢的心靈破碎者之相互感知，如〈一萬種黎明〉的小說家與張銀枝，又如〈不速之客〉的蘇小軍和紀米萍。〈不速之客〉小說取材於困守於都市邊緣的弱勢們，女主角紀米萍初中畢業即出社會工作，在都市底層浮沉，最後淪落至陪酒一途；而男主角蘇小軍則是終日過著打殺，幫人追債，刀光槍影的生活，並視吃喝嫖賭為小道。孫頻獨具慧眼地書寫出殺手與妓女，這樣的兩人原屬於同命人，本質上命運相同的弱者，都是在資本主義交換經濟裡無力翻轉自己生命的邊緣人，只能以肉身進行生命的搏鬥，除了身體此一最原始的資本，別無長物。

孫頻對於紀米萍的刻畫，在於轉化常人視妓女為「賣」／「蕩婦」之刻版印象，紀米萍內心赤誠而傻氣，她雖和眾多男性有過肉體關係卻不收錢，以表明自己的「非賣」，並信奉「睡覺由不得我，接吻不接吻我可以自主」，視接吻為聖潔，一直尋覓可供她照顧的男性。而蘇小軍即是紀米萍在茫茫人海中所尋覓到的「好人」，紀米萍強烈渴愛，在一次由於蘇小軍心軟下到其住處後，成為蘇小軍心生恐懼的「不速之客」，而蘇小軍在紀米萍的糾纏與百般討好之下，夾雜同情與厭惡情緒，最後狠心斬斷紀米萍唯一的希望。然而，蘇小軍也在紀米萍離去後照見自身與照鑑彼此，見證紀米萍的付出與賢良，與

其對自己的疼惜與不放心。〈不速之客〉是《三人成宴》唯一擁有幸福結局的小說，蘇小軍在仇家反撲下被砍殺最終截肢，紀米萍也回返照顧殘疾之人，小說的開頭和結尾同樣都發出細瑣的敲門聲，這次蘇小軍淚流滿面以等待紀米萍的歸來，留給小說一個希望的終曲。

〈骨節〉則是書寫母女關係的小品，藉由梳理母女兩代關係，以尋找母女之間的連結——骨節，骨節連結著母親的創傷記憶。小說刻畫一對孤苦相依為命的母女，「骨節」原來自於母親虛構的一則敘事，以竄改女兒的身世，並掩蓋自己的創傷記憶。長年與母女相伴一瓶玻璃瓶中的骨節，是夏肖丹未曾謀面父親的象徵，母親虛構出生貴族的父親，定情後遠走美國所留下的一只訂情「肉身」，而在胡同賣油花的母親含辛茹苦拉拔女兒彈琴，考上名校，只為女兒保留父親高高在上的貴族氣息。母親在女兒上大學後一次情感意外出軌所帶回的男性餽贈物時，手斬自己的指節，以作為女兒潔身自愛的警示，並帶出自己的創傷記憶，原來家中玻璃瓶中陰森的骨節，是母親年輕時輕信一能言善道的輕薄男子，以身相許後，男子逃逸無蹤，她在工廠車床失神無意所削去的一小截指頭，保留骨節，只為撻伐自身「根上的卑微與下賤」。而小說結尾處，最引人玩味之處，在於面對婚姻精打細算，走上人生坦途的女兒，也在一次回顧舊有戀情時，返視「身體裡最軟弱無骨的一個地方正悄悄地往出生長著骨節」，而可惜的是小說到此戛然而止，是否女兒正在思量所謂「下賤」之根與母親之連結，而某種程度將背離轉化為和解呢？小說留下無限餘韻。

《三人成宴》中孫頻嗜寫殘疾，特別是心靈上的精神創傷，一再拼貼出各種女性不同生命創傷的面向，那些由於傷害、背棄而造成心理上的傷殘，與其對於人性所造成的扭曲和嘶傷，呈現出男女關係中無盡荒涼的視景，而下一步，小說家將把我們帶往何處呢？荒涼的背後可有人生的出路呢？

【王鈺婷，清華大學台文所副教授】

病相報告
讀孫頻《三人成宴》

項靜

孫頻大概就是那種具有中篇小說氣質的作家，斯蒂芬·金說短篇小說像愛情，而長篇小說則類似於婚姻。介於兩者之間，也幾乎是中國特有稱謂的中篇小說，其實是適合孫頻那種沒完沒了的折磨，戲劇連台的愛情婚姻「遊戲」的。北島有一句話，若用刀子打比方，詩歌好在鋒刃上，而小說好在質地重量造型等整體感上。整體感最終是要鋪展到一個作家的原生經驗和相應的融合經驗的形式中去的，大概我們已經過了面對這種問題的小心謹慎的時代，對經驗或者情緒的過分倚重往往會消解掉對形式的耐心，相應地質地、重量和造型難免會比例失調地存在。有時候補救這種整體感的可能是劍走偏鋒，比如極端體驗、形式試驗，捨棄經典追求偏執一端的任性馳騁。孫頻那些關注城市男女感情生活的小說好像在有意地做出反叛的姿態，不管不顧地傾瀉她那些凜冽報復與懲罰的故事，它們獨樹一幟，甚至遠離了我們常見的小說之道（小心謹慎老練沉穩的敘述）。在一種鮮明特色的小說和濃墨重彩的方式面前，獲得的有時候是躊躇滿志，有時候也是貧乏疲憊的另一副面孔。

孫頻大概是當代青年作家中最為專注婚姻愛情之敘事的作家了，而有關愛情婚姻的故事，在我們這個以家庭為重要社會意義單位的國家來說，的確是一個非常重要的取景框和網眼。隨著中國城市化的進程，越來越多的孤單的個體被吸引到這個空間中來，形成新的情感、倫理、生活關係，如果現在的空間藉由著強力聚焦而獲得了光芒和顯赫，依然更改不了蜿蜒晦暗的過去持續的制約著關係，政治、經濟、文化、傳統、習俗、心靈等等。孫頻選取了最集中矛盾的男女關係，愛和婚姻，每一個點都是關係的交織之地，都市男女們像無法掙脫生死命運一樣，註定要在這兩個點上盤桓、掙扎、磨練。尤其在

無宗教信仰的社會，所有的社會關係和自我要求都把能量轉移到這兩個問題上，由此我們也就能理解那些困在精神甕中的青年男女們何以如此披荊斬棘奮戰在愛情和婚姻上，卻收穫虛無和茫然，因為沒有豐茂的草原，人們只能在懸崖上行走。

一

　　孫頻的殘忍在於，她幾乎不願意創造一個樸素日常的愛情故事，一定要萃取提煉出精神的傷疤，惟有赫然入目才能配得上人物洞穴般的內心和故事的輾轉，當然這與孫頻個人氣質和對世界的認識有關。在一篇創作談中，她說：「我想我最根本的氣質還是一種向內的氣質，這種向內會引導我的寫作方向，當然還有一些其他因素的影響，比如，因為年齡和閱歷的侷限，使得素材上不可能橫向擴展，這也會導致我向著精神維度上的縱向行走。但這些都不是最關鍵性的因素，最關鍵的因素是，我在這樣寫作的時候有一種很愉悅的感覺。當我在曲徑通幽的人類精神迷宮裡努力尋找出口的時候，感覺是極其艱辛的，但也是極其愉悅的，二者是完全成正比的。」（〈行走在精神的迷宮——

〈十八相送〉創作談〉）而對於我們置身其中的世界，她也有自己的判斷和認識邏輯：「我在三十歲之前還是粗淺地領略了這個世界和這個社會對個體尊嚴的踐踏，有些生命的存在根本就螻蟻不如，更別談自由與權利。什麼叫一個人的存在，一個人的存在就是時光中的一滴水，轉瞬即逝。所有的存在連在一起看過去便是歷史，而這歷史中沉澱下來的文學無外乎是人類苦難和疾病的產物。」（〈十字架上的恥與榮〉）對於文學傳統中苦難和疾病的追認，自然遮蔽了大量的其他文學，也只是一己認識的誇大。與許多作家對社會和人性的認識是謙卑的模糊的不同，孫頻是懍然而篤定的，所以時時能在小說中感受到作者的凌厲的目光，感受到她對世界偏執而頑強的自我意識投射。孫頻對寫作的意義有過比較清晰的表述，她說自己寫小說，「迷戀的其實是那個創造的過程。對一個寫小說的人而言，寫作意味著憑空創造出一件事物，比如一個人，或一種愛，然後將它攬入自己的空想中，將它抱緊取暖，然後將自己的靈魂慢慢滲於此處，給予其真正的生命。」（〈寫作的意義〉）為世界塑性原本是件極其困難的工

程，過於強烈的自我意識其實是一條捷徑，即使是脫離了日常生活氣質的戲劇化人生，超出一般範圍的心靈殺戮，只要承認人類幽若洞穴的心理之謎，尊重作家高昂的聖徒般的情緒波動，在畫地為牢的篇幅之內，一切都是可以容忍的。

由此，在小說集《三人成宴》中多次出現的被懲罰，被人用某種方式虐待，被弄髒，被貶低的受虐氣質女主人公形象就不足為怪。孫頻對社會殘酷性的認識是成立的，也是我們一般的通識，但她的小說缺少社會景觀，心靈向度是唯一的通道，於是心靈壓抑、掙扎、懲罰是小說得以成立最基本的保證。〈一萬種黎明〉裡桑立明與張銀枝都在精神上承受著超出一般的壓抑，張銀枝瘋狂地愛上了桑立明，每年都要專門去看一次桑立明。為了體現發自內心的虔誠，張銀枝每一次都要買硬座票，以這種自我懲罰的方式來實現一種精神的自我超度自我救贖。在硬座上，每一次，張銀枝都要在黎明到來時路過自己的家鄉，看到自己已經隔絕多年的家鄉，而桑立明則借著愛張銀枝的力量殺死了自己患病的妻子。〈不速之客〉裡的女人不斷地向男人強調自己的自尊，刻意保持讓

男人們白睡的美德，居然是為了證明她與妓女的區分，她掙扎著向自己愛的男人證明，自己絕不是妓女。同樣出身卑微的男主角，一個江湖混混，靠收債打架為生，「在她的目光中他彷彿成了一尊天神，隱去了真身，他住在天上遙遠的國度裡，他凌空而下，只要一個吻就能把她活活帶走。雖然她知道再接下來，無非還是要跌倒地面，更加心力交瘁，卻還是願意被那一個幻影帶走。這麼多年裡他活得像一粒沙子，卻不料有一天他在她這裡做了回國王」。兩個卑賤者互相成全，男人獲得滿足，而女主角的自我懲罰是一種獲得心安的方式，她不請自來，被蔑視被驅趕，都在製造愛的幻影，她在其中感受到快樂。小說的最後，男主角要離開女主角時，這種懲罰式的愛情行將消失之時，真正的懲罰降臨，男人被女人找一群流氓打成了殘疾，坐在輪椅上的第一天，他做的第一件事就是給她發了條短信，他說：「我成了一個殘疾人，需要一個人照顧我。我現在過得不好，你不能放心。」兩個卑微的人，互相虐心自虐，最後終於平衡，以殘疾的方式獲得了平衡。〈三人成宴〉、〈瞳中人〉有一個類似的三角戀模式，女

主角發出如出一轍的心聲，愛著一個無望的人本身就是一種對自己的懲罰，她們一直想懲罰自己，「必須盡最大的努力維持著自己地獄的殘酷性不被減弱。她才能得到一點可怕的安寧」。

受虐不是一個問題，問題是對受虐無節制地關注和呈現，伊格爾頓在《文學閱讀指南》裡有一個對過分細節化的批評，「有時大家會認為文學作品首先得落到具體、實在的細節，可這裡有個悖論。作家為了刻畫某一事物難以表述的本質，盡可以無休止地疊加片語或者堆砌形容詞。但是，他用來描述某個人物或是情境的話語越多，其本質就越可能被籠統說法，或語言本身所掩蓋。」關於這種受虐人格，鋪陳到兇猛的地步，也會造成另外的結果，就像福樓拜《包法利夫人》裡那頂備受語言踐踏的帽子一樣，完全是由語言編結而成的，無法想像誰會把它戴到街上去，而這些人物也只能生活在語言的空間中，臃腫成這樣的人格好像一般人的思維不願直視他們在日常生活中現身，而另一方面則是「作家寫得越細緻，提供的資訊就越多。但是，他提供的資訊越多，造成歧義的空間就越大。最終的效果不是生

動具體，而是含糊不清」。這也是深奧幽微的心理寫作往往難以避免的一個問題，而且還有一個更大的問題在後面，為什麼要重複性書寫這樣的人？除了為了寫作而寫，為了所謂自我治癒的動力之外，有沒有什麼強力維持著這種書寫的必要性。受虐嗜好無論作為作家心理還是人物性格，甚至是作為故事展開的方式，都有更進一步深究的可能，通往更好的寫作是從習慣性止步的地方開始的。

二

孫頻所講述五個都市故事的主角基本都是青年男女，「五個故事寫盡都市男女情感中的糾結與迷惘，刻畫愛情中深刻的孤獨與婚姻裡徹骨的荒涼」（本書腰封），他們惶惶不可終日地陷在男女追逐的戰場上。女人們跟曾經顯赫一時的先鋒、前衛的都市小說和女性主義傾向的小說女主角們具有完全不同的指向，她們始終不能釋懷的依然是一個「婚姻」「真愛」的許諾，「女人們再怎麼進化，結婚對她們來說永遠不失為一種經典的生存方式。某種程度上來講，婚姻是女人的一種宗教，是恐懼和希望催生出的孩子。」

（〈瞳中人〉）這個被催生出來的孩子在時間的意義上是一個青春終結，是告一段落的停頓點和喘息之處，也是社會輿論和約定俗成所製造的女人們的歸宿，是安穩和暫時的止步流離的所在，而兩性關係的這套服裝，不論怎麼搭配變換顏色樣式，唯一不變的是「兩個人的戰爭」，這也是孫頻給予了強力呈現的地方。正是這種過度用力，兩性必然是扭曲的戰爭模式，而一個具有明確性別意識的作家，在面對社會現實無能為力的情況下，大部分時候是失去耐性的，讓女主角余亞靜爆出粗口：「她突然了悟到，女人其實是怎樣一種下賤的動物。就像一個人戴枷鎖戴久了，就是給她摘掉了枷鎖她一定還要竭力去保持戴枷鎖的姿勢。」（〈瞳中人〉）孫頻經常在小說中把男女之間的關係類比成嫖的關係，消費的關係，在創作談中她對所謂的男女平等不以為然，「隨著文明的發展，女性的地位看似在提高，好像真的可以與男人各撐半邊天了，而在實質上，女性從沒有走出過自己身體裡的奴性，我想，我在這篇小說中要寫的其實不是愛情，而是女人的奴性與出路。」偏執武斷的女性意識只是其外表，其實心裡住著一

個簡單粗暴的男性靈魂，而在創作談中則直接坦白，這些判斷和認識，可能是一般女性主義者們無法接受的。

這種矛盾也是許多女性作家都會遇到的，比如艾略特，她既不想做一個公眾想像中的女作家所想像的那種寫作，又無法變成一個男作家，艾略特陷入到錯綜複雜的矛盾之中，「於是只能通過對她筆下的形象進行報復和粗暴懲罰的行為，來解決這種矛盾，而這些報復與懲罰與她作為一名小說家的職業目標形成了對照，於是顯得格外觸目驚心。」（桑德拉·吉伯特、蘇珊·古巴《閣樓上的瘋女人》）孫頻對筆下形象的報復和粗暴懲罰，是自我的一種紓解，也是一個在矛盾漩渦中的女作家內心世界的反映。

在閱讀《三人成宴》這部小說集的過程中，故事會時時被諸如「妓女」、「偷情」、「嫖妓」、「戴綠帽子」、「下賤」、「獵物」等等帶著偏激判斷的詞彙所打斷，這些詞彙從來不是被描述和呈現出來的，而是被直接講述出來的。每一個充滿戾氣的人物都在惡狠狠地對著世界和自己咒不歇。奈保爾在《論寫作》一文中轉述過一個觀察，在詹姆斯·喬伊斯

的一本早期作品中，他寫下了他——或他的英雄——對於英語的困惑：「我們正在言說的語言在為我們所有之前是他人的。這些詞『家庭』、『基督』、『啤酒』、『大師』在他和我的唇上多麼的不同！沒有心靈的騷動，我就無法說出或者寫下這些詞語……我的靈魂在語言的陰影裡經受著折磨」。這些被男女主角們說出的詞語，在一定程度上折射著在語言的陰影裡經受著折磨的作家，而這個問題我們也在孫頻的各種自述中感同身受。女作家讓主人公們說出的這些帶有強烈情感色彩的話，通常更有可能是作者的重影或替身的表達，直接的對象是作家的焦慮和憤怒。奈保爾對於詞語的問題給出了一個非常好的啟示，糾纏著他的關鍵問題是詞語，詞語的不同釋義或詞語的組合，「如果我正好用到這些詞，我怎麼能夠公正或明晰地寫下它們？對我來說，它們成了一些私人的詞彙，而對於外界的讀者，他們又會馬上將這些詞和以往的文學作品聯繫起來。我感到要想真實地表達我的所見所聞，那我必須先以一個作者或敘述者的身分出現，我必須將事件重新闡釋一番。在我的整個寫作生涯中，我曾經嘗試了用不同的

方式來做這件事。經過兩年的努力之後，我剛剛完成了一本新書。正如我想要做的，我終於使再度敘事的公共職責和我的個人敘述成為一體。」孫頻小說中的那些帶有惡女傾向的詞彙，如此輕易地灑出來，其實是一個損失，在這裡包含著歷史的交界點，也有男女的分野，公共職責與個人敘述的分叉，在思維上稍作停留，不那麼簡單地付之以傾瀉，作品的味道可能就不那麼單一。

三

〈骨節〉在五篇都市故事中是一個異數，是一個強調「階層」的故事，夏肖丹從一出生就被打上底層出身的烙印，母親跟一個騙子生下的孩子，這讓她和母親都陷入到一種逃避自己出身的戰爭中去，她們四處逃竄，假裝貴族，維持著脆弱的優雅。夏肖丹拒絕同樣出身的大學同學尹亮，經不起富有男人的誘惑，又被他已婚的身分嚇跑，經濟狀況和出身是囚禁她的城堡，小時候男生們拿她取樂，夏肖丹記憶深刻，她對此的解釋是，「那其實是人對貧窮的本能憎惡。他們憎惡的其實不是她，是她身上代表著的貧窮和低賤的所有

符號。當那些符號讓他們望而生畏的時候，他們便本能地試圖去消解它們驅逐它們。而她就是那些符號寄生的一處殼。」貧窮在小說裡等同於母親箴言般的詛咒，「我害怕你變成一個真正的窮人家的女兒，因為我當年就是窮人家的女兒，我知道那是一種什麼心理」，也等同於一個女孩子歇斯底里的自我檢討和妖魔化，經濟條件決定了她的思維，已經不可能有「愛情」，習慣性地計算人生，「在談戀愛的時候夏肖丹雖然從不多問他什麼，卻在暗地裡早把這男人抽絲剝繭地濾了個剔透」，她「雖然微笑著，卻在鏡子裡散發著邪氣、戾氣」。貧窮在這篇小說裡從來不是一個具體可感的人生狀況，也不是一種經濟狀況形成的過程，而是被詛咒的對象。這篇小說與其他四篇相比，有一個讓人期待的故事框架，但這個故事並沒有在既有的「異」上用力，而是迅速回到熟悉的通道上，回到一個女人兇狠凌厲目光之中的世界，在作家抽絲剝繭地濾了個剔透的世界裡，一切都變成了熟悉的模樣。

從單篇故事的角度來看，孫頻的都市故事是曲折新奇的，但這五篇小說中，已經出現了〈不速之客〉與〈一萬種黎

明〉在人物性格上的雷同，兩個深具自我懲罰式性格的女人；〈三人成宴〉與〈瞳中人〉也有許多重複性的東西，都有一個不在場的第三者的總體結構。〈三人成宴〉裡的一對男女失去了做愛的能力，兩個除了性別一模一樣的病人，同病相憐走向親密，與之前的一篇〈乩身〉有相似的旨歸，一個是想做女人而不得，另一個是欲做男人而不能，他們由於在人群中丟失了性別，而成為了這個世界上真正的親人。對於青年作家來說，做出青年生活的病相報告是一個自我剖析的創舉，但無意義的高頻率重複是一種消耗，一方面重複可能是在強力聚焦和擊打之下所產生的問題，在婚姻愛情這一畝三分地裡當然能精耕細作，但是數量和種類畢竟有限，並且重複耕種會帶來病株和發育遲緩。當然必須得說，寫作都市故事的孫頻不是完整的作家孫頻，從這個角度看孫頻的寫作能夠發現整體視野中發現不了的暗點和缺陷，也可能有放大缺點的嫌疑，對我個人來說，那個耐心講述小城故事的孫頻更具有好作家的潛質，也更能夠提供一種飽滿充實生活的質地。

【項靜，上海市作家協會研究室助理研究員】

動物園裡有沒有紅毛猩猩？
何致和《花街樹屋》的生命密碼學

洪士惠

寶瓶文化事業

書名像是藏著一段唯美愛情故事的《花街樹屋》，其實是一本想解開人生「生命密碼」的成長小說。童年住在妓女戶聚集之地「花街」附近的三位主角，我、翊亞、阿煌，暑假時蓋了一座「樹屋」，想要藏身、藏祕密、也想要登高瞭望未來，但是隨著時間流逝，樹屋拆了、妓女戶也不復存在，除了仍偶有聯繫的三人外，過去的一切似乎已與現今的生活無關。然而，當在音樂界已闖出一片天、名氣正盛的兒時同伴翊亞選擇自殺後，敘述者「我」，一位失業的密碼學教授，在拼湊童年往事的過程中，汰篩／建構一則關於反抗與自由主題的成長故事，但隨著漸漸完整的「記憶」，「我」試圖解開的生命密碼，卻愈加模糊。

一、空間文化的顯影

明顯以台北萬華作為主要空間背景的《花街樹屋》，本應是一部地域文學作品，但作者何致和在接受訪問時卻提到，因為不想擔負地域文學代言人的重責大任，因此捨棄了台北萬華、華西街或龍山寺等明確地名。台灣當代文學以地域文學

主題為主的作家有黃春明的宜蘭、王禎和的花蓮、李昂的彰化鹿港等等，當這些作家因書寫他們熟悉的地域文化而知名時，何致和卻選擇逃避這種鮮明的印記，這除了與他上一部小說《外島書》描寫馬祖東引引起的騷動有關外，《花街樹屋》刻意模糊化的空間背景，恰與他思考「記憶」的神秘性產生內在連結。

伴隨著牙牙學語的女兒菱菱的成長，「我」直陳記憶的建構過程，人類記憶的起始、汰篩或留存，始終是個謎團。在「我」的回憶中，經常出現「如果我的記憶沒錯」或是「記憶既然經過選擇，難免多少會有些失真」等懷疑真實與否的語句，再加上師長「失智」後時空錯亂的樣態，讓這部小說成了一本思考關於「存在」之迷的哲學之書。當「記憶」充滿了偶然性與不可靠性，那麼地域書寫是否也只是個人記憶中的虛幻之影？「廢娼」後，「花街」一夕之間變成小說中的「性文化產業紀念園區」，當初的地景風光恍若也成為與記憶相仿的虛幻夢境。

無論從童年到現在的時間之流，或是從風化之地到紀念園區的空間文化變遷，作者以各方面的不確定感追溯敘述者「我」的成長史，也藉此「形塑」了小說中重要角色「翊亞」的一生。翊亞，一位從小失去父親的孩子，從小在母親嚴格督促下練習彈奏鋼琴，但卻在功成名就後，選擇自殺結束生命。敘述者「我」因而努力追尋種種童年的線索，拼湊出他人生悲劇的起點。

在「花街」附近巷弄內不到十坪的矮房子內，一架鋼琴成為翊亞母親脫貧致富的希望，卻也讓翊亞感到窒息與難受，因而他讓兩個友伴，「我」與阿煌，在某個暑假時，為他搭建了一座在樹上的「樹屋」，這座「樹屋」藏著他的祕密與心情，成為他暫時遠離鋼琴、遠離母親視線的去處。當翊亞成年後，他以舞台布幕解釋他永遠處於他人視線底下的感受：「你知道嗎？我從來沒有體驗過躲在布幕後面，看著它緩緩被拉開的感覺。音樂會節目不會有拉幕的動作。早在我走上舞台之前，燈光就已打好，觀眾就已入坐，甚至和你配合的樂團和指揮已經就定位。我沒有喘息或準備的機會，一走上舞台，就必須馬上坐下來開始表演」（頁70），翊亞

從小到大的生活，都受制於母親的監督與規畫，因練琴而失去歡笑的童年、母親同行的留學生涯、母親強勢主導的婚姻，這些都讓他沒有了「自我」。

文化評論家高夫曼（Erving Goffman）曾經提到「日常生活的自我表演」理論，他說人類在社會中的位置，就像戲劇演出一樣可劃分成前台區與後台區，日常生活中每個人都得戴著面具在前台演出，等到回到後台才是真正的自己。但是翊亞短暫的一生，卻都被迫待在前台。練琴的結果固然成就了翊亞的名聲，卻也將他帶向絕望，終至毀滅。

端坐在演奏廳裡的觀眾大概很難想像，這位鋼琴名家的童年會是在「花街」亂七八糟的巷子裡度過。妓女、流氓、遊民群聚給人的負面印象，與鋼琴音樂的文化氣息相距甚遠。翊亞無數次的練琴聲，「安慰」了底層民眾的心靈：「沒人有資格抗議翊亞一天彈六個小時的鋼琴。他們連這個念頭都沒有，甚至可能覺得翊亞的琴聲蠻高級的，可以讓這條夜市旁的巷弄變得體面一點，用音樂造成的想像來忘記自己是住在這片破爛屋頂底下的可憐窮鬼。」（頁52）但在周遭鄰居吵架、說醉話、打小孩、唱卡拉OK、一手拿木魚槌一手拿麥克風唸佛經、用綜藝節目練習歇斯底里的大笑的各種人聲中，翊亞的「前台」位置卻始終不受影響。周遭環境的吵雜映襯了他安靜無話的形象，也揭示了他內心深處的孤獨與蒼白。

文化空間與精神空間的關係，並非絕對，且也充滿了各種不確定性，因此，作家刻意模糊化原是屬於「台北萬華」的地域名稱，不僅是他自承沒權力當代言人的結果，也可擴大他對於空間文化的想像與思考。

二、自由年代的來臨？
——反抗後的人生

《花街樹屋》的童年生活，以試圖解救一隻馬戲團紅毛猩猩，但最後卻失敗的故事作為結束，這樣的情節安排，隱喻了「童話」的虛幻之處。一般童話故事光明、正面的結局，是孩童成長後所需面對的謊言。現實人生所需面對的真相往往是殘酷的。當翊亞在紅毛猩猩身上看到自己被迫練琴的形象時，他便

將猩猩的命運看成是自己的命運，於是一場由翊亞發聲、阿煌領導、「我」配合的解救行動於焉展開。

「我」在回憶翊亞的童年往事時，除了敘寫翊亞對建造樹屋的堅持外，著墨最多的就是他對於紅毛猩猩的情感。童話故事裡的樹屋與猩猩都具有重要的存在意義，樹屋連結了祕密、猩猩連結了童心，翊亞說：「我們來蓋一間樹屋吧」、「我就說要蓋瞭望式，而且要越高越好」，先是樹屋傳達了他想念父親與渴望自由的心情，而後當他看到馬戲團的紅毛猩猩時，他更徹底地展現了他對自由的渴望。原先應該是在野外生活自由自在的猩猩，綁著鐵鍊被迫練習鞠躬、抽菸等倣效人類的行為，讓翊亞不捨：「毛毛生病了」、「你們以為猩猩喜歡表演把戲給大家看？錯了！牠是被壓迫的，是被逼的，那不是牠的天性。紅毛猩猩應該要生活在森林裡，那裡才是牠該出現的地方，不能用鍊子鐵籠關住牠。」（頁158）翊亞在紅毛猩猩身上看到了自己的形象，也透露了他對自由的嚮往。

同時間台灣成年人的夢想也與自由相關。如果說《花街樹屋》的樹屋是屬於孩童的祕密基地，那麼阿煌家頂樓的鐵皮屋，則是成年人的祕密基地，蘊藏著台灣一九八〇年代黨外運動的秘辛。台灣史上關於戒嚴、解嚴的歷史，同樣是被壓迫者爭取自由的過程。從樹屋到鐵皮屋，從孩童到成年人，都在為自己與他人的自由而努力。

翊亞父親因公殉職，母代父職的權威管教方式，讓家裡充滿了高壓氣氛；阿煌因沒有母親，父代母職的結果，家裡氛圍反而輕鬆自如，先不論性別政治的問題，無論是父親或母親的缺席，還是有如敘述者「我」的完整家庭，三個孩童都為自由的理想而決定放手一搏，「我」說：「我現在才領悟到，必須被拯救的對象不只是這隻猩猩，而是包括了翊亞，包括已經掉頭回去的阿煌。甚至，可能還包括我自己。」（頁243）一場搶救紅毛猩猩的行動，聯繫了自由，也成了證明自我存在價值的關鍵點。

拯救紅毛猩猩的日期，因而設定於1986年台北萬華龍山寺「取消戒嚴」抗議遊行活動當天，互相聯屬意味濃厚。小

說中以「大廟」指代現實生活中的「龍山寺」：「大廟那裡出事了，好多警察呀！」、「我發現這些白背心上面寫的都是同樣的幾個字：『取消戒嚴』」、「戒嚴就是軍事統治」。成年人們在「大廟」裡爭取台灣民主自由的行動，是台灣人對抗威權的過程。參與其中的台灣民主先鋒人士，他們無畏的、光榮的英雄形象，印刻在台灣人民的腦海中，即使最終被捕入獄，但是這樣的經歷卻成為往後成就個人功名的重要資產。小說人物阿煌的父親，在1987年解嚴出獄後，便一路受到擁戴高升為「國會議員」。與之形成對比的是，三人小組搶救紅毛猩猩的行動，卻因最後的挫敗，扼殺了翊亞的一生。

原先堪稱順利的搶救行動，因颱風襲台、大雨肆虐而中斷，被迫困在沙洲孤島的三人，獲救後有了不同的表情：「那三個孩子一個渾身發抖，一個閉著雙眼，一個安靜無語被帶上警車。」這段「我」突然決定轉換視角，由主述者的位置變成圍觀群眾的遠景敘述：「隔著河水觀看沙洲上的自己」，除了呈現當事人驚嚇過度的「空白」外，主要是在交代翊亞「安靜

無語」的絕望感。在他們獲救之前，有一段內容是這麼描述的：「可是第三個孩子，體型最矮小的那個，卻讓救難隊員遇到了麻煩。他似乎不想離開沙洲，更確切的說法是，他顯然不想離開那間沙洲上的小屋」、「他一泡進河水裡就拼命掙扎扭動，張嘴尖叫，完全不肯配合前進。逼得救難人員必須停止動作，在眾目睽睽下連打那孩子好幾下耳光，這才使他得以安靜順服。」（頁276）當「我」在參加完翊亞的喪禮後，他透過當年圍觀群眾的眼光，提早「看」到了早在童年時期即已發生過的「自殺」事件。

那一年的颱風沖走了紅毛猩猩，也沖走了翊亞對「自由」的期盼。

三、無人能解的生命密碼

小說名稱「花街」與「樹屋」空間指涉了成人與孩童的差別，三個孩童跨界（無論是有形的界線或無形的界線）闖越「花街」禁區，既是冒險、也是成長。人生成長過程中，存在了各式各樣的界線，例如阿煌被禁止到透天厝樓上的鐵皮屋、翊亞被禁止到爸爸遇難的河邊去、「我」

則被禁止前往花街，因而與界線並存的「規訓與懲戒」，維持著個人與社會的安全秩序。

敘述者「我」回憶起人生第一個記憶時，即是三歲時因「偷」了一百塊錢的而被父母圍繞指責、罰跪在神明桌前的場景，而這印象也成為他往後沒變壞的「根據」。然而，這種與「規訓與懲戒」相互依伴的人生真理，在成年後遇到政治問題時，卻隨之崩解。從戒嚴到解嚴，進出監牢的政治犯，因「叛逆」的經歷而成為社會「棟樑」時，明星般的光環似乎已成為個人勇敢突破「界線」後的賞賜。

外在環境、家庭教育與社會規範的「界線」影響了生命發展方向，只是在表象的順利或成功之際，個人內心的情感與情緒，卻始終是外人猜不透的謎題，於是敘述者「我」，依憑著刻意選取的零碎記憶，追溯關於翊亞的過往經歷時，也就成為後見之明、事後諸葛，試圖破解「生命密碼」的過程。過世的人無法為自己言說，詮釋權只能留予仍活著的人，不只「我」試圖詮釋整個事件的「合理」性，另一友伴阿煌「我早就知道了」、「我早

就知道會有這一天」的說法，也參與了事件的發展過程。敘述者「我」是「比較資訊系」密碼學博士，阿煌則是知名傳播經紀公司的負責人，截然不同的生活型態，卻同樣「發現」原來屬於翊亞的生命密碼，早已潛藏於童年的生活中。

如果說，從這場人生旅程中提早離席的翊亞，代表的是他對這個世界的主動拒絕的話，那麼《花街樹屋》一書中，其他人參與社會秩序的過程，也是處處潛藏著「挑戰」。因系所停招、暫時失業的密碼學教授「我」，在家專心照顧女兒菱菱，但卻得時時遭受妻子不滿的暗示，傳統的男／女性別職責依然明顯；「我」因失業透過勞工局就業服務處謀職，密碼學專業卻只適合「保全警衛人員」的工作；妻子羨慕公司裡的會計，因她的一歲小孩去上右腦開發課程後，顯得較菱菱聰慧，「不要輸在起跑點上」的教育氛圍，也似乎即將複製翊亞不快樂的童年；或是都市房價在十五年間驚人的成長了五、六倍，「我」遺憾未能即時出手，以致於最後只能靠著岳父幫忙買房。

各種困境、挑戰與磨練，需要一一

去適應與解決，因此，「我」便藉由回溯翊亞一段關於「夜市人生」的說法，領悟了人生真理，翊亞說：「看看這些人，他們在同一個時間，目標一致地為夜晚的演出布置舞台場地。這景象多麼有力量，充滿了生命的活力」、「以前我不知道自己為什麼喜歡這個時刻，現在我明白了」、「好像非得等到長大後，才能看見這些人了不起的地方。看看這裡，夜市如此狹長擁擠，這些人卻都能精確嵌進各人專屬的位置。他們都知道自己應該要做什麼，儘管每個人的空間這麼窄小，卻不會彼此干擾妨礙，在雜亂中呈現出一種和諧的美感。」（頁126-127）在以地域、階級、文化屬性分辨社會身分的現代社會裡，龍蛇雜處的「花街」夜市生活圈，並非是主流品味，但是當翊亞由國外留學回來、成為無人不知的鋼琴名家後，他面對「夜市人生」生機勃勃的生命力所興起的感觸，直接道破了惺惺作態、虛偽的現代生活所需付出的代價。

當年「我」尚在大學授課時，校方曾將「生活密碼學」誤植為「生命密碼學」時，修課登記人數直線上升，但在更正之後，退選人數卻激增：「一字之差，讓原本屬於數理與邏輯關係的課程內容，立刻充滿了玄學暗示。我知道理性知識永遠無法打敗神秘思想。」（頁74）每個人都想試圖解開自己或他人的生命密碼，但在理性上卻無人能解。《花街樹屋》的「我」從女兒的成長過程，以及友伴翊亞戛然而止的人生，回首他人與自身的成長軌跡，試圖找出蘊藏於記憶中的生命密碼，但在拼湊及詮釋的過程中，卻發現由時間、空間構織而成的人生，其實充滿了各種不確定性與困境。於是，當「我」帶著女兒菱菱到動物園，匆匆忙忙參觀完要離開時，突然想到「我忘記看動物園裡面有沒有紅毛猩猩了」的結束語，也就更加令人惆悵。曾經被拯救，但最後卻還是被大水沖走的那隻馬戲團的紅毛猩猩，到哪去了？

【洪士惠，元智大學中文系助理教授】

小說家的越界革命與解密金鑰

論何致和的《花街樹屋》

張曉琴

> 誰來為我們計算我們決定忘記所要付出的代價？
>
> ——塞弗里斯《大海向西》

面對何致和的小說，我感到一種詮釋的不確定與徒勞的冒險。

「同一個樂章，每個人的詮釋都不同。同一個人的離去，每個人的詮釋也不同。」何致和借小說人物之口這樣說。然而，《花街樹屋》始終貫穿著對一個人死亡的詮釋，這個人的死亡繞不開一場越界性的革命，而這場革命如何實現？是否具備成功的可能性？這本身就是一個存在的密碼鎖，記憶為其層層加密。這一過程中，小說家又以自己的方式尋找那把金鑰匙，並試圖解開它。

何致和既是小說家，又是翻譯家，他的小說向來結構精緻。這一次，他為《花街樹屋》設置了一個精密的複調結構。小說由三重敘事構成：「我」對自殺身亡的翊亞的回憶，「我」與翊亞、阿煌一起建造樹屋的六年級暑假記憶，還有「我」的當下生活。三重敘事相互交織，共同形成一個貌似平靜實則波瀾壯闊的世界，其中有自由的渴望，越界的衝動，革命的決心，記憶的密碼，以及解密的金鑰。

越界：革命的衝動與行動

回望何致和的創作，強烈的越界意識在其早期作品中就已經有著清晰的傳達，《失去夜的那一夜》中，外島上做工的士兵日夜開著探照燈，以至於島上的昆蟲王國失去了夜晚，成千上萬的昆蟲無法忍受，開始反抗。探照燈莫名倒在地上引起火災，導致彈藥庫爆炸。昆蟲的反抗就是一種越界，也是島上士兵的隱喻。這種越界意識在《花街樹屋》中得到了一次完美而集中的體現。這部作品中的每一個人都渴望越界，越界既是革命的原始衝動，又是革命的行動本身。只是有的人將行動堅持到底，而有的人則中途放棄。

「我」少年時代家庭是健全的，卻被親人定義成小偷，從此失去了越界的膽

量，但內心的渴望仍在。「我」後來讀了博士，卻在家做奶爸，對自己失業不以為意，甚至不想找工作，這其實是對存在本身的一種越界反抗。翊亞和阿煌則生長在殘缺不全的家庭，特殊的環境讓他們的情感世界變得殘缺，他們的越界衝動比「我」要強烈得多，也徹底得多。阿煌從小喪母，他的父親逼迫他練習打鼓，他直接用刀劃破了鼓皮來反抗。翊亞幼年喪父，被母親強行逼迫彈琴，他也為此反抗過。三位少年被有形無形的力量控制在這片低矮雜亂的區域。於是，他們在高大的芒果樹上搭建了一個樹屋眺望。樹屋在這部作品中有著很強的隱喻功能。少年們對外界的渴望是從樹屋開始的，他們的越界衝動也是從樹屋開始的，解救紅毛猩猩的計畫還是在這裡發起的。花街在低處，承載了基本的生存與欲望，但樹屋卻在高處，少年們在樹屋上望見了自己活動的界線之外的地方，望見了自己的未來，甚至死亡。

三位少年想解救被鎖在鐵籠裡被強迫表演鞠躬吸煙的紅毛猩猩，為此絞盡腦汁。這是三位少年越界後最重要的事情。他們的越界是為了幫助猩猩越界，這是他們生命中的一場重大革命。解救猩猩的第一步就是要解開鎖住它的鎖頭密碼，三位

少年一步步實現了他們的計畫。他們想給猩猩自由，認為最好的去處是動物園。而動物園本質上卻是另一個自由受限的地方。在這個過程中，「我」的意志並不那麼堅定，差一點要離開，但翊亞眼中的光芒讓我繼續這場革命。「被拯救的對象不只是這隻猩猩，而是包括了翊亞，包括已經調回頭去的阿煌。甚至，可能還包括了我自己。」「我」決定跟著翊亞，真正投入這場革命，無論為此付出什麼代價。少年們沿著河流向上游走，那是他們心中動物園的方向，他們一直走到天黑，找到了一個臨時的棚屋，但是遭遇暴雨，被困在大水中央。少年們由拯救者變成了雨中哭喊的被拯救者。這時的猩猩表現出驚人的令人噁心的舉動，這一舉動讓翊亞極為難過，並且放棄了對牠的拯救。越界革命的行動與放棄是這部小說的主題之一，「我」母親成天咒花街，想搬家，這也是渴望越界的一種表現。但她一生都沒能搬家，到了老年，不但不想離開，還為把花街修成一個「性文化產業紀念園區」而呼籲。

小說設計得非常精妙的是少年們的革命行動正好和成年人的革命行動同一時間同一地點發生。在這一點上，何致和完全運用了一種戲劇性的手法。大廟的雙重革命行動的內容是《花街樹屋》的一個高潮，一方面是少年們在拯救猩猩，一方面

是成年人的政治革命，兩方面都蓄謀已久，都轟轟烈烈。少年們在無意之中加入了成年人的革命隊伍，但是，他們很快去實現自己的革命行動了。

阿煌一直以自己的父親是個革命家為榮，他的父親的確是最虔誠的革命者，但大廟事件後，阿煌的父親被警察帶走，五年後才回來。阿煌變成了一個沉默的少年。沉默是一種放棄，阿煌最終適應了世俗社會，徹底放棄了革命。

最徹底的革命者是翊亞，他曾經為自己越界，為紅毛猩猩越界，但都放棄了。翊亞最初的越界是因為音樂，音樂既是他生命的一部分，也圍限著他的生命。作為一個鋼琴家，他害怕音樂，於是，他選擇了放棄音樂和生命。加繆說：「真正嚴肅的問題只有一個：自殺。」翊亞的自殺其實是對存在與此岸的越界，是一個革命者最徹底最嚴肅的越界。至此，方能明白《花街樹屋》其實就是作為小說家的何致和的一次越界革命，他通過小說走向哲學的疆域，在這裡思考存在與時間、生命與記憶。

記憶：為生命加上密碼

與其說《花街樹屋》是一部成長小說、啟蒙小說，或者心理小說，不如說它是一部哲理小說。記憶與生命的關聯是小說家筆力所向。

小說以「我」人生中的第一個記憶，也是最為驚心動魄的記憶開篇。「我」三歲時被罰跪在神明桌前，因為我偷了家裡一百元錢。而「我」自始至終不知道那張一百元的鈔票是哪裡來的，也不知道它能用來做什麼。但是問題的嚴重性卻在於，「我」由此對自己身分的確認：一個小偷。一個被成年人的「正義」、「道德」圍成的密不通風的人牆所圍限的小偷。從某種程度上看，是成年人的絕對強權對單純的幼兒構成了一種控制，讓他喪失自由。小說第二節立刻寫成年的「我」做奶爸時觀察一歲多的女兒，發現她喜歡皮夾。在「我」看來，這是一種正常的現象，而自己三歲時卻被確認為小偷。這種對比無疑是「我」渴望從兒時記憶中突圍的一種隱喻。「我」的生命記憶從三歲的自己被確認成一個小偷開始，但是敘述者已經說不清楚有關這件事的記憶是否準確，何況時間久了，誰也說不準想像和記憶的界線到底在哪裡。面對女兒，「我」常常想到的是，她太小，幾乎沒有記憶，如果被人抱走，那未來是根本不會認識親生父母的。「我將永遠在她的記憶中缺席，彷彿完全不曾存在過」。這是一

個殘忍的假設，但是生命中的許多東西卻是靠記憶來完成的。

小說第三節寫「我」參加翊亞的葬禮，遇到翊亞的母親姜媽媽和阿煌，由此，記憶的閘門打開，而一個個記憶的細節迫不及待地湧出，像是洪水，更像是一個個密碼，對個體的生命層層加密。一個重要的事實是，小說開始時，翊亞已經離開人世，對他的生命的建構，就是通過回憶而完成的。對於從小就與眾不同的翊亞來說，生命就是一場演出，他在第一次看望「我」的女兒時說：「這真是一場華麗的演出呀」，「實在是太精彩太完美了，我差點忍不住就要拍手鼓掌呢」。他成功後總是在舞臺上演出，但他對此非常厭倦。在他看來演奏的最好狀態是一個人的時候，而不是在華麗的舞臺上面對眾人的時候。

但是記憶又是如此不可靠，小說中時時出現這樣的說法：「我已經忘記阿煌在什麼地方告訴我這件事了」，「我不確定……也許……」，「記憶中的我們，宛如一對並肩夢遊的異鄉客」，「記憶既然經過選擇，難免多少會有點失真」。

與記憶相對的是忘記。「誰來為我們計算我們決定忘記所要付出的代價？」塞弗里斯的詩句彷彿就是寫給《花街樹屋》中的人的。何致和讓敘述者「我」來用記憶為翊亞的生命加密，卻又讓姜媽媽和安教授通過忘記來對記憶進行質疑，甚至是解構。《花街樹屋》裡出現的第一個忘記，或者記憶混淆的人是姜媽媽，她把自己兒子最好的兩個朋友混淆，把博鈞錯認成阿煌，與他說了很長時間的話。而「我」並不想解釋，因為這是姜媽媽製造的一個不正確的訊息，「我所說的一切都等於是在為這個不正確的訊息加密，讓這個錯誤變得更加複雜難解」。

小說中另一個失憶的人是「我」的博士生導師安教授。這個人在小說中出場不多，卻有著重要的不可替代的地位。他是「比較資訊」的權威學者，身兼系主任與研究所所長，時刻不忘強調自己從事的學科的危機，他幫助「我」留校任教，自己卻失去了延退的機會。隨後，「我」也失業了。安教授生病並失憶，他見「我」時連續問了三次同樣的問題：「baby幾歲了呀？」他忘記了自己曾經最愛吃的水果的名字，也忘記了自己表哥已經離開人世的事實，甚至忘記自己已經退休的事實。「我」曾經在安教授身上感受到父親的形象，視他為自己的精神父親，現在這個父親卻失憶了。記憶為生命加上了密碼，而失憶卻是記憶的剋星。何致和非常

清楚：「如果說記憶是一種充滿訊息的原文，那麼失憶就是最厲害的隱文術，它能藏起部分訊息，讓零散的記憶變成難解的密碼。」

安教授的失憶讓人想起薩爾瓦多·達利的畫《記憶的永恆》，靜默荒涼，時間幻化，通過具象的物體表現出情理之外的一切。時間之外，靜默為大。

寫作：尋找解密的金鑰

面對生命中記憶與失憶抗衡時產生的難解密碼，一個小說家如何找到解密的金鑰？

何致和是一個在乎讀者的小說家，《花街樹屋》中的三條敘事線索承擔著各自不同的功能，但都在某種程度上吸引著讀者。小說中第一個需要解開的密碼是翊亞的自殺原因。在翊亞的葬禮上，不同的人都表達著同樣的疑問：「為什麼呢？前一陣子還好好的呀，怎麼會這樣？」作為一個密碼學專家，「我」開始解密。翊亞和「我」最後一次見面的話暗藏了解密金鑰，可以讓「我」解開他遺留下的，所有人都想知道的密碼。「最後」兩字的不可替代性替記憶鍍上了一層肅穆莊嚴的金漆，讓人不敢隨便加以捨棄。

何致和在小說中時時表達出屬於作者的哲學思考，「我」在某種程度上有著明顯的作者影子。「我」和作者有著相似的人生經歷，比如少年時代的生活環境、少年時代沿著河向上游漫長的步行、成年後的人生經歷等。「我」的思考往往就是作者的思考。在「我」看來，翊亞作為一個青年鋼琴家和「我」作為一個密碼學專家做的是一樣的工作，琴譜上的音符也可以說是一種密碼，負責解密的是鋼琴家。不同之處則在於，密碼學的答案只有一種正解，而同一琴譜卻可以被演繹出不同的詮釋。這既是「我」對於生命密碼的探究，也是作者對於存在的密碼的探討。翊亞害怕音樂，其實就是害怕失敗。他的提前離席首先失去了對提前離席這件事情本身的詮釋權，而在席的人對離席者離席原因的猜測無非是一次次的詮釋，不同人的詮釋不同而已。從某種程度上看，小說中三位少年都有作者的影子，他們是同一個人的不同側面而已。

從對翊亞的自殺的解密開始，小說不停地通過記憶加密，又不停地尋找那把解密的金鑰。

「我」在大學裡開設課程的情節不容忽視，這個情節是解開《花街樹屋》的一把金鑰。「我」的專業是密碼學，我原本要開設的課程是「生活密碼學」，但是

因為教務處一個小小的失誤，寫錯了一個字，把「活」寫成了「命」，於是，課程的名字變成了「生命密碼學」，選修的學生眾多，「我知道理性知識永遠無法打敗神秘思想」。當「我」在課堂上對學生告知實際的教學內容後，大部分學生退選了。然而，「我」失業在家做全職奶爸後的思考重點仍然是有關生命的密碼，這也是整部小說的努力方向所在。作為全台文憑最高的奶爸，「我」並不急著去找工作，這與被動的無業不同，「我」在失業後恰好有時間去觀察一個嬰兒的成長與記憶，去尋找解開生命密碼的那把金鑰。「我」和翊亞、阿煌等人大學期間試拍的電影中，翊亞遭到圍毆倒下的畫面在「我」看來就是一把鑰匙，足以解開我們尚未發現的密碼——一種提前離席的、死亡的密碼。

「我」一直在尋找另一把金鑰，讓它打開自己兒時被圍的恐懼的記憶。「我」三歲時就被定義為小偷，而在救紅毛猩猩時，「我」成了一個真正的小偷，偷的是紅毛猩猩。兒時的記憶與少年的記憶微妙地重疊。為了救紅毛猩猩，「我」被警察重重包圍，這是生命中第二次被強權包圍，但是在救猩猩的過程中，「我」實現了自我救贖。救猩猩的過程是在「我」一次又一次零碎、跳躍與偶發的

回想中，記憶陸續被細節填補完成的。這些細節應該是以想像的成分居多。所以，所有的細節不再重要，「我」要對抗的不再是家庭，不再是強權，也不再是自己，而是黑夜，漫長的、完完整整的黑夜。「我」經歷了一次失敗的越界革命，卻解開了生命中被圍困的密碼。

何致和以自己的方式尋找解密金鑰，他在敘述三位少年的革命結局時用了一種與整部小說完全不同的敘述視角，「我」搭上了時光機，以三十六歲的身體和心智回到當年河邊圍觀的人群來目睹並敘述少年們獲救的情形，他以成人的眼光看出了翊亞對河水的恐懼，那是對死亡的恐懼。

最後，不得不再一次提到失憶的安教授，他又一次出現是因為他的「失蹤」。再見「我」時，安教授要「我」把虛構的「生命密碼學」的課題縮小一點。何致和在這裡用了「虛構」一詞，虛構是小說家的特權，《花街樹屋》是何致和用小說虛構的「生命密碼學」，他大膽而又小心翼翼地越界，尋找解開生命密碼的金鑰，並以此實現與讀者生命經驗的交流及情感的認同關係。

【張曉琴，西北師範大學文學院教授】

110　對話空間：我們一起讀書！｜台灣作家

被黑金搓掉的不爽症
評張經宏《摩鐵路之城》

呂明純

九歌出版社

張經宏《摩鐵路之城》是從各方面來說表現都非常均質的長篇佳作。這部小說沒有過大無法駕御的創作野心，結構封閉完整，前後情節關照，用了一種模擬中輟生目光，書寫著以台中地景為中心的、成人荒誕世界。但這樣的情節安排很難不讓人聯想起沙林傑的《麥田捕手》，而單純採用前後一貫的第一人稱敘述模式，也讓這個「向大師致敬」的態勢變得更明顯，以致這部小說很難不被放上天平比較，最要命的是天平另一端放的是世紀百大經典。

這部小說還有一個非戰之罪，即它拿下幾乎有史以來未發表華文小說的最高獎金兩百萬，從此註定要被非常嚴苛的高標準來審視。這是在進入這部小說的分析評論之前，必需要先說明的兩點外部因素。

先說說這部長篇讓人印象最深刻的佳處。小說最成功的刻畫，即是以一個邊緣學生的立場現身說法，如實呈現台灣私立中學的腐敗教育實況。前半部場景設定在董事會權力無限上綱的台中私校校園，在這具體而微的社會縮小模型中，處處可見地方金權政治運作的痕跡。典禮台上不時亮相致詞的立委、議長、縣議員，或是「太子班」中常常出沒的局長、院長、理事長，這些校園中充斥的「皇親國戚」，透顯這間私立學校重視地方人脈經營甚過其他基本價值追求的運作模式。對比這部小說中傾力描寫校園金權至上的地方派系角力，鹿橋《未央歌》中大後方不食人間煙火的校園生活，頓時就像誇大空洞的偶像劇神話。

小說細膩呈現了不同階級背景學生在這個校園中的各種生存樣貌。對於主角吳季倫這般世井小民出身的學生而言，家長咬牙繳出昂貴學費，不外是為子女爭取翻身和階級上升的資源；而升學率掛帥的校方，也理直氣壯把填鴨教育延伸到高中。在教育商品化邏輯運作下，沒有政商背景的「鳥蛋」學生們，只能日復一日寫著永遠寫不完的考卷，讓學習變成一種為求生存必須忍受的痛苦循環；而永無止境的體罰和羞辱，則使這些中學生更想逃離難堪現實，讓睡眠和線上遊戲成為他們的實際日常。當教育界衛道人士指責新世代學生不長進素質差、學習意願低落，這部長篇，倒是誠懇地點出台灣教育界的結構問題，讓責任不再只停留在學生身上，而是整個教育體系的崩壞。

在這所重視人脈、成績至上的私立學校裡，不愛讀書又沒有政商背景的主角吳季倫，絕無意外，只能在這環境裡當個「膿包中的膿包」──被師長找麻煩，再被無端安上「不敬師長」、「態度傲慢」、「人格偏差」等欲加之罪。不過值得注意的是，描寫這位邊緣青少年時，作者採用第一人稱敘述視角，去書寫一個看似沉默、甚至於呆滯的「壞」學生的真實內心狀態。這種生動的敘述，更能讓讀者感同身受。比如當被高一班導女龜蛋叫去罵，敘述者的內心獨白是：

> 後來我發明一招，只要她開始碎碎念，我就把視線的焦點放在她頭皮中間一小塊空空的地方，然後想像自己被她愈罵變得愈小，到最後縮成一

個小點，整個降落在那塊頭皮上，然後就安全了。這招真的有效，那些聲音會自動退到一個距離之外，遠遠地嗡嗡響，不太進得來耳朵裡面。

透過這些生動的內心描寫，吳季倫本來看似桀傲難馴的外在偏差行徑，在此重新得到被詮釋的可能，也爭取到讀者的理解和同情。

然而，這種未成年中輟生的第一人稱視角敘述，雖然容易爭取讀者認同，但當它貫串了小說通篇，就有其操作執行的道德危機存在。大部分時刻，這部小說對於台灣青少年的流行次文化和世代用語，都掌握得非常精確，從粗鄙俚語到流行音樂，甚至於到網路遊戲，都看得到作者用心經營和新世代溝通的努力。但在這麼大一部小說中扮演、或者維持新世代敘述腔調的難度頗高，以致於某些內心刻畫段落，這個未成年中輟生會透顯出一種「超齡演出」的違和感，透顯出一種不符合設定的、屬於熟年文青的纖細和賣弄。比如：

　　當你在經歷那事情，會發現之

前窩藏在身體的某個巢穴下在瓦解搗散，那些動不動就爆炸開來的情緒散成比空氣還細碎的粉末，飄著飄著就沒了蹤跡，原先怎麼看都不順眼、目光穿透的空氣裡擦磨出千萬根毛邊的世界，變得沒那麼讓人鼻端喉頭發癢，非得要用力嗆它一聲才精神爽快。

只要作者的輪廓浮現，小說就難免落入成人以自身文化優位來「想像」或者「美化」這個中輟生日常的道德危機，但好在這種狀況不算太多。整體來說，《摩鐵路之城》前半可以說是一部成功「正典化」叛逆青少年的小說，為讀者提供一種新世代觀看世界的邊緣視角，在眾口鑠金中標舉出學生的另類觀點。

這部小說還有另一成功處，就是把「不快樂的老師們」寫得非常出色。依文中敘述，在這教育現場教師生存之道不外三種：一是靠鐵血整治學生整治出口碑；二是靠體察上意送茶送酒裝乖討巧；三是靠背後特權撐腰，有關係就沒關係。以這套潛規則運作，我們看到年華老去心靈空虛，只好靠物質和名牌包來填補的辦公室古奇三女；看到大放厥詞，晚上另在補教

界化名偷偷兼差的理論大師；也看到言行
不一，躲在校長室逛色情網站、帶年輕女
師開房間的好色校長。傳說中的教學熱忱
和春風化雨的杏壇芬芳事蹟，在這社會小
型場景組中彷彿只是個過時笑話，這裡的
校園，並不是什麼單純教書的清淨地，而
是教師們各顯神通爭奪有限資源分配的弱
肉強食場域。

　　主角重新分班後的班導「胖虎」，
可說是個鮮明的痛苦角色。這位老師的痛
苦，來自於他對於醜惡現況有清明認識，
而且對此完全無能為力。面對達官貴人
的富二代——比如成天歪在教官休息室沙
發、目中無人的校長兒子，或是家長捐了
高額愛校基金、以致缺席打混也沒老師敢
過問的特權階級富少——胖虎這個教育現
場的魯蛇教師，往往只能把怒氣吞下，無

奈丟句：「好吧，反正你們一輩子都有得
玩，算了，我不說了。」等哪天真氣不
過，也只敢對著牆壁另一邊撂下阿Q式的
狠話：「不要以為世界就是你的，想怎樣
就怎樣，有本事自己去買一間學校來玩，
少在那邊作威作福。」但就像胖虎在最後
一天對主角的提醒和忠告：「這個社會就
是這樣，你以為那些整天玩電動、看色情

光碟的鳥蛋以後的人生會有多悲慘?」、
「就算人家是鳥蛋，這世界以後還是他們
的。我和你，還有辦公室這些人都一樣，
我們連當鳥蛋的資格都沒有，而且能在這
些鳥蛋底下混一口飯吃算不錯啦。你算是
頭腦聰明的，你自己要會想。」

　　如同阿奇「講人話和講鬼話」、
「難怪叫雙語學校」的揶揄，作為一個導
師，胖虎意識到「太子」和「賤民」的階
級差別待遇，但這個老師提不出解決方
法，甚至於在自身被欺壓時，只能把怒氣
轉嫁到主角這個少數他能夠踐踏羞辱的魯
蛇學生身上，間接導致了吳季倫的逃學和
中輟。歷經職場滄桑的胖虎，也許呈現了
成人世界的某種順應和無奈，但重點是，
這種絕望心境和對不公義現況的無奈接
納，也在主角吳季倫身上顯現，也許才是
最嚴重的問題所在。

　　從讀者角度來說，我們為什麼需要
一部台灣版的《麥田捕手》？當然台中地
景重現，一中街商圈、麥當勞、東海校
園、大肚山等地在小說中成為故事場景，
這能為台灣讀者帶來在地認同感，但這種
畫片背景帶來的虛榮委實非常短暫，如果
要說「在地化」，是否該有更深層的東

西，讓讀者能夠辨識出當代台灣的精神面貌、或者指認出某一代台灣人所遭逢的心靈困境？如果五十年代沙林傑《麥田捕手》透過憤怒青少年霍頓點出當代美國社會的精神危機，點出在戰亂遠離、普遍經濟起飛的年代，美國成年人如何為了追逐金錢和物質生活而忘卻了純真理想；那麼憤怒的台灣青少年吳季倫，到底又想喚醒或是挽回什麼價值？

小說中吳季倫和好友阿尻都有一種特異功能——他們能夠從女孩身上散發的氣味，來判定她是否發生過性行為。在他嗅來，只要班上女孩失去了處女身分，身體就會發出腐臭的酸味（奇妙的是他對「非處男」倒沒太多嫌惡）。這種超現實描寫，很容易讓人誤會「女性純潔」才是他所看重的終極價值。但把一個處處飄香的處女國解讀為一種應該追求的終極烏托邦，那未免也太中二病。主角這種對「非處女」的負面情緒，不如理解為一種階段性的不適應，是男孩面對早自己一步掌握性慾的女性時內心產生的恐懼。然而男孩終究會長大，這個階段性問題，短期內就不會再是青少年的困擾。那麼，主角在逐步學習、或者對抗成人世界的價值觀歷程

中，想要長期守護，或保存下來的終極價值，恐怕才是這篇小說真正的核心。

小說曾隱約點出年輕世代面臨到非常恐怖的生存困境。沒有遊戲機偷放課桌下殺時間的吳季倫，艷羨地看著有錢同學自忖：「我羨慕那些鳥蛋，至少擺在他們雞巴上的東東（遊戲機），成功地讓他們跟這個世界之間隔起一層防護罩，好讓他們能專注地跟魔獸天堂、信長、誅仙、完美世界永無止盡地格鬥下去。」「而不是一下子就逼著所有的鳥蛋看見，終有一天會出現在眼前，任誰都無法面對的恐怖未來。」但這「任誰都無法面對的」具體內容是什麼？島上新世代（其實現在很多人叫他們崩世代）的「恐怖未來」為何？作者卻沒有過多真實具體的著墨。小說後段透過八卦小報扒出「樹狀圖」，揭露黑金財團包山包海的運作模式，吳季倫才了解在資本主義經濟體系下，地方財團的幕後金主和相關企業：

那男人是理容大亨，名下的事業有戲院、餐廳、汽車旅館、營造廠，在北屯開了一家黃昏市場和大賣場，而且還是一間學校的董事，天，就是

我讀的那間學校。除此之外還經營生命禮儀事業，真是包山包海。這下我才明白，到目前為止，不止是我，我們許多人都活在這一家人所撐起來的事業底下，吃的喝的、讀的學校、住的大樓、手上提的嘴裡吃的、從上半身到下半身，黃昏到半夜、交配到死亡，很難跟這傢伙沒扯上關係。

而這個理容大亨的現任妻子，在小說中的設定，不是別人，正是這次出來競選的茉莉亞，阿尻的媽媽。比較可惜的是，小說後半段對於吳季倫中輟後的關係設定，就是一種「有人罩」、「被富少阿尻喜歡」的狀態，所以他能夠順利進入區域性黑金體制，靠的全是阿尻的特權救贖。在終於受不了校園對他的肉體霸凌和精神折磨後，吳季倫終於爆發，頭也不回地逃逸。但在逃逸當天，他就在阿尻安排下無縫接軌得到泰式餐廳的工作，逃家當晚直接住到有小老闆露西照應的氣質小套房，連後來去汽車旅館打工，或為了選舉避險而改去拉麵店上班……在這一串的「被安排」中，吳季倫都只是溫順的棋子，依附或者說臣服了這個包山包海包生

死的經濟體系，靠著特權，規避掉所有未成年中輟生都會面對的生存難題。小說描寫到主角第一個月領薪水時嚇了一跳：

比我想像的多了好幾千塊，我第一次拿到這麼多錢，加上偶而客人懶得找零的小費，這比那些賺兩萬二的大學畢業生好多了。往阿尻店裡的路上，和那些技術學院學生擦肩而過，我很快就穿過那些虛浮的腳步，不去理會他們站在紅茶店外面，咬住吸管呵呵笑，空茫地望著路人的目光。

儘管意識到當前「崩世代」處於一種低薪過勞沒有未來、只能咬著吸管呵呵笑的虛無狀態，但作者還是在主角設定中迴避這個困境，讓這個未成年中輟的「太子黨成員」，在初起步時的收入就遠比大學畢業生優越。但這樣的境遇，在一個世代中具有多少普遍性？

而他的好友阿尻，地方特權階級的富少，年紀輕輕就擁有隨心所欲的華麗店面，打造以沙漠為主題的風格化裝潢。吳季倫第一次去，就發現這家店寬敞舒適有如小宮殿，和周遭窄窄長長堆滿紙箱的服

飾店很不一樣。儘管小說後段，面對因被母親安排去澳洲混文憑而情緒崩潰的好友，他心底曾有這樣的嘲諷：

> 我這天真可愛，有一家店供他當玩具的同學，這次真的鬧脾氣了，他還沒玩夠他媽媽就要把他的玩具收回去，叫他準備讀書去了。要我是大人我也會把他的店收起來，那樣一家店誰都知道是開好玩的，雖然我在那裡有過一些美好的回憶。

對於一個選擇臣服體系、分享資源的既得利益者而言，吳季倫在此的批評，卻變得疲軟無力。小說前半段表現出對特權階級差別待遇的憤怒不見了，對於不健全教育體制的指控也沒有了。因為後半段設定中對於體制的順服，讓吳季倫早先的逃學中輟完全失去批判力道，與其說是一種對虛假成人世界的嚴正抗議，無寧更像傲嬌太子黨成員因種種適應不良，而在大企業中不停換部門單位，超任性。

這種論調上的自相矛盾，也表現在他對於幕後黑手、頭家娘茉莉亞的雙重描述。吳季倫一方面了然她當選後「關起門，在攝影機前表演、推擠，然後他們合力演出的鬧劇被傳送到每台電視機裡的新聞頻道供我們觀看，他們繼續躲起來，開始啃食、分配我們的財產，吮吸我們的養分」；但一方面，他自己卻一心向這個權力中心靠攏。尤其他經歷過道上兄弟兜售養命茶的恐懼，也嘗過靠地方角頭勢力擺平車禍糾紛的甜頭，因此他更加確認自己有向茉莉亞靠攏的必要性。對於這位他猛烈批評的虛偽女人從政，他的態度卻是樂觀其成的：

> 茉莉亞當然選得上，有她當門神還有誰敢過來囂張。我們只要把拉麵煮好，把顧客的胃照顧好，收銀台裡的鈔票藏好，我可不希望秋天的九州之行被搞砸了。

曾經對虛假汙濁成人世界的憤恨不滿，在此非常廉價地被「出國員工旅遊」的小確幸收編，立志「我打算結交一個像茉莉亞那樣的朋友」，不知《麥田捕手》的沙林傑看到這個結論，會做何評價？也或許這正是島內這世代的青少年能想到的救贖方式？

小說結局勵志到有點違和，吳季倫看似成功在成人社會中拼搏出一片屬於自己的小天空。願望著如果有一天：

令人忌妒的好運願意向我靠近，也許有天我會買下一間有庭園造景的汽車旅館，打算把它改建成氣質出眾的聊天學校，找來十幾個年輕貌美兼具輔導熱誠、願意聽顧客發牢騷吐苦水的女孩，每間房安排一個，請露西把她們訓練成笑容可掬人見人愛的服務生。

很多評論者把吳季倫這個願望，對比於沙林傑《麥田捕手》中霍頓想在麥田中抓住所有快掉到懸崖下的孩子的願望，覺得這是吳季倫對於原初純真的憧憬。但對我而言，吳季倫「訓練美少女聽苦水」的願望，卻充滿對校園時期患有「不爽症」的純潔自我的背叛。這個願望，彷彿忘卻他自己當初抱怨露西在「專業陪笑培訓課程」中帶來身心靈的雙重異化；彷彿

忘卻自己看到乖女孩受體罰「縮頭弓背像烏龜那樣後腳快要絆到前腳地走，有一次被後面踩住腳跟差點跌趴下去」時，差點哭出來的心疼；彷彿忘卻露西曾經教訓他「沒有人喜歡這種工作，也沒有人天生喜歡去招待人」的肺腑之言。吳季倫對未來的期許和想像，是以一種暴發戶姿態加入經營者行列，把「純真」和「處女香」這汽車旅館中較少見的商品重新包裝上架——在這個什麼都可以拿來販售的後現代社會。

憤怒從來不需要「被治癒」，對世界上任何地方發生的不義保持憤怒，才是一個革命者最珍貴的本質。也許因為如此，對於小說後段，離開校園後的吳季倫的「不爽症」被（地方黑金或者特權？）治癒，我的惆悵遠比欣慰還多。但我會惆悵會有情緒，也得力於作者前半段刻畫憤怒青少年吳季倫的刻畫成功。我高度讚揚作者對於私校內部的揭露，光憑前半部，《摩鐵路之城》就奠定了它在當代台灣文壇上的代表性。

【呂明純，中正大學中文系專案助理教授】

誰是天邊一朵雲？
評張經宏的小說《摩鐵路之城》

房偉

台灣作家張經宏是六○年代末生人，台中教師出身，出道不算早，這幾年屢有好作品問世。這部《摩鐵路之城》曾獲九歌200萬小說獎，在台灣產生廣泛影響，但大陸讀者並不熟悉。張經宏說，他在高中教了十二年書，對扭曲的升學主義感到無力，面對年輕的學生，覺得溝通困難。因此書中描繪少年的苦澀成長，寄寓了他在教育體制中的挫敗感。對這部描寫台灣青年現狀的青春小說，以大陸的批評眼光予以審視，是一件有趣的事。它讓我們在不經意間發現很多文化的差異與交流。小說開頭聲勢奪人：「我一直很想打噴嚏，只是很想，從傍晚開始，在我頭頂上方的每一朵雲擁在另一朵身上，一起窺看它們底下的這個地方。幾萬樁同時在進行的不可告人的鳥事。才六點多，那些努力擠進對方身體的雲已經把彼此搞成巨大的一坨，天色墨黑得像長毛怪獸的私處，每坨發了黴的雲竄出數百萬條蠕動的毛

絲，不斷騷抓揮舞，朝底下的馬路發散腥黏的臭味，惹得整個城市發出悶悶怒聲。」這個開頭頗有現代主義風韻，然而，接下來的書寫中，作者卻峰迴路轉，曲折生致，將那些「欲望之雲」的故事講得變化萬千，又溫暖細緻，為我們展現了當代台灣青少年獨特的「精神不爽症」。誰是天邊一朵雲呢？張經宏的迷茫與追尋令人感慨。

這部小說在台灣也有其特殊性。首先，作者年齡不小，但創作風格迴異於台灣同齡作家，表現出了很多當下台灣社會的新情況。其次，《摩鐵路之城》有別於眾多以台北城為書寫背景的作品，以台中為地標，少見且特殊。這本書中，我們看到張經宏對台灣教育及文化亂象的嘲諷，青少年在壓抑性環境的無奈感。但張的書寫方式卻不是純粹現代主義，或後現代主義的，反而表現出對「現實主義品格」的回歸。該小說甚少現代主義的頹廢激進，

及技術主義的迷思，對於流行的族群認同、兩岸政治等創作維度也少有介入，而是呈現出了樸素的人生態度和平和的人性理想。對此，很多批評家都表示不滿足：「本書如果拍成電影，可能只是一部校園電影的格局，沒有跨國際跨文化的氣魄（除非阿尻去澳洲留學，季倫也跟著去），也沒有橫越大歷史的描述，有的只是一個少年對周圍環境和校園社會的抱怨呢喃！」但如果拋卻作者功力和視野的問題，這種創作選擇更令人玩味。主人公對政治問題不感興趣，也不再鍾情於叛逆青春的道德挑戰，而是喜歡在平和安詳、又相對遠離的人生態度裡，觀察世相百態，體驗人生美好，也嘲諷世間貪婪虛偽，心中依然懷有樸素美好的理想。阿倫無論是寄住在伯父家，還是在名牌學校讀書，或者在汽車旅館打工，始終是一個「生活旁觀者」，甚少與社會、制度發生激烈衝突，即使被學校教官冤枉，也只是一走了之。台灣批評家施淑說：「這個台灣製造的麥田捕手，走出學校，站在汽車旅館和餐廳小弟的位置，笑傲人間，嘲諷大人世界的齷齪低級之後，似乎很難找到他的先

行者有過的，哪怕只是理想主義的餘燼，有的只是回歸現實懷抱的無可無不可、懶懶的平靜。」這種獨有的風格，甚至延續到他最新的，以同志愛為選題的作品《好色男女》。

可以說，《摩鐵路之城》雖是青春小說，也涉及很多現實問題，如黑道和商界、學界的勾結，黑道對普通人的敲詐勒索，汽車旅館的醉生夢死等。在描寫父親之死的章節，我們還能看到早期台商在大陸投資的情況。但是，作者的態度是在嘲諷之中，帶有某種冷靜平淡。台灣評論家將張經宏的這種寫作稱之為「台灣式新現實主義」，藉以區別於早期台灣以鄉土為書寫主題的寫實主義，以及新世紀以來出現的新鄉土寫作。正如台灣批評家所言：「在他們的小說中，難以見到台灣現代主義文學所表現的人心深層的情欲，也不刻意描寫封鎖、斷裂、背叛等疏離感，更不會有脆弱、醜惡、沉淪、頹廢等內心世界的挖掘，有的只是平凡地近乎簡單的『人』與『都市』環境互動下的真實生活感──可以看出它與七〇年代的鄉土文學寫實主義的差異所在，且筆者以為，這也

是在二十一世紀後，隨著政治環境演變，那不需受限於威權體制的壓力，也沒有要挑戰威權體制的動力之下的視角轉換，所以，角色的刻畫從『小人物』轉成『素人』，題材選擇從『社會議題』轉成『生活狀態』，且既『瑣碎』又『平凡』，都可說是它與當年鄉土文學的差異所在。」安靜的反抗與溫暖寬厚的堅持，伴隨精緻的情調和逆水行舟的自我堅守。小說雖然諷刺台灣教育體制的分數至上和虛偽風氣，對欲望都市人生表示批評，但同樣書寫了伯父伯母和阿奇對阿倫的親情關愛，寫了阿倫和阿尻的真摯友誼，阿倫和小兔子少女之間朦朧純情的感覺。即使寫到骯髒的汽車旅館，賣保健茶的黑社會，勾連巨賈、文化界和政界的茱莉亞，我們也依然看到作者寫到底層人生的「仗義之輩」，如嘴快心善的露西，幫助伯父排解紛爭的黑炭叔，幽默可愛的小海等。

一個很有趣的現象是，和張經宏年齡差不多的台灣作家郝譽翔、黃錦樹、駱以軍，以及稍微小一點，但出道要早得多的吳明益、甘耀明，他們的寫作方式，卻都有著鮮明的現代主義或後現代主義風格的烙印，族群、兩岸、文化身分等也是他們繞不開的主題，這與張經宏截然不同。張經宏選擇相對「地方性」的台中作為書寫對象，而不是選擇更有現代標誌意義的台北，也許正表達了他主動疏離文壇主流書寫的努力。讀《摩鐵路之城》，有塞林格式的反諷，也有更多日本作家的影子。他對家庭創傷的疼痛卻溫暖的敘述，讓我們想到宮本輝，而宿命孤獨之外，那種寬容懶散卻缺乏主動力的人生態度，卻頗像日本的「輕小說」，如有川浩、櫻庭一樹，年紀大些的村上龍、山田詠美等，都有類似的寫作風格，當然，最典型的是村上春樹的《挪威的森林》等作品。不同之處在於，張的青春書寫，依然涉及很多現實層面問題，不是一味在青春唯美中散步，但態度依然是輕的。無論對待老師和學生，還是社會各色人等，作者的態度始終是幽默諷刺之中，帶著溫和而苦澀的笑容。

當然，細看之下，張經宏的寫作，風格還不是特別穩定。如《摩鐵路之城》，開頭先聲奪人，頗有驚世駭俗的期待，但越往後越平靜遲緩，寫人生波折，世態浮世繪，也更冷靜自如。我更傾向於

認為，這種平靜遲緩，也許才是張經宏的「文章本相」，這是張經宏骨子裡帶有的某種文藝氣質，而那個「先聲奪人」的開頭，頗有現代主義風範，但似乎還並未被圓融地寫入血脈。張經宏並非「狂徒逆子」的後代，卻有自己的園地和自己的態度，正如他談到文學和人生「若即若離」的距離之美：「終其一生，多數人都在尋找與世界連結的種種可能——它搖曳神秘、舞動幽微，它光影緲茫、魅氣飽滿，它時而焰火張狂，似足以燎原，時而輕煙飄逸，似花似霧。它和我們終夜相望、凝視彼此，有時企圖靠近它一點，貼近那源出於生活與命運某處的幽微，身不由己地任由這個瑣碎粗糙的世界與之碰撞摩擦，碎裂至萬念俱灰，甚且假裝不曾與它們照面，或嘗試相信它們必然虛妄，如同每一片清朗幻麗的晨光裡，飛舞升沉的微塵那般，終要在下一道光線闇去的瞬間，一切所見一無所見。」

青春成長題材是這本小說的勝出之處。但該小說的獨特之處也恰在於，它少了一般青春敘事的性愛敘事衝突。無論吳季倫和小兔子少女，及阿尻的情感糾葛，

還是學校和社會的烏煙瘴氣，作者都表現出對道德純潔品性的讚賞，及輕微的道德反諷。一般青春成長小說，都有兩個敘事維度，一是對真摯童心的留戀，及由此而生發的對成人社會遊戲規則的懷疑和否定；另一種則是青春欲望敘事，青年男女的性欲故事，形成對社會道德規則的挑戰，顯現出極大破壞力量。很多文藝作品兼具二者，如塞林格的《麥田裡的守望者》，有的則專注一點，如麥克尤恩的《蝴蝶》等系列「青少年暗黑生活」作品。張經宏的小說刻意表現出來的，卻是一種青春的「疏離」之感，有對真善美的嚮往，而挑戰性和欲望敘事的環節，卻實際涉及甚少。小說中的欲望景觀，大多是抽象的，背景性的，而少具體描述。小說中學生都被叫做「鳥蛋」，老師被叫做「龜蛋」，但實際上，那些「淫蕩的雲朵」，僅出現在小說前半部分，小說很快轉入主人公感傷，又微帶調侃嘲諷的「私小說」敘事風格。小說對教育制度的反諷頗見功力，這也許是得益於作家的中學教師生涯。主人公吳季倫在學校無法找到存在感。教師們大多庸碌不堪，勢利自私，

胖虎懦弱無能，龜蛋女國文老師刻薄矯情，軍訓教官膚淺賣弄，古奇牌三女則沉溺於物質炫耀，主人公唯獨對女教師琳達有好感，不料她卻偷偷地和校長到汽車旅館開房。看門老頭曾一度被他認為是「風清揚」般的神秘人物，不料卻猥瑣之極。現實世界也令人失望，時髦男作家，試圖勾引主人公做同性愛交往，黑社會到處敲詐市民，學校和財團政界勾結，一方面，虛情假意地宣傳愛心和道德，另一方面，卻唯利是圖，享樂縱欲。吳季倫的眼中，成人的世界，就是性欲和金錢物欲組成的「漂浮不定的雲朵」。這個象徵性隱喻，以其流動的曖昧，蓬鬆舞動的形態，展現了一副現代都市的墮落之圖。如小說家陳雨航所說：「如果小說具有反映時代、積累歷史材料的功能，其中之一應該就像這部小說。」然而，這並不是世界的全部。在都市內部，還有另外一群人。伯父伯母關懷季倫，如同己出，堂哥阿奇也將他看為親弟弟。阿尻真誠體貼，對人生和愛情充滿幼稚但友善的想像，在季倫出走後，幫助他找工作和住處。就連小海、黑炭、露西等底層人物，也都仗義善良，勇於擔

當。小說結尾，主人公的人生理想，就是打造一間家庭氛圍的汽車旅館，將之變為聊天學校，找年輕貌美，兼具輔導熱誠，願意聽顧客發牢騷的女孩，可以討論人生和學業壓力等，就是不能做和「交配」有關的事：「到時候真搞出了名堂，就請您多指教，別見笑。沒您的支持照顧，哪裡有今天的小弟我呢？感恩。拜託。」依然玩世不恭，但並不油滑。玩世不恭和油滑的區別在於，前者還有憤世的心靈和醒世的念想，而後者則擅長以世故掩蓋叛逆，也擅長與世界妥協。

可以說，《摩鐵路之城》中，作者表現出青春小說獨有的「青年人的真誠」。黑格爾認為，人類的自我與社會的關係，存在從高貴意識向卑賤意識的轉向，這個過程則伴隨自我意志的分裂，而真誠地表現這種分裂，就成了現代人格的標誌。特里林則進一步指出，這種真誠主要指公開的表示的情感與實際的情感的一致性。它是十六世紀以來現代性自我意識發展的產物。當社會要求自我的角色與自我的訴求產生了分裂和對抗，真誠的問題也就出現了。而真誠也是青春小說的一

大特徵，這些小說中總出現「真誠的自我」，總有一個和社會格格不入的青年主人公。從歌德的《少年維特的煩惱》到黑塞的《彼得卡門青德》與塞林格的《麥田裡的守望者》，從郁達夫的《沉淪》到王小波的《綠毛水怪》與馮唐的《十八歲給我一個姑娘》等，都有類似情況。然而，是什麼原因讓張經宏的創作，讓這種「青春的真誠」，出現了別樣風致，並得到廣泛讚賞呢？

對這類台灣新現實主義，有的批評家認為：「新生代他們對於整個歷史或政治意識的負擔比較小，實驗性的技術、技巧，像後設、後現代這些東西，大家也玩膩了，也不受到那樣的拘束。所以，這次的作品，從容回到文學本位。因此，『台灣新寫實主義』的出現，實為七〇年代鄉土文學寫實主義在經歷八、九〇年代過度的形式實驗與理論束縛的反動，但它卻不走七〇年代鄉土小說的老路，其雖維持關懷現實、『腳踏實地』的基本格調，但在題材、內容、結構、語言上，則整體作品的題材和內容大量反映一般人的生活狀態，不極端粉飾人的個性，不刻意雕琢人

的心理空間，而力求生活面貌的客觀細節和事實：作者不太精心經營完整的結構，也不特意將情節戲劇化，而是尊重生活瑣碎事物和平凡故事的運行。」可細究之下，我們發現，這既與張經宏獨特的個性氣質有關，也與台灣文學發展和文化現實有關。大陸在九〇年代初、九〇年代中後期、2010年前後，幾次出現現實主義寫作風潮，如以方方、池莉為代表的「新寫實主義」，以關仁山、談歌等為代表的「新現實主義」，以梁鴻、慕容雪村等為代表的「非虛構寫作」等。然而，大陸的現實主義衝擊波背後，總是有著金融危機、國企改革、農村土地流轉、農民工身分、國際資本的殘酷剝削等重大社會和歷史問題的影子，蘊含著巨大的社會斷裂、重組、聚合所導致的豐富的社會資訊，蘊含著一個文明古國艱難的現代轉型所呈現出來的複雜的現代體驗。而台灣的文化現實和張經宏的現實主義書寫，卻恰恰相反，並沒有巨大的歷史動能需要書寫，提供現實衝動的，其實是「回歸日常」、「回歸個人」的倦怠。經過亞洲四小龍的經濟騰飛，台灣經濟在新世紀發展中缺乏

再次飛躍的內在驅動力，而黨派政治的激烈交鋒，族群認同的分裂，兩岸關係的複雜晦暗，也在相對富裕穩定、民主開放的前提下，表現出了某種「內在的迷思」。

　　儘管這部小說試圖回避那些宏大的政治、經濟和文化命題，但這種「空缺」又不可避免地成為某種獨特的文化隱喻。這是一種發達現代文明社會的「不爽症」，也是獨有的民族國家問題造成的歷史遺留「不爽症」。青年一代台灣人，特別是台灣青年學生，厭倦政治，青春的迷茫加之對現實不滿，也表現出某種「去歷史」的現實衝動。這種現實書寫衝動，其實更像是對日常生活的常態回歸，從文藝思潮上來講，很像九〇年代初期大陸新寫實主義小說，對日常生活的審美發現。但大陸新寫實主義小說，既是對先鋒文學的某種反撥，也延續大陸對革命敘事的疏離過程，更是對現代中國和現代人品格的重新發現和塑造。而張經宏的《摩鐵路之城》則更像對失去歷史感的日常生活的人性探幽。他們的青春，也正如天邊的雲朵，漂浮卻乏力，這也是無歷史的青春。曾在陳映真、白先勇、黃凡一直到郝譽翔、甘耀明等台灣作家筆下苦苦糾葛的諸多使命、痛苦、宿命和反抗，都化為了那無目的遊蕩的，沒有褲子的「灰色雲朵」。而即便是欲望書寫，朱天文在《世紀末的華麗》中以欲望台北所塑造的「罪與美」的惡之花，也被剔除了理論的狂熱與頹廢綺麗的幻覺，變身為平凡人生的詩意救贖，對青春的留戀和珍惜。這其實也反映了台灣青年對台灣現實的深深厭倦。他們寧可回歸到簡單質樸的日常生活，包容不同人生和選擇，尋找命運和人生真諦。小說中的吳季倫，他的道德優越感和青春合法性，恰來自於他認識自我的一致性。他對重大社會和歷史問題不感興趣，也不關心學業和掙錢，他甚至沒有粗野蓬勃的性欲，他的所有訴求都在於維持內心的，平靜和諧的小世界。他甘心於邊緣的生存狀態，不以為焦慮，反以為安頓。只有在邊緣而不得的情況下，才會選擇有限度的改變。他對小說中的校長，老師和同學們，乃至教育制度的嘲諷即在於其虛偽的分裂性。說到底，吳季倫與霍頓是不同的，他對倫理和情感的留戀，讓他選擇了退守。這也許是一種東方式的「青春不爽症」。

　　那麼，台灣的「我城」，在大陸文化的閱讀感受中有什麼別樣味道呢？富裕的台灣與日益走向富裕的大陸，出現了很多類似的文化景觀，很多問題是共通的，如中學教育的分數至上、社會流行的拜金享樂思想等。大陸八〇後文學也有很濃的「去歷史化」商業元素。但在總體性意識形態趨於碎片的狀態下，台灣文學和大陸文學的最大差別，也許就在於，大陸還有建構宏大想像的野心和熱望——不管這種東西，是來自官方訴求，還是作家主體心理期待。很多大陸作家的「去歷史化」更像「去革命化」的某種隱喻式翻版。作家往往利用更激進而扭曲片面的歷史觀，造成歷史感「空缺式」存在，這其實是強大的歷史理性訴求存在的表徵。儘管這種激進方式，顯得殘缺偏執，如閻連科的《炸裂志》等作品。而更年輕一代的台灣作家卻自動放逐於「我城」之外，對漂泊的身分迷茫，尖銳的政治疼痛，選擇了主動的疏離。當然，這類作家在大陸七〇後和八〇後之中，也不乏其人，如趙志

明、曹寇等。但他們和商業的關係，卻相對更疏遠，文學態度也更先鋒激進。張經宏筆下的年輕人選擇了回歸家庭倫理和個人悲歡的小世界。從後現代回歸到某種寫實溫情。然而，對台灣來說，這種無歷史感的新現實主義小說，究竟是台灣文學的出路還是困境？現在還很難講，但台灣這座在文化的「孤獨我城」，終於開始走出自身的歷史夢魘，更放鬆地表現現實和人生了。

　　張經宏的這部小說，讓我想起台灣導演蔡明亮的小眾電影《天邊一朵雲》。蔡明亮說過，身體就像雲，天空永遠存在，雲卻來來去去，遊蕩之中的絕望與徬徨。而張經宏的「摩鐵路之城」上空的雲，沒有那麼驚世駭俗，卻同樣迷茫飄蕩。它不僅是欲望之雲，還暗喻了張經宏的青春迷惘之雲、夢想破滅之雲。說來說去，張經宏又在無意識中接近了「地域性創傷文化」的文化實質，這也許就是某種暗含的文化宿命因數吧。

【房偉，山東師範大學文學院副教授】

「遷徙的女性化」及其類型書寫
評張耀仁《死亡練習》

張怡微

九歌出版社

由社會議題介入、或以報導文學的視角侵入傳統小說寫作領域，一直以來都是常見的通俗寫作方式無疑。如近年來大陸創作者余華的《第七天》或薛憶溈的《空巢》等作品，都是以新聞事件作為核心議題，再行注入創作者的感性經驗加以詮釋想像。但實際上，真正實現作者意圖的難度卻很大，社會反響也褒貶不一。因為類似的寫作，似乎從一開始提出了一個尖銳的問題，即當文學寫作遭逢新聞寫作時，文學意欲何為。或當文學的及時性、尖銳性都落後於新興媒體，它的故事性也極易落入現實走向所規定的窠臼，那文學還需要從中做些什麼，才是真正有意義的工作。

此外，類似的寫作也會令寫作者在不經意間模糊了一個焦點，即它的創作面向——讀者，到底是誰。它的療癒對象，

究竟是寫作對象還是作者自己、或者說作者所站立的那個隔離的族群。文學是否應該承擔了社會工作理應承擔的職責，運用社工之眼書寫記錄社會萬象，並以文學形式加以展演的倫理究竟如何界定（在接受《自由時報》的訪問時，張耀仁顯然也意識到了相關的問題，他表示：「我常常思考的是，代言是可能的嗎？我有什麼能力與立場去替『她們』說話？當『她們』連我們的語言都不懂的時候，我所代替『她們』說的話，會不會反而是一種冒犯？」）。這種視角又是否是如今台灣創作者書寫邊緣群體的「類型化書寫」，以上種種，都十分有趣，值得探討。

張耀仁的上一本書《親愛練習》聚焦的是台灣的外傭，這一本《死亡練習》寫作的是外配。當「外」與「內」不可避免的對峙從小說寫作之前就發生了，這使得「練習三部曲」系列從一開始就觀念先行，為我們的閱讀鋪上了一層神秘的底色。至於這種底色究竟是小說集宣傳上所說的「冰藍」或「翠綠」或「黑墨」，則因不同讀者的感受性而不同。但更令人好奇的是，「外」與「內」接壤的邊際，作者是如何規定的。在這一部故事集中，這種邊際顯然是通過婚戀完成的，婚戀即是

全部命運。由此，黃春明在序言裡的話十分準確：「看我們今天的台灣，物欲橫流，拜金向錢看，天生的認同卻陷入危機：國家、社會的認同幾乎不存，家庭的認同也發生問題。」如果說，社會學以理論方式介入這種「認同」的拷問，那文學顯然要從「人」出發關照撕裂的緣起、發生及危難。當「認同」從「她們」的內心就開始瓦解，那言及男性、家庭、社會、國家都是無意義的。

如此而言，《練習死亡》的企圖是一部大書。當台灣民間尚且無法將「外籍配偶」平等為普通的「新移民」（就連台北市市長都將「外籍新娘」物化為「進口」），文學的力量顯然是孱弱的。在小說集中，我們不難看出這種絕望與無奈：

「身不由己。她們也是身不由己啊。」（〈黃美美醒來的時候〉）

「她想，這些年來遭遇的事事物物，並非學不會堅強，而是沒辦法就是沒辦法。」

「總之，很多時候，命運都不是由我們一個人決定的。」（〈因為在黑暗裡〉）

「再忍耐一下，就要畢業了啊，再忍耐一下好嗎？她也是忍耐過來的：二十歲嫁給金腰，成為莊內唯一沒有身分證的新娘，唯一不懂台語的媳婦。」（〈馬鞍藤之眼〉）

類似的無助與無解命運，在頗似張愛玲小說〈封鎖〉風格的短篇〈因為在黑暗裡〉，我們能看到作者為「黃美美」的女性自覺所設計的可能。她年輕的身體，本來也應當載有合理的女性情慾與愛戀，但那終究是一場短暫的幻夢，漫長的青春只能用眼淚加以虛度。康洛甫（Manuel Komroff）在《長篇小說作法研究》一書中說，「讀者是個好奇的人。他對他所不知道的人以及他所不曾見過的地方感到好奇。誠然，他知道了一些男人和女人，但他還想知道的更多些。」這是小說作為通俗文體必然的取向，我們知道有那麼一些人生活在我們身邊，但我們仍然對他們的生存細節感到好奇。於是在閱讀《死亡練習》時，我始終有一個疑惑，這部作品是書寫外配的，但它的受眾，又顯然不是那些小說所指向的那些人。無論是「黃美美」，還是她的丈夫「金腰」，還是他們

身邊的「王姊」……歷經許多故事的檢驗，這些核心人物的面目逐漸清晰，但又始終不具體，缺乏真正令人信服的來歷。又因為複雜的始終隱喻縈繞著這些主要人物，於是我們藉由上帝之眼看到的「彷彿生出翅膀的女人」、「身後跟著小恐龍的女人」、「不斷夢見河和魚的女人」、「反反覆覆聽見鸚鵡叫的女人」，與我們可能在移民署看到的那些女性、聽到的那些談話總有那麼些不同。

事實上，各國之間的移民問題、甚至最近頗熱的歐洲難民問題早不是新鮮事。有趣的是據統計，近年來全球女性移民人數已經高達移民總人數的48％。在這「遷徙的女性化」（feminization of migration）全球趨勢中，台灣文學所熱愛採用的樣本恐怕只是全球化遷徙大潮中極小的參考模板。雖然台灣有非常複雜的歷史問題、政治問題、族群問題、移民問題，但張耀仁所聚焦的女性問題，基本源自「商品化的跨國婚姻，並且不斷遭到男性沙文主義（Chauvinism）所扼」，是傳統的、古老的、可悲的、沒有出路的外配宿命。並沒有任何跳脫保守範式的探索，其創新性也基於文學化的修辭，而非採用樣本的多元。

Ernesto Kofman（2004）指出近年來性別與移動（gender and migration），研究的趨勢之一是，聚焦在那些被邊緣化的女性移民身上，特別是來自發展中國家、從事家務勞動或是被圈限在家庭當中的女性，如家庭幫傭及看護工，不論她們是家族移動還是單獨移動，換言之，這些研究忽略了其他女性移民的存在，譬如，越來越多具專門職能、技術並選擇單獨移動的女性。尤其是隨著大陸經濟起飛以後，外籍配偶的多元構成也能為這一項「死亡練習」注入更多樂觀層面的因素。因為「有錢」不代表不「弱勢」，獨立也無法印證制度的完善，諸多衝突與磨合在這一世代顯然有更為廣袤的敘事空間可以開拓。

但除此之外，小說本身仍有許多亮點。《練習死亡》全書書寫了幾位「黃美美」的生活可能，這些短篇有時互相關照，有時是獨立的。但因書寫的時代背景較為模糊、「黃美美」的真實來歷也並不具體，我們只知道她可能來自「蘇州」（〈因為在黑暗裡〉）或福州（〈鸚鵡〉），有時二十來歲（〈清潔的一天〉）、有時根據孩子的年紀算來更大些（大兒子已經十五歲，〈馬鞍藤之

眼〉）、或更年期（〈更年〉）。她丈夫個子不高，有時殘疾（〈嘩啦啦啦墜落的雪〉），工作是討海捕魚，有時是警衛（〈死亡練習〉）。她時而被家暴（〈馬鞍藤之眼〉），遠嫁是為了給母親還債，有時賣劣質魚（〈夢見魚的女人〉）、有時在素食店打工，有時搶劫（〈身分〉）……總之，通過一些細微的變化、細節的重組，找到了新的場景、容器，被一再重複搬演。另一部分的短篇，有不對等色誘情慾交易如〈請進。請進來〉，女性倫理如〈妹妹背著洋娃娃〉，失業潮中的一家人如〈比桔梗藍更藍〉，對殘酷青春幻夢的註解如〈青春相思〉……小說創造了獨特的敘事氛圍，這些女性是孱弱而優美的，無力獨自抵禦命運的嚴酷，卻又敏感動人。

張耀仁十分敏銳地抓到了這一部分女性的生存特性，如邱琡雯（2003）所言，「當跨國婚姻遇上父權制下兩性不平等角色分工之意識形態時，男性雖然仍是家庭生計的主要提供者，但女性則被期待成行使家務勞動的主婦、一家老小的照料者以及勞動力的生產者，這種意識形態結合了種族、性別、階級等多重不平等的結構，彼此纏繞箝制這些漂洋過海尋求新生

的女性。」更可悲的是，小說藉由「婆婆」的嘴說過類似買一個外籍新娘「比請一個外勞攔卡會合（划算）！」（〈嘩啦啦啦墜落的雪〉）。由女性之聲霸凌及物化女性，為敘事增添冷峻的色彩。多重不平等的結構，遮蔽了一個更為可憐的「內」處境，即這些男性的生活其實也並不好。他們如果能夠融入主流社會創造不低於人均國民生產總值的收入，也不至於淪為需要通過中介購買婚姻的人。只能說，這些可憐的人壓榨著比他們更可憐的人。「身不由己」的宿命，雖然藉由這些買來的「外籍新娘」之口說出，但說的同樣也是她們丈夫的可悲人生。

Simpson & Yinger（1953）曾提到，「所謂歧視（discrimination）乃是指對待特定領域的人做出『迴避與排除』的行為，無論這個行為主體是有意還是無意，無論特定領域是實存或架空，也無論被歧視的行為客體是個人或集團，歧視就是賦予偏見的負面意義，由此產生非對稱性的標籤化之事實，它同時包括了遠離和鄙視這兩種意涵，迴避與排除的行為會把日常生活的事實扭曲或隱蔽，讓歧視者與被歧視者雙方，都處在一種權力差序的天羅地網當中。」那麼如此說來，張耀仁小說中真正觸目驚心的「歧視」，並不存在於這些跨國婚姻內部的，哪怕那些買賣婚姻中裹挾著非人權的煎熬、或暴力行為，但真正可怕的歧視在於金魚缸之外那些觀瞻的、不需要買賣婚姻的主流人群，對他們本國的弱勢人群及他們的婚姻現狀的漠視。

關於兩岸婚姻，坊間一直存在有奇怪的思維定式，儘管根據移民署歷年統計，兩岸通婚依然存在嚴重的性別不對稱現象（大陸男性與台灣女性結婚僅占4.7%，而大陸女性與台灣男性結婚則占據95.3%之多），但許多早年兩岸通婚所塑造的刻板印象已悄然瓦解，如：大陸新娘嫁往台灣的地區並未如外界所想像的，聚集於台灣中南部農業或較落後地區，兩岸通婚家庭主要居住於台灣北部地方，其中又以新北市、台北市與桃園縣最為密集；且與陸籍配偶結婚的台籍配偶，在教育上多數為社會的中間階層，而非刻板印象中的社會底層（移民署，2014）。此外，隨兩岸交流逐漸密切與平等，經媒妁之言與婚姻仲介促成的配偶呈減少趨勢，通過遊學、工作形成的自由戀愛逐年增長，網絡通訊的便捷也為此增添了新的可能。至此，從「老兵婚姻」到「因為愛

情」，使得年輕族裔與高學歷陸配開始出現在兩岸婚姻的組合之中。可即便如此，不知為何在資本全球化與兩岸脈絡的交疊影響下，「陸配」依舊難以擺脫「婚姻商品化」所帶來的貧困、底層、假結婚等刻板印象。

這一官方統計，令張耀仁「外配」系列小說的時間軸顯得尤為重要。「黃美美」到底是不是中國人，到底出生於哪一年，又由哪一年嫁來台灣就顯得尤為重要。在接受《自由時報》的訪問時，張耀仁說：「這幾個『黃美美』在某種意義上都是同一個『黃美美』，他們是外籍配偶在台灣的一個縮影，一團面目模糊的影子；藉由同一個名字，我想表達的正是這種辨認的困難；在台灣社會裡，他們其實是一群沒有臉的人。」通過閱讀讀者完全能夠領會他的意圖，可作者將時間模糊的現代主義筆法，雖為閱讀增添了審美的意趣，卻令人物的可靠性增添了不少疑點。2013年來自「蘇州」或「福州」的「黃美美」是否有必要漂洋過海嫁給台灣人來替母親的病籌錢實在是一件需要考證的事。因為「黃美美」完全可以找一個上海或廈門人就近解決困難，即使買賣婚姻在這個敘事邏輯中始終存在，但它的操作性

與時代性仍需納入仔細考量。於是相對而言，〈我的名字是〉作為一篇以社工視角完成的作品反倒能更為貼切地模擬作者與這些女性族群對話的可能。並且，相對於這些邊緣女性如何在不幸福的婚姻中展開一日枯燥、重複的日常生活，那些遊走於法律邊界的「婚姻仲介」的來歷及營運顯然更具有可讀性與可勘探性。

然而，關注弱勢需要的勇氣、耐心與毅力非普通寫作者可以承受。台灣有相當多的移民作家，多年來從事艱巨的文學工作，也作出了很大的成績，如近日出版《我家是聯合國》的張郅忻，因家族先後加入了來自印尼和越南的外籍配偶，自己又跟越南姐妹有長期相處經驗，努力為這些人發聲。又如母親為印尼華僑的陳又津，新書《準台北人》寫的也是新移民對台灣奉獻的青春。他們和張耀仁一樣，十分盡職、盡責地承擔了自己作為一個台灣作家的社會責任，關懷著在這座島嶼角角落落裡生存的被遺忘的人。相信不久的未來，「遷徙的女性化」會成為台灣書寫重要的一部分。

【張怡微，作家、政治大學中文系博士生】

我們都是黃美美
評張耀仁《死亡練習》

叢治辰

在張耀仁《死亡練習》所收羅的短篇小說中，令我印象最為深刻的，並非那些「外籍新娘」或曰「新移民女性」的故事，而是〈比桔梗藍更藍〉。這是一個關於父親的故事，也是關於每一個家庭，每一個人的故事——甚至不需要加上「在台灣」這樣的限定。

行將退休的父親，為了在「失業潮」的壓力下免遭裁員，順利拿到退休金，向家人宣布：「從今而後，將以公司為家。」這樣的口號往往是公司用以教育員工，如今由父親由衷地說出來，已可算是一種異化的表現。更加令人吃驚的是，這口號在父親那裡，居然並非一種修辭：從此以後，父親果然再未歸家。儘管公司表示從未鼓勵任何員工熬夜加班，也未監控到有人在半夜的辦公室內活動，但父親的確再未走出過那棟辦公大樓。當「我」

終於在公司會客室見到父親的時候，他的「頭髮一如往常優雅妥貼，唇上乾淨，襯衫領口逸散熟悉的止汗劑」，像任何一位穩健的中產階級上班族一樣。然而他似乎已經沒有能力，也沒有力氣，對「我」的關切做出回應，只是機械地，如「職場特有的客氣」般微笑著，一次又一次地重複說：「我一定不會辜負你們。退休金沒有問題的。」然後揮揮手離開，像一個血肉被抽乾的幽靈一樣，隱入冰藍黑暗的電梯底部。

這位沒有血色的父親絕非對家庭冷漠無情的人。曾幾何時，他也是「我們牛頭埔一帶最體面的『踢跎仔』」，「歸日跟人荒騷」；恰恰是為了家庭，他變得積極、盡責、優雅，「輕聲細語，不輸一個讀冊人」。而即使每天被「無止無盡的加班、應酬、再加班、再應酬」綁架所有人

生，以至於「下了班猶指尖敲著褲緣作勢打字，兩眼充滿血絲好似等待解讀營收走勢圖」，他依然不會忘記臨睡前親自來為孩子蓋妥被子。「以公司為家」之後，母親的銀行戶頭照例收到父親的存款，「我」和弟弟「生日的當月，他還會多匯幾千塊」。最終，是「我們」自己淡忘了已有多久沒再見到父親，也不再能夠分辨存摺上哪筆錢是父親的薪資。張耀仁以他的方式，將若昂・吉馬朗埃斯・羅薩〈河的第三條岸〉裡的故事補充完整，他告訴我們一個男人是如何從元氣淋漓的少年，變得規矩平庸，最終顯得單薄、虛弱、空洞，像一個符號，然後被世界遺忘。弔詭之處在於，他越是想要參與進這個世界，擔負起責任，卻反而離這個世界越遠，似乎失去自我便是他得到世界的代價。在家庭的牽絆下，他必然不斷接受資本的異化，半被迫半自願地淹沒在人群裡一個狹窄的位置上。而更為可怕的是，這不但是父親的宿命，或許也是每一個人的宿命。在小說的結尾，「我正在成為那個年紀裡的父親：終日寡言，卻心細如髮；木訥，卻躁動。」然後「我」將和許許多多同樣失去父親的人們一起赫然發現，「我們，

已經許久許久許久未嘗回家了。」我相信這裡所謂的「家」，當另有所指。我們所有人都和父親一樣，不過是一個無家可歸的漂泊者，漂洋過海，不辨來路。

於是在父親幽靈般的身影中，我發現了和那些所謂「新移民女性」極為相似的東西：他們身不由己，他們毫無希望，他們沉默寡言，他們被人遺忘，他們有著豐富的內心世界，但是在內心之外的世界裡卻不過是個虛空。因此在某種意義上，不僅那些被統一命名為「黃美美」的新移民女性其實是同一個人，父親也和她們一樣是同一個人，這個人又可能指涉著我們每一個人。每一個在現代社會當中，在全球化語境下，因為地緣、文化、階級等種種原因，或多或少被棄與自棄於無地的人們。

基於這種相似，或許有理由對黃春明解讀《死亡練習》的視角提出質疑：張耀仁的價值，真的在於關注了新移民女性這樣的社會邊緣弱勢群體，從而表現出社會的良心嗎？

在為《死亡練習》撰寫的序言〈小說的社會良心〉中，黃春明將張耀仁論述為一位具有社會問題意識的作者：「張耀

仁在今天台灣的文壇裡，能意識到外籍人口的遭遇，聚焦到這個社會問題，做為小說的題材，算是少數中的一位，但創作出來的量最多，質也相當令人驚艷。台灣這個社會是由好幾個族群融合的，整個社會的結構，卻對多數族群較有利，相對的少數族群不利。……他們（少數族群，尤其是外籍人口）都遠離家鄉，在異地的台灣，遭遇大小苦難冤屈時，叫天天不應，叫地地不靈，唯有流淚吞淚，忍耐再忍耐。這種情形，我們都看過，也都聽過，要是看了張耀仁的小說，印象更深刻。」誠然，張耀仁的確寫到很多生活在社會邊緣的人們，《死亡練習》中的黃美美，來自越南，來自蘇州，或者是一個沒有戶籍的劫案從犯。但是若從反映社會問題，表達社會不公的角度去閱讀與理解張耀仁，不得不說，張耀仁做得不算出色。全書十五篇小說中，真正將黃美美們放置到外部社會的廣闊空間，去構造矛盾，揭示問題的，可謂鳳毛麟角。大概只有黃春明在序言中提到的〈馬鞍藤之眼〉一篇，直接而劇烈地寫出外籍新娘及她的孩子，如何不容於台灣社會，而遭致無端的欺侮霸凌與無可伸張的冤屈。除此之外的各篇中，

張耀仁只是讓黃美美們不斷想起家鄉的河，想起患病不治可能不久於人世的母親，並讓那句推銷外籍新娘的廣告語不斷浮現：「可睡、可工作、可生小孩——為什麼你不結婚？除非你有問題！」這則完全將女性商品化的宣傳口號當然足夠令人觸目驚心，但究竟是怎樣的社會問題造成黃美美們的悲劇，又是怎樣的社會結構造成了這樣的社會問題？作為一個並不了解台灣外籍新娘的讀者，我關心在怎樣一個時期，台灣走到了怎樣的瓶頸，在怎樣的社會階層中，單身漢們和他們的家族會選擇以這樣的方式去解決婚嫁與繁衍的訴求；而作為一個還略微了解蘇州的讀者，我也同樣關心在這樣一座尚算富庶的城市長大的女孩，是出於怎樣的考慮，遭遇怎樣的困難，對台灣又抱持著怎樣的幻想，才會願意背井離鄉變成孤苦淒涼的黃美美。既然是以表現社會問題為關懷的小說，那麼讀者便有理由要求作者在更為複雜的社會結構中去講述故事，揭示出故事背後更為深刻的社會動因，而不僅僅是將問題與問題所帶來的苦難，窮形盡相地表達出來而已。因此若以一個富有社會問題意識的小說家來評價張耀仁，那麼《死亡

練習》並不令人滿意。即便是〈馬鞍藤之眼〉，對社會問題的揭示和闡釋，都遠不如黃春明幾十年前那篇〈蘋果的滋味〉更加透澈。

張耀仁的精彩其實猶在別處，在他以縷縷繁複的筆調，如工筆畫般反覆深入人物的內心世界，將父親和黃美美們共同的那種無助、孤獨與疏離感刻畫出來。他似乎從來沒有想把黃美美放置到外在的社會結構當中書寫，而是轉換方向，向內用力。在那些蜷縮於社會角落，只能在孤獨內心喃喃自語的小說人物背後，確乎存在著一個龐大而黑暗的外在世界，但是這個外在世界究竟是怎樣的，似乎並不重要。張耀仁並不想要像一個政治家或者社會活動家一樣，從外部解決黃美美們的問題，那也確實不是一位小說作者能夠承擔的。因此其實並無必要一定關注黃美美的身分──實際上在《死亡練習》各篇小說中，黃美美的社會身分也不完全一致。一致的是她始終被社會遺棄，被他人忽略，以至於她自己也快要將自己忽略。僅存的美好與幸福都在回憶和想像當中，而那個在她身後的黑暗背景還將不斷撲滅她的幻想，就像那個流落街頭的小女孩，一次次

擦燃火柴，再一次次看它熄滅。

將黃美美從「新移民女性」的身分設定中抽離出來，我們才能夠看到她和〈比桔梗藍更藍〉中的父親面目彷彿的一面，也才更能夠理解所謂「邊緣」是在怎樣的層面上定義。就一般的社會階層分析而言，中產階級上班族的父親其實很難算是邊緣人群；但是在個體內在精神與社會外在壓力的關係層面，父親和黃美美並無區別。張耀仁以黃美美作為符號，所致力於書寫的仍是那個現代主義以來的永恆主題：無限向內萎縮的孤獨自我。造成黃美美悲劇的，因此也就不只是跨國、跨地區的人身交易那麼簡單：毋寧說在如此世代，我們每一個人都早已被放逐出家門，幾經轉賣。從具體的社會問題抽象出來，我要說，我們人人都是黃美美。而從這樣的層面，我們或許更能夠稱許張耀仁是以小說的方式，表達了他的社會良心。

【叢治辰，中共中央黨校文史教研部講師】

台灣戰後底層勞動小史
讀吳億偉《努力工作》

黃文倩

印刻出版社

> 「我與誰是同時代的人呢？我
> 與誰相伴生活呢？日曆並不能圓滿回
> 答。」
> ——羅蘭巴特《如何共同生活》

吳億偉是台灣「七〇」後的代表作家之一，根據《努力工作》的個人自述，他1978年生於台北，從小跟隨家人的工作搬遷，因此曾在台北、高雄、嘉義，經歷四間國小、三間國中的義務教育，大學時念語文教育，本來打算當老師，但卻賠了公費轉去念戲劇碩士，學過不短的日文，但卻又轉赴德國重頭開始另一種新的學業，目前為海德堡大學歐亞跨文化研究所與漢學系博士生。同時，由於家庭條件並不富裕，為了自給自足，吳億偉自大學階段起，做過不少短期工作，除了其《努力工作》中提到過的各式底層的

打工經驗之外，比較「正規」的工作，還包括國小老師，《自由時報‧副刊》編輯等，但無疑地，就他目前的書寫結果來看，他寫的最到位且細緻的現實片段與記憶重構，都跟他曾位於、或觀察／體察自身與家人的底層工作與生命經驗相關。而作為一位在台灣，必須要靠文學獎才較能獲得正式「出道」認可的作家，吳也曾爭取並獲得過不少台灣文學圈的重要文學獎項，包括時報文學獎、聯合報文學獎、林榮三文學獎、聯合文學小說新人獎等等，截至目前（2015）為止，他已出版了三本文學創作集：《芭樂人

生》（2009）、《努力工作》（2010）及《機車生活》（2014）。其中的《努力工作》還曾榮獲2010年中國時報的開卷好書獎，是近年台灣文化圈較被認可與欣賞的作品。

　　或許是受到新世紀以來，台灣經濟發展持續低迷，本土意識與個人主體價值繼續高漲，從並非全然負面的意義上來說，許多青年作家在難有多少社會發展的新形勢下，紛紛回頭去清理自身的生命經驗與主體困境，因此也就導致不少所謂「新鄉土」文學的發生。同時，相較於中國大陸近年的高速城鎮化和對現代性的認同，台灣內在對西化現代性的追求，在上個世紀九〇年代以降的本土化運動與後現代文化的興起下，亦有部分被抑制，所以新世紀以降的台灣青年作家，當他們處理自身的本土經驗時，更多地便能轉出平視或說將心比心的角度，而沒有早期兩岸鄉土作家與書寫較常見的高姿態與啟蒙標準。當然，這樣的去啟蒙與削減公共意識與責任的侷限性必然是很明顯的，將來的現當代文學史終將以更嚴格的標準來檢驗它們。但在現階段，如果我們暫時也將心比心地理解兩岸青年作家的目前的主體與

寫作困境，大概也就能理解南方朔對吳億偉這樣高度肯定的表述：「在作者那看似瑣碎的絮絮叨叨裡，更讓人體會到那心靈微微的悸動。獨白式的文體能寫到如此火候，已非凡筆。」

　　《努力工作》文體為散文，題材為勞動，蔡素芬在推薦序中認為，此書：「如磚頭般一塊塊建構出家族努力工作圖像及作者個人心靈風景的散文集，也在展示過往時代勞動社會的生活縮影，和新時代年輕人的生活與工作價值觀。」精細地延伸來說，此書在整體上是以吳億偉的家族人物與自我的工作和勞動為敘事主體，以純「文學」的想像與回憶為方法，佐以調查、紀實訪問等，企圖反映與重構作者的家族與個人自我的勞動生命的歷史。然而，頗有意思的是，儘管作者共享了新世紀台灣青年作家在「新鄉土」書寫上的將心比心與「平視」的優點與限制，但他仍對自身所重構的家族人物與個人的生命史，佐以不乏另一些理智、知性化的評述與反省，這也就使得《努力工作》雖然在整體上，是一部個人浪漫化與經驗特殊化的非典型生命史書寫，但也因為作者有相對客觀化的自我要求，因此仍有些微台灣

戰後底層社會與經濟發展的史料的認識功能。

在結構的設計上，《努力工作》頗富匠心，看似以人物為主要框架，但特色其實是展開環節的角度，有一些視野甚至無法透過概念的比賦或簡單的線性邏輯或聯想來坐實，此中細節的飽滿度也因此體現了作者現實觀察的敏銳與才能。例如卷一「女命」：寫母親、阿姨等鄉土底層生命力旺盛且追求新的自我發展的女性，但小節卻搭配機運之歌、鹽田、燃料、梳頭、四色牌及童話等「微物」或日常詩意的概念或狀態，來幅射出敘事者家族長輩和「我」的「追憶逝水年華」。例如「四色牌」一小節，背景為台灣的美援時代，寫「我」的母親為一個酒家女幫傭，酒家女時常進出當年的美軍俱樂部與美軍們交好，「我」的母親也因此得以進入那個花花世界，這個年輕、單純、熱愛生活卻無法理解社會與世事複雜性的台灣底層女性，在吳億偉筆下，便藉著打「四色牌」飛抵她想像的未來：「她打出一張牌，她心不定，她吃下一張牌，她雖然只會煮飯和打掃，她碰了，她也要到處去看看，她胡了，每個人都對她笑……。」人人活著

都有其時代侷限與合理性，愛玩愛美愛新奇也不是什麼大錯，作者顯然以相當悲憫的心，來同情與理解母親在辛苦勞動之餘的平凡與世俗夢想，因此這個母親的天真便能引起一般人的親切共感。此外，此書也穿插了一種相對客觀的「手記」體，在卷一中，即調查與紀錄了台灣戰後工業興起下的工廠日常生活與細節，並結合採用「互文」的創作方法，點亮不同時空、地理下的共感經驗，例如援引拉斯馮提爾（Lars von Trier）的電影《在黑暗中漫舞》（Dancer in the Dark，2000）來互文《努力工作》的底層女工勞動的形象與主題。當然，以吳億偉在此作中的抒情主體，自然並非有著當年楊逵〈送報伕〉式的國際社會主義或為弱勢者解放的寫作自覺，主要是以一種普世化的主體感性與自由的詩意，體貼也企圖緩解同為天涯淪落人的辛酸。

卷二「大屋」主要寫父親。從作者設計的環節：撿蕃薯、撿子彈、採黃麻、摸「拉」仔、點心、設計圖、浪板、販厝、屏仔壁、做風水、粗工、本田機車、黃師父、保力達B等等，可以讀出其欲貫穿其中的高度台灣本土化的材料與風格特

質。這是一個始終非常老實、賣力，做過各式底層勞動的工作，見證台灣從南到北、從鄉土到城市化，從土木、建築到流動販賣物品，但從世俗事業的意義上，卻終無積累甚至一無所成的父親。然而，這個父親在吳億偉筆下，也是對生活與生命極有熱情的主體，他一方面保守地跟隨傳統家族的土水事業的方向，但二方面又長於做各式新的夢想與計畫，對自己的工作性質與執行細節有著清醒的客觀認識，因此吳億偉從這個父親身上經驗與記錄到的，便是不少台灣從傳統與現代性轉型過程中的工業工程的狀態與民俗特色，從作者刻意命名的小節如「販厝」、「屏仔壁」、「做風水」等，尤能管窺這些台灣式的底層工程勞動的小歷史。此外，吳億偉也透過父輩跟早年台灣社會的工程發展的聯繫，部分地反映了臨時工、粗工等工作性質與雇主之間的關係，例如早年沒有勞健保的積習，但卻有著另一種老闆幫著臨時工經濟紓困的道義，而到了一切制度化的時代，制度非但沒有讓台灣工人獲得更合理的生活，人情道義的文化卻早已稀釋，使得台灣的工人文化與處境更為雪上加霜。同樣的，在此書中，吳億偉也並未

有興趣或有意反省資本主義與西化體制對傳統工人的互助、道義文化的損害，儘管作者在本書的字裡行間對階層、階級仍有敏感，以及他的知識分子身分與水平，他並非沒有這方面的自覺，但在這裡，吳億偉只願意將底層工人父輩的困境，收在父親善良而無奈的感慨裡，這或許也反映了父輩在鄉土文化中長期養成的超穩定的精神結構，父親繼承外公的工作與習性，日常與世俗種種均為理所當然，作者選擇的是理解而非啟蒙與批判，雖然他也清醒地意識到，他跟父輩顯然已存在著並非全無價值的斷裂。

卷三「軟磚頭」和卷四「美少女戰士的預言」，作者將敘事的主體更多地放在家族與「我」的童年與成長記憶。勞動的生命經驗，仍然是他們通往相互理解的一種媒介，誠如吳億偉所說：「所有的曾經累積了記憶和生命。我和父親走在某個生命的軌道上，體驗彼此。儘管沒有在物質上有所享受，卻從過去看到生命夾縫中閃過的火花和各種切面的自己」，而寫相近似背景的國小同學郭怡君的一節也不乏階級視野的敏感，但可惜的是也未能繼續延伸下去。因此，吳億偉在此書中，終究

企圖轉出的自己或主體究竟是什麼？作者目前似乎仍選擇的是天真或純真的心靈，對應在此書中的有機面向，就是明顯的幽默、趣味的風格，復古化的審美傾向，卡通故事（如福爾摩斯、七寶奇謀和美少女戰士等等）的抒情隱喻等等，儘管作者也清醒地明白這些卡通、童話、幻想之於現實的無效，但仍援引它們來作為安慰與平衡的媒介，或許，這也是一種弱化成人社會中必要的勞動的辛苦與緩解麻木的方法。但這與其說是一種主體的「進步」，不如說是一種倒退。就我目前的觀察，吳億偉這樣的表述與世界觀／主體觀，在新世紀以降的台灣青年中，實在絕非單一個案，在此書中，他曾回溯過童年時的一個初意識到貧窮的經驗，並以電影幻覺為方法來「解決」其困境：「我們走在河堤上遠望，指南針發掘了新地點，卻未必是我們可以闖入的領地，我第一次意識到有些東西就是有隱形的門，你敲了敲只能證明有東西擋著而你進不去。然而幸好有快樂的電影，給我們happy ending。……」像這樣輕淺的幻想的happy ending，在台灣當下，很難說不是一種生命中不可承受之輕。

我因此不願簡單地批評吳億偉如此溫情的選擇就是逃避現實。以台灣戰後文學左翼路線之困難與薄弱，在解嚴後的資本主義大潮的背景下，能夠意識到也願意處理「勞動」這個主題，已經相當不易。同時，我們也必須承認，新世紀以降的台灣社會，已經走向另一種難以概括、化約的新歷史困境，這已不是上個世紀六、七○年代王文興的《家變》或七等生《沙河悲歌》的時代，上面已經提到過，吳億偉成長與創作的時代，主要是九○年代後台灣開始高度本土化的時代，因此儘管也身為受過高等教育的知識分子，《努力工作》中的主體（包含敘事者及各種人物的主體），自然不會是《家變》那種對待鄉土、代際關係的尖銳矛盾的主體，從相對意義上來說，吳億偉對鄉土人物無疑地是更為包容且有同理心的，尤有甚者，在後現代文化亦蔚為風尚的新世紀，吳億偉的世界觀與價值觀傾向多元、小敘事、去大歷史化而追求個人小歷史化，也是可以合理同情的。此外，在創作生產的條件上，當年王文興或七等生筆下的作者和主人公的關係，可以透過一種激進的反叛或頹廢，來形成一種辯證式的生命安頓，在實

際現實的作用上，也為他們帶來文學與文化事業上的穩定，種種條件，都使得他們較能有心力上的餘裕，保持較大的視野與嚴肅的文學品格，相對於此，吳億偉在「小時代」要面對與回應嚴肅的社會與歷史視野，不能不說更為困難。尤其，晚近大量的通俗文學、網路文學與影視媒介，早已取代「文學」成為世俗大眾面對生活與精神安頓的出口，「文學」更多地只能成為一種展現個人式的、唯心的情感的救贖，當然，彼此疼惜與將心比心的同情固然重要，但終究這樣的同情能為台灣社會帶來何種出路？日常生活的審美化、懷想或追憶逝水年華，最終只能以一種排除更厚實的社會與歷史的方式，來感受、認識與重構嗎？

吳億偉自然還在學習，他或許懷疑在這個世代，誰真正擁有一種所謂巨大的生活。在《努力工作》的後跋中，吳億偉自陳自己不時的「失語」、「還在學習種種說話的方式」，能夠意識到自己的弱點與不足，我因此對吳億偉充滿期待。作為一位關心台灣現代文學創作的創作者，他又能夠如何再反省並學習新的表述呢？我目前認為，或許有三點值得再思考與參照：

其一，從個人的角度來說，作者或許可以考慮，可以從「台灣」出發，但不僅僅只將自己視為一位「台灣」作家。其二，從文學史的典律觀來說，更自覺地反省「後現代以後怎麼辦」的寫作的目的或意義的問題，以面對當下社會與文化圈過於多元與解構的無力。其三，從參照的視野來說，作者似乎更多的吸收歐美日的文化，但若以「勞動」這種主題，中國大陸的現當代文學，恐怕有更多值得借鑑的材料，例如晚近呂途的「新工人」系列的寫法很有參考價值──同樣處理勞動，呂途在《中國新工人：迷失與崛起》（2012）及《中國新工人：文化與命運》（2014）以報導文學與紀實的方法，多方地處理了中國工人的勞動處境與困境，敘事與問題意識面向更寬廣，情感也更為冷靜節制──當然，每位作家與作品都是不同的，沒有不變與絕對化的文學標準，但那些無窮遠方與無盡的人們，對新一代有志的台灣作家，也應該並非跟自己全然無關。

【黃文倩，淡江大學中文系助理教授】

勞動之錨與親情的堤壩
讀吳億偉《努力工作——我的家族勞動紀事》

馬兵

在閱讀台灣散文家吳億偉的《努力工作——我的家族勞動紀事》時，恰逢賈樟柯的新影片《山河故人》在內地公映。電影選取1999年、2014年和2025年三個時間節點，討論在市場現代性的碾壓之下，被時代虧欠的個體是否可以通過對自我身分的回溯找到某種情感的確證。在2025年講述移民故事的部分中，張艾嘉扮演的女老師告訴我們：不是所有東西都會被時間摧毀。電影的結尾，母親在除夕夜裡為也許再也不會見到的兒子包著餃子，另一大洲的兒子在大西洋岸邊獨自思念著已經記不清樣子的母親。就像影片中不斷迴響的葉倩文的歌〈珍重〉中唱到的那樣「縱在兩地一生也等你」——那不會

摧毀的就是應被「珍重」的牽記吧，在歲月和經歷帶來的離散中，這種親情的牽記可以讓我們找到讓自己漂泊無定的靈魂依附的脈絡。

我在看電影時，頭腦中不斷浮現吳億偉在散文中說的話：「必須嘗試努力尋找一種方式，讓自己從過去存活，往未來行走。」與《山河故人》一樣，《努力工作》也是一部在與往事的對話裡確證自我來處的成長記歷，一部在家園夢斷之處固執地撿拾故人面影的情感檔案，此外，它還是一部別致的微觀家族史，一份口述的對時代「無名英雄」的記錄。它以勞動為錨，將浮動不居的歲月錨在父母與兒女勤奮持家的記憶中；它以對父母人生的還原

為堤壩，對漫漶的時光說不，對洶湧蒼茫的抹平一切的潮流說不，也對氾濫的廉價的抒情說不！

勞動紀事的幾個面向

蔡翔先生曾經談到過，「勞動」這一觀念改變了知識群體感知世界的方式，是中國左翼思想界中最重要的概念之一，對「勞動」的肯定，蘊含「一種強大的解放力量」，而「中國下層社會的主體性，包括這一主體的『尊嚴』」也因此才可能被「有效地確定」。勞動者的主體性地位「不僅是政治的、經濟的，也是倫理的和情感的，並進而要求創造一個新的『生活世界』。作為一種震盪也是回應的方式，當代文學也同時依據這一概念組織自己的敘事活動。」（〈〈地板〉：政治辯論和法令的「情理」化──勞動或者勞動烏托邦的敘述〉）蔡翔先生對勞動敘事的界定基本來自中國大陸尤其是十七年的文學經驗，不過他的分析對我們切入以「勞動」為關鍵字的吳億偉的散文依然有相當的啟發：在「努力工作」的序曲之下，散文集分為四個聲部分別追溯母親和阿姨、父親以及作者本人的勞動經驗，形成一家人對勞動複調式的感受，也使得勞動紀事有著各自的側重和面向，以及各自面對人生尊嚴的理解。勞動聚合起漂泊、鄉愁、現代化等諸多議題，它既是父母一輩成長、立世的原點，也成為子一輩不斷踐行和返回的歸處。

卷一「女命」說的是母親和阿姨。作者寫到，在母親生病漸漸耗盡工作能力，發現「自己成了全然的依附者時」，她「內心的晃動不安，隨時可能引爆」，這一筆將勞動對母親人生的宰制刻畫得入木三分。母親和阿姨來自嘉義布袋的鄉村，七八歲時，男孩可以上學，女孩就要到鄰居家幫忙照看小孩或者在市集上賣花生，這就是「女命」。〈童話〉一篇寫其時才十二歲的阿姨被介紹到外地去做某幼兒的保姆，因為不堪忍受雇主的頤指氣使，在一個午後，不辭而別一路摸索著回到家中。這是一則「變形的童話」，灰姑

娘沒有王子，也沒有金縷鞋，但她有倔強的尊嚴和對家的信念：「即使家裡再苦，也比陌生人的家好」，「雖然知道自己窮，但也不要給別人糟蹋看不起啊」。十五六歲時，母親和阿姨離開故鄉到高雄的外貿加工區去做工，在日復一日的勞作中，她們的人生也被定型，成為創造台灣經濟奇蹟的神奇光環之下無名的註腳。〈電線〉一篇即寫1970年代家庭加工蓬勃發展，母親在家裡織手套、做冥紙，阿姨在家縫雨傘、穿電線。手工成為她們「生活的區塊」，以「填補生活空檔」。作者寫到，一次去阿姨家玩，深夜醒來，發現阿姨燈下穿梭電線的手指在黑夜籠罩之下變得巨大起來，像是聚光燈打在演員身上，只是「這戲沒有分場換景，一幕到底，不謝幕」。到了後來，貨源少了，阿姨沒了那麼多活計，然而卻還是慣於在黑黑的客廳裡無眠。同阿姨一樣，母親也是一輩子都在找工作，「即使沒有工作了，腦子裡也在想找工作的事情。」（〈工業區〉）對於母親和阿姨而言，人生的意義

就是被勞動賦值的，因此她們找工作其實就是「找尋自己的價值」。

回到「女命」的命名，作者其實一再暗示，母親和阿姨這一代人並沒有洞察自己艱辛的勞動被資本掠奪的殘酷，也沒有真正依託勞動建立起自己實際的主體性，沒有形成對大工業生產的批判自覺，但她們對勞動觀念素樸的認知和對自我尊嚴的守護依舊為時代留下了疼痛的創傷性見證，無論是對著黑暗虛空無眠的阿姨還是騎著機車執拗地在加工區尋求一切工作機會的母親，她們努力工作，幾乎是以宿命的方式抗辯宿命。

卷二「大屋」和卷三「軟磚頭」追記的是父親的成長史和工作史。「大屋」部分既記錄下父親「農業生涯」的童年「撿蕃薯」、「撿子彈」、「採黃麻」、「抽水窟」等的美好鄉村記憶，也記錄下吳家兄弟胼手胝足的謀生奮鬥經歷，以及這一過程中兄弟的離齬和不可復得的大家庭的溫情。對於父親而言，承襲家傳的技術，從事土木工程行「成了一種辨別，確

認彼此關係的方式」，勞動「似乎是天生賦予的任務」，然而這種自為的、具有鮮明農業背景的家族合作式的勞作卻在時代的流轉中越發顯得不合時宜。與輯題同題的〈大屋〉一篇以人和舊宅的對照來寫物非人亦非的窘迫：祖厝本是傳統的磚造轆轤把式建築，一家人趕年景好時將這老宅改建成「一幢七層的豪華大廈」，未料「以往舊廳堂中人聲鼎沸的年節氛圍，似乎也被這陡然擴張的水泥空間稀釋開來」，「以血液和手藝灌養的家族樹」無可避免地被時代搖晃著，祖業的傳承前景未明，由老宅連接起的家族情感也不復當年，這對一向重視「回家」意義的父親來說不啻是一種危機。在另一篇〈打鐘卡〉中，作者記述父親當年做粗工時用一張張的打鐘卡記錄自己的工作時數，他「字不出格」，「專心而詳細地記錄」考勤，確保「今天的工作不會潦草到昨天或明天去」，只有休息的那一天，他會在考勤表的格子畫上一條長長的橫線，「那一條線打破了時間的規律，他可以安心睡覺，快

意煮食。他主宰一天。」只是父親的勤勉恭謹無法更改如「行走鋼索的經濟現實」，土木行大環境的衰敗，讓他細緻的考勤記錄戛然而止。

作為因應，父親變成了那個「賣衛生紙的」，所謂「軟磚頭」即是家中堆積如山的衛生紙卷，約有二十年的時間，父親用這些軟磚頭給全家砌出一條生路。在父親那裡，工作和勞動並不具有改造世界的能動性，只是對生活被迫的回應，不過父親卻可以在自食其力的勞作中找到託付和安穩，他將勞動深深嵌入到自己和世界的關係中。〈地圖〉一篇寫父親在車上和在路上：在車上，他是自己王國裡的王；在路上，他是一個自在的悠遊者。雖然現實逼迫他「只能偷渡在宣傳車路線上」，可「他總能將窗外景色變回熟悉」，他看平面的地圖卻映射「立體的世界」，他把陌生的路徑視作「嶄新的可能」。他的地圖顯示他的飄蕩，更顯示他對家的牽記，「不論如何位移，總是以我們為中心，作輻射狀的擴散，走到了盡頭，即是回

頭」。在這個意義上，軟磚頭不但是父親構建家庭物質生活的要件，也是修補一度傾圮的家族情感的必須。

卷四「美少女戰士的預言」是作者個人成長的點滴記憶，收錄的幾篇散文並不直接關涉勞動，而是用了很多篇幅談漫畫、電影和童書裡的形象與他人生形成的互為鏡像的關係。不過，這些成長記憶疊印在跟隨父母遷徙奔波的經歷之上，我們依然可以看到一個「努力工作」的家庭環境給予作者潛在的滋養。因此，這一部分既是對家族敘述完整的補充，也是以文字確證自己，與父輩形成深在精神關聯的方式。

副文本下的親情敘寫

吳億偉藉由勞動展示家族成員之間相濡以沫的陪伴，親情構成了《努力工作——我的家族勞動紀事》的另一關鍵字。

如何敘寫親情，這其實是散文的一大風險。龍應台曾經談到：「最好的散文是洗淨所有的語言污染，找回語文本來的靈性，把真正的生活體驗融進去。」但饒是認識如此，她的《目送》和《孩子你慢慢來》等作品也因為書寫親情而不免蹈入一種情感控制的模糊：節制氾濫的母愛，不讓其成為廉價的抒情，同時又要保持冷靜的敘述中潛藏的情感強度，這委實不是易事。親情的敘寫往往意味著對自我還有讀者共鳴性情感記憶的召喚，在某種意義上說，這決定了親情散文的閱讀和接受的情感甬道是被預設了的。問題或許就在這裡，這種預設的情感稍不留神就會成為昆德拉意義上的「媚俗」——一種可以讓人獲得炫耀感的絕對化的美學思想或崇高的情感類型。《不能承受的生命之輕》中的薩比娜認為「媚俗是自己一生的敵人，但是在她的內心深處難道就不媚俗嗎？她的媚俗，就是看到寧靜、溫馨、和諧的家，家中母親慈祥溫柔，父親充滿智慧。父母去世後，她頭腦中就生發了這一形象。」對此，昆德拉說：「不管我們心中對它如何蔑視，媚俗總是人類境況的組成部分。」可見，對於抒寫親情的散文作者來

說，真情與煽情，抑制與敞開，很難決然分開。

吳億偉顯然也要面臨這樣的難題，在我看來，他的方式除了常規的節制以避免讓憐惜成為敘事的主調之外，還在於他在正常行文中大量穿插使用副文本——包括自己的調查手記，父親的名片、廣告貼紙和考勤表，擴音器裡播放的宣傳介紹，台北年度降雨統計記錄，各種老照片等等。這些副文本具有修辭和結構上的雙重效應：在修辭上，它們以中性和客觀的說明語氣部分地取代了正常的追憶文字，與正文本的熾熱一起形成一種冷熱交織的動態節奏；在結構上，它構成寫作與閱讀之間不可繞開的部分，是在交流甬道中有意佈下的門檻，嘗試以阻滯的方式把反思性的情感代入到讀寫之間的共鳴狀態中。有意味的是，副文本的這種雙重效應對於散文集整體情感含蘊的提升又是明顯的，相信每一個讀者在閱讀時都會被作者一家人的勞動紀曆所感動，但又能分辨出這種感動與習見的訴諸天倫之樂與痛的

散文不同。

且以〈雨的可能〉一篇為例。這篇散文在體式上相當自由，落筆從北台灣乾旱少雨限水供應寫起，寫到父親從南方打來電話炫耀南方的雨水豐沛，又由此追憶到當年跟著父親從台北遷移回南方的那個雨天，接下來，筆觸迴旋在南部冬日的溫暖和北部冬日的潮寒之間，以記憶的擺蕩遙向父母當年為生計的奔波遷徙致敬，也為自己沒有一個安穩的童年而隱隱惆悵。每隔若干自然段，文中便加入一條關於台北冬天降雨量的統計，從作者出生的1978年一直記錄到2001年。記錄顯示，降雨量逐年減少，下雨的日子也越來越短。記憶中濕冷的台北終於被一條條的統計數字甩乾：「面對不斷下降的雨量和上升的溫度，我要去挽留的，漸漸被稀釋、淡化。消匿。看不到什麼了。」由雨觸發的憶舊，最終因為雨水稀少而自行耗散了。思舊、故人、近鄉情怯，這些元素散文齊備，可它並沒像閱讀余光中〈聽聽那冷雨〉一般滿足讀者那種預設的原鄉期

待。當作者含蓄寫到：「我爸有多久沒有來台北了？一副南部人自居的樣子是從什麼時候開始的？」他已經暗示我們，他鄉與故土渺不可分。作者說自己只剩下「自導自演的錯亂舞台劇」，其實他在注入情感時有清醒的自我認知。

又如在卷二部分，作者大量穿插父親從事土木工行時的名片和廣告，那些「房屋增建、浴室漏水、貼壁地磚、屋頂PU防水」等專業工程名詞好像在塑造一個無所不能、生意興隆的父親，可現實中「我爸的名片通常連一盒都用不完⋯⋯像已失去威力的秘笈，塵封，卻不丟棄。這些名片，反映出我爸的不安」。如此，作為副文本的名片和廣告成了父親一段工作的見證，也是對他人生的一個反諷。實際上，整部散文集中無論父親抑或母親，不但說不上偉大，甚至更多以人生失敗者的面目出現，尤其是父親，他所從事的每一個行當，開工程行、開五金行、賣衛生紙都慘澹收場，徒留給親人一種「光芒漸晦的無力」。作者以誠實和心痛冷靜地訴說這一切，關情但不報以憐憫。

在後記中，吳億偉說：「很多時候，我知道自己無法建立起一套認知網路，將所有的陌生的生活點滴雕塑成型。我望著說話的嘴，我的親人們，我們應該熟悉，卻在熟悉的過程中發現我們竟如此陌生。生活是彼此的牆。」如果我們把後記也視作一個副文本，他這段話再次對正文部分構成了一種近似於拆解的補充：在正文裡，他帶領我們找尋、搜訪，從所有可能的細枝末節裡提攝出父母過往的一切；而在這裡，他又承認這種回溯可能無法形成真正的體貼。但正像我們前面談到的，散文集中的「勞動」應是一個拓殖性的概念，它的意義邊界在母親、父親那裡不斷拓展著，作者的寫作當然也是一種「勞動」，他憑靠這種勞動在記憶的大地上深耕，也許可以用親情的堤壩填補「經驗的鴻溝」。

【馬兵，山東大學文學與新聞傳播學院副教授】

歷史與現實：
兩岸文學
現象觀察
報告

台灣文學二三事
歷史輪廓、特質風貌與其他隨想

藍建春

一、前言

　　大約在將近十五、六年前，所謂的台灣文學、台灣文學的歷史，對我而言，就像一種完全未曾進入我個人現實生活圈內的域外存在。當然，講認知圈、閱讀領域或知識架構的話，也許比較貼切，但如此用法，對於當時的我來說，無疑是太過沉重的偉大負擔。那時候的我，剛剛要進入到中文系的研究所就讀；而那時候的我，念起書來也多半是漫不經心、了無條理可言。換算時間點的話，大概是1995年前後。那年，我也才二十三、四歲。

　　早慧的學者、器識恢弘的天才，或許早在這樣的年紀之前，就已經建立起洋洋灑灑的知識庫、用五輛大車也載不完的豐富學問。但我畢竟只是個平凡人，欠缺這樣的先天稟賦。因此，我在台灣文學這條路上，浪費了許多寶貴的學習機會、知識機緣，只憑著一股傻勁、呆勁、莽撞之

勁，胡亂繞了好幾大圈的路。當年在母校清華耕耘現代文學、台灣文學的幾位老師，像是陳萬益、林瑞明、呂興昌諸位師長，我只是在課堂上渾渾噩噩地與他們遭遇，上課見禮、下課道別，行禮何其如儀。而至於我的指導教授呂正惠老師，則更是扮演我體驗諸多文人雅事遺風的酒國同志。就像天上掉下來、落在眼前的禮物，但偏偏不懂得打開這些潘朵拉寶盒。話說回來，那時候的我，還真連一點求知的好奇欲望都沒有。就這樣，我白白錯過了身邊就存在的大師級人物。也因此，我如同醉酒般，不辨東西、不分南北地，轉了十餘年。以至於今日，對於台灣文學及其歷史，我僅能略窺門徑，而仍舊遠離於登堂入室之境。

　　我近年來反覆思索著幾個問題。首先是一個假設性的問題。如果，我自己當年能夠更有條理、更切合循序漸進的法則，投注在台灣文學的學習之路的話，那

會是怎樣一幅光景呢？這個問題的答案，我終究不會有機會得知。畢竟，放眼所及的人間現實，還不會有時光機。

　　第二個問題，則必須聯繫到《橋》這份刊物，同時也複雜得多。就像當年《台灣新生報》上的「橋副刊」，積極扮演著戰後初期、兩岸之間各種文化交流的重要工作，試圖為彼此隔閡半個多世紀的雙方，構築一個永續的對話平台，既化解歧見、也為累積共識。如今的《橋》，也嘗試承續這樁重要傳統。讓兩岸共同關心文化課題、文學經營的人民，能夠有更好的機會來深化彼此的認識。大陸的專家學者，約莫自八十年代前後開始，即用心用力於台灣文學及其歷史的知識建立，像是古繼堂、白少帆、武治純、劉登翰、黃重添、朱雙一等人，就奠下了諸多扎實的知識基礎，並持續承擔這項工作。然而，儘管大陸方面，有許多高等學校、研究機構，設置有不少台灣文學、文化、社會、歷史研究的單位，但終究並不曾直接面對市民大眾、一般老百姓，甚至不是一般大學生、一般年輕人，而主要集中在研究所的層級。就知識屬性來說，進階與基礎的知識層級，畢竟有所不同。因此，我們如果想要擁有一個踏實的、具體可以想像的對話交流基礎，必不可免的恐怕應該是，加深、拓廣兩岸對於彼此的了解，不論是程度還是數量。也因此，我曾經這麼想像過，是否有一天，大陸也能夠設立一些以台灣為核心的相關課程，甚或系所。讓大陸無數的各世代朋友，在中小學階段就能夠接觸到台灣、台灣文學、台灣文化；讓高等學校的青年，可以有機會在大學階段，學習更為進階的領域、範疇。如此一來，接觸頻繁了、了解自然也加深了，隨之而來的不必要的誤解、歧異，也就越有機會轉換到不同的軌道上。正如同台灣社會與人民，一談起中國大陸，常常免不了存在著某些疑懼、困惑，因此，如何讓台灣人民能夠更多、更有效地接觸中國、了解大陸，便成為核心的關鍵所在。相較起來，台灣對於中國古典文化、歷史，自來即有相當的傳承存在，因此，所應努力開拓者，無疑便集中在當代中國這個範疇。就文學文化而言，也正是中國的現當代文學，特別是1949年後、甚至九十年代以後的晚近發展。《橋》便走在這條道路

上。因此，我輩所能為者，便是配合這項工作，盡力構想一套能夠讓廣大的大陸朋友，接觸台灣、了解台灣的方式。至少，是在文學、文化的領域裡頭。

連結這兩個課題的思考，也藉著這期《橋》主編的邀約，我幾乎可以說是擅自武斷地微微調整了原本的題目。從「近來台灣文學（文壇）觀察」、「台灣文學經典作家」的所謂台灣文學導覽，乾坤挪移成「圍繞著台灣文學的二三事」。但我想，我的用意應該還是與主編的編輯企圖相通。當台灣的學者努力向台灣社會介紹中國近來的文學成就、文化實況之際，同時也配合著將台灣的文學、文化，來為大陸朋友做一番介紹。私以為，這樣的工作若能長此以往繼續下去，必定會有功德圓滿的一天。

因此，我進一步設想，如果我是一個對於台灣文學一知半解的人，那麼，怎樣的方式、哪些內容，是我們可以按部就班，一一帶給有興趣了解的朋友的？長篇大論的專題，顯然不頂適合。而隨興漫談的方式，雖然輕鬆，卻不能保證會有較好的效果。也因此，在我個人設想中，比較

適合在最初階段作為介紹的內容，大致便指向兩個面向。其一，台灣文學的簡要歷史；其二，台灣文學整體的形象特質。透過歷史的初步勾勒，或許有助於讓人先行建立起必要性的時間輪廓，並認知到其間相關的變化、轉折，與歷史脈動的方向。藉由整體特質的掌握，在時間軸外可以轉化為具體性的理解把握，或者主要內容、內涵的認知基礎。

二、台灣文學的歷史輪廓

若以時間發生之早晚來看台灣文學，當我們把文學從一般所謂的文字組合系統，放寬到口頭傳承的話，那麼，最早在台灣這塊土地上登場的文學，毫無疑問就指向原住民族群的種種神話、傳說。以現代考古學所發掘的遺跡來看，現存最早的長濱文化（台東縣長濱鄉），即可回溯到距今約五萬至五千年前。其後，有明確文字記載的部分，則一直要等到十五、十六世紀，出現在荷蘭人、西班牙人的相關報導與記錄之中。

相對於此，傳統以文字為依歸的文學歷史，在台灣的展開，則的確來得頗

晚。最初一篇以台灣經驗、台灣土地、台灣民俗文化之題材所完成的作品，乃出自跟隨明朝軍官（把總）沈有容來台清剿海寇的陳第（1541-1617）之手，時間約略在1603年後。完成的作品則是文長千餘字的〈東番記〉。至於習稱海東文獻初祖的沈光文（1612-1688），則於1649年頃，應鄭成功之邀前往金門，卻因偶遇暴風一路來到台灣，從此展開其中華文化播種的工作。明鄭時期的古典文學，主要的主題乃是明朝的覆滅與傷痛、來台的新生天地與鄉愁。較重要的文人還包括有盧若騰、徐孚遠，以及鄭成功、鄭經父子等人。此後，整個南明時期，以迄清治中葉以前（清朝統治台灣近一百五十年中的前一百年），大多數的作品泰半出自來台遊宦之士，像是郁永河、高拱乾、孫元衡、陳夢林、藍鼎元、黃叔璥。本地出身的文人相對較少，知名者如卓肇昌、章甫。主題上除一般的文人唱酬之作外，頗多歌詠台灣景物、記述台地民俗者；所謂的八景詩，即為此一階段蔚為風尚的成果。自道光以降，時序約為1840年頃，台灣本地出生成長的文人，漸漸成為相對主要的

創作者。鄭用錫、蔡廷蘭、林占梅、李望洋、陳肇興、施士洁、許南英等人，即構成這一階段台灣古典詩文的核心。至於大陸來台者較知名的人物則有劉家謀、姚瑩、唐景崧。後期五、六十年間，不僅本土出身的文人漸增，同時也在帝國主義入侵東亞的歷史波濤衝擊下，有越來越多表現國家困境、現實生活的詩文。

進入日據時代，約莫在二十世紀二十年代初期，由賴和、張我軍等人，逐步推動了台灣的新文學、新文化運動。透過《台灣青年》、《台灣民報》等報刊，一面論說以啟蒙、傳播新思想、新知識為核心的新文化運動之理念，一面嘗試各類新文學之創作，像是張我軍的詩集《亂都之戀》、賴和的小說〈一桿「稱仔」〉。至此，新文學成為殖民地台灣在文學書寫上的全新選項。不論是語言型態，還是主題內容、創作目標等等。

此後直至1937年中日戰事正式爆發為止，台灣的新文學運動，除了「台灣文藝聯盟」（1934年5月）創立所代表的新文學組織化的動向之外，接受更完整殖民地日語教育的世代，也逐漸步上文學舞

台，從而形成漢文世代與日文世代交錯的獨特現象。相較於二十年代初初起步的新文學，整個三十年代的台灣新文學，有著更為多元與更趨純熟的發展，日文世代的楊逵、呂赫若，即分別完成深具代表性的〈送報伕〉與〈牛車〉。

步入戰爭階段，日本殖民者對於殖民地社會各方面的統制逐漸加強，特別是在太平洋戰爭前後。因此，乃有文藝組織朝向一元化的演變，最終即為「台灣文學奉公會」的成立（1943年4月），以及社會各部門「奉公」的現象。與此同時，殖民者主導的皇民化運動，也使得文學活動不斷籠罩著皇民的陰影。

戰後初期四餘年間，文化活動環繞著戰後解殖民議題展開，包括台灣新文學歸屬、重建及其方向，各種政治、文化立場的參與者。迴響眾多的「橋副刊論爭」，即為其中實況之一。但不無詭異的是，1946年底台灣行政長官公署禁止報刊使用日文的法令，恰與1937年間台灣總督府宣布廢止漢文欄，形成一組政治性濃烈的對照。

1949年國府遷台至1960年代初《現代文學》創刊，主要的文藝活動，亦配合國家政策展開。以「自由中國」為其論述核心，政治現象則表現為白色恐怖的查察、威嚇。體現在實際的文藝活動上，則是左翼觀點的銷聲匿跡。恰好對照於反共政治文學所獲得的國家機器多數資源之支持。與此同時，海峽隔絕重歸故鄉的願望，亦化為沉重的寫作動力，使得懷鄉文學盛行於一時。絕大多數的創作者集中在渡海來台的大陸文人，像是紀弦、覃子豪、司馬中原、朱西甯、琦君等人。僅有相對零星的台籍人士展開文學活動，譬如鍾理和、李榮春、鍾肇政。

整個六十年代，對於國府反共抗俄文藝政策、日趨公式八股而有所不滿的新生代創作者，既無由承傳五四運動傳統，也了無機緣接觸日據下台灣新文學，從而向西方求取典範，透過攀附十九世紀末次第展開的現代主義文學運動，企圖走出不同的文學之路。以白先勇、王文興、歐陽子、陳若曦等人為主的《現代文學》集團，便是最主要的代表。而本土作家則相繼匯聚在《台灣文藝》與《笠》詩刊的旗幟之下。

自1971年「龍族詩社」成立至1979年美麗島事件，這段時間，隨著國際局勢的巨變，重新關注現實的動力再次於七十年代點燃。標榜現實主義、批判資本主義帝國主義文明的《文季》，即於1973年發刊；而不滿整個六十年代現代詩走向晦澀模糊、技法實驗的年輕詩人，則相繼籌組「龍族」、「主流」等詩社，並於1973、74年間引發現代詩論戰。與此同時，「人間副刊」主編高信疆登高一呼，報導文學也成為一時的寫作方向，多少迎合了關注台灣社會現實的內在心理。1977、78年間，關注台灣社會的推力、及其極端化的現實批判立場，進一步引發了保守政治路線的緊張，最終擦撞出「鄉土文學論戰」。

自1979年至1987年解嚴，整個台灣社會的主要焦點與心力智慧，幾乎泰半集中在反對運動所引發的一系列議題身上。最惹人注目的文學活動亦由此而發。八十年代初期，針對台灣文學歸屬的問題正式引發熱戰；其他還包括衝擊國府統治的改革文學、政治文學，甚至於女性作家也嘗試走出閨秀文學的限制，投入較為激進的平權、解放一類題材；現代化都會逐漸現形的同時，都市文學也成為一時的風尚。

自1987年至今，多元化的趨勢銳不可當、或者說一發不可收拾；文藝小眾化的潮流亦隨著社會日趨小眾分類的趨勢而來；然而，小眾化的現象，並非意味著文化獨立人格特質的完成。這中間還得考量到現代資本主義社會的文化工業運作邏輯。整體上言，大眾文學流行的現象，逐漸成為各種創作必須顧慮的一個重要存在。政治文學到了後解嚴時期，亦隨著反對運動達成暫時目標而呈現衰頹之勢，至於都市文學的深化，則連綿引出更為細緻的現代性議題，包括性別議題或者同性戀議題、都會次文化或者青少年文化、旅行文學、自然書寫等等。網路世代的興起，除了更新書寫媒介之外，也將網路語法、語彙帶入創作表現當中。

三、台灣文學的特質風貌

一個簡單明瞭的文學史藍圖，多半包含兩個關鍵成分。一是作為骨架的權宜性歷史分期，一是具有鮮明形象特質的文藝活動與創作成果。以此而論，則台灣文

學自原住民的口傳文學以降，即歷經有古典與現代兩大板塊的位移。其中，古典時期可再分為明鄭、清治前期、清治後期；至於新文學則以1945年中日戰事的結束為界，分為日據時期與戰後時期。就中，日據部分涵蓋二十年代的啟蒙實驗、三十年代的現實主義與四十年代的戰爭狂潮；戰後則依序有五十年代的反共懷鄉、六十年代的現代主義、七十年代的鄉土文學、八十年代的抗爭解放，以及九十年代以降的後解嚴、多元發展。

在此一骨幹上茁壯的台灣文學，自來即散發強烈的殖民地文學色彩。不論是日據時期的殖民地歷史，或者戰後日趨濃烈的新殖民主義階段。前一個階段對應的當然是日本帝國主義，而後一個階段則主要導源自西方霸權、亦即所謂的新殖民主義，以及各種帝國主義力量。以至於台灣仍舊尚未能構築起扎實的、具有自主性的文化視野、文化傳統。殊為可惜的是，在殖民地的文學歷史上，由於缺乏類如大陸的主客觀條件，始終未曾出現過強而有力的政治反抗組織，持之以恆地貫徹理念與訴求、爭取公平與正義；以致於種種抵

抗殖民的文化活動，經常歷經摧殘、破壞，顯得斷斷續續、時起時滅。又或者，弄不清抵抗的對象、甚至視之為理所當然的精神遺產。這種種現象，皆說明了現階段的台灣，其實仍舊籠罩著各式各樣的殖民幽靈。

殖民地文學的一大特色，通常便是濃烈無比的政治性，及其相伴隨的曖昧難明的抵抗鬥爭，尤其是在所謂的語言文化領域裡頭。殖民地的政治性既是宰制性鮮明的統治關係、殖民關係、剝削關係，也是反抗、抵制殖民運動者揮之不去的陰影存在。從政治制度、法律規範、教育措施，到語言、歷史、文化，莫不如此。因此，面對宰制性殖民政治力道如狂浪漫天而來之際，要嘛直接投入政治對抗、甚或武裝行動，要嘛轉化為文學，賦予作品如匕首、投槍般的尖銳力量。而理所當然地，除了前兩者積極而行動派的實踐能量以外，為數不少的反應方式，通常便遁入一種隱晦的、自我私密的、超現實的世界之中。這些回應方式，在台灣文學中，完全不乏其例。

日據時期的「風車詩社」，戰後階段

的「創世紀」、「現代派」，以詩藝、詩的真理為訴求，以個人存在的形上課題為依歸，固然都存在著某一程度資本主義邏輯運作的動機，但不可忽略的同樣也是，這些現代詩運動之面對宰制性政治力道時所選擇的回應方式，往往形成一種自我扭曲、異化的逆來順受。相對於此，同樣在三十年代成形的「鹽分地帶文學」，與七十年代的鄉土文學、八十年代的政治文學，則以截然不同的角度去回應宰制性的政治力量。不論是針對日本殖民主義，還是西方帝國主義，又或者是威權主義的國民政府。

殖民地文學的另一重大特色，則指向認同的曖昧、游移。四十年代皇民文學的巨大狂潮中，所顯示的文化徵狀，便指向認同的搖擺、模糊、混亂。就像F. Fanon所描繪的「黑皮膚、白面具」病狀般，這個階段亦充斥著為數不少的「台灣人、日本皇民」。1945年戰爭結束，一方面固然意味著台灣能從殖民地形式脫離，另方面卻也顯示著台灣社會遠遠未能從實質面、精神面、文化面，擺脫殖民的困境。典型徵狀如出現在六十年代留

學生文學的創作現象，以及更為晚近的種種哈日風尚、哈韓風潮。而鄉土文學論戰後分道揚鑣的兩股力量，各自重整後陸續在八十年代展開的統獨論戰、台灣意識論戰，亦為其中一端。自此之後逐漸壯大的本土派，與從先前的祖國派轉化而來的統派，則不斷交相激盪，各有極端對立的文化想像、文學實踐。當然，還存在有更多不同背景、不同立場的創作生產。以歷史題材為例，吳濁流《亞細亞的孤兒》、李榮春《祖國與同胞》、鍾肇政《台灣人三部曲》、姚嘉文《台灣七色記》、司馬中原《流星雨》、施叔青《台灣三部曲》，甚至像是陳玉慧《海神家族》、霍斯陸曼·伐伐《玉山魂》、乜寇·索克魯曼《東谷沙飛傳奇》、杜修蘭《沃野之鹿》等等，都各自以極為懸殊的方式、展開台灣歷史的再現。當然，也大多參差對應著某些特定的精神認同。即使以單一歷史事件來看，也有截然不同的作品並陳，如李喬的《埋冤·一九四七·埋冤》，與林燿德的《一九四七高砂百合》，就近乎是來自兩個不同次元的產物。

殖民地社會普遍存在的語言的混雜

性，亦為台灣文學的另一特點。從過往歷史來看，荷蘭文撰著的《熱蘭遮城日誌》、西拉雅語記錄的《新港文書》、英文寫下的《馬偕博士日記》，都曾是台灣文化構成的某些環節，所醞釀而出的產物。文言漢語、中國白話文、日語、閩南語、客語、以及原住民各族母語，通通都存在有相當豐富的對應作品。從而標記著不同時期宰制性政治力量的烙印，與及對此一力量的各種回應、表現。也因此，我們可以看到，台灣文學中不乏各種頗為獨特的跨語言嘗試，最典型的作品當首推王禎和的長篇小說《玫瑰玫瑰我愛你》。在這部八十年代初期正式發表的作品中，王禎和幾乎把台灣社會有史以來、為人所知所用的種種語言，通通都轉化在作品之中。不論是正寫、反寫、還是翻轉多義的運用。作品中鮮明的雜燴性格，即相當程度縮影了台灣社會的語言雜駁。正如同「台灣國語」那般。而語彙中隨處可見的各種音譯日語單詞、日常對話中習慣性穿插的英語字彙，則更為典型地洩漏了台灣社會在語言上的某些殖民性格。

值得一提的另一特色，同樣也是在殖民地文學中常見的風景乃是，來自境外的文化傳統與本地文化傳統之間的碰撞、遭遇。美其名曰效法先進文化、發達國家，從抽象理論一路到服飾器物，幾乎無所不翻、無所不譯，無一不能挪而用之，以求拉近彼此差距。完全像極了殖民地時期普遍存在的朝聖現象，多少緣於未能親自踏上殖民母國而有所遺憾的動機下，轉而尋求各式各樣的上國風采之模擬品、甚或贗品，聊以進行一種文化精神上的自我安慰。與此同時，殖民地社會裡頭便經常可見這種頗具典型的文化現象，大量的拷貝、翻譯來自殖民母國的上國智慧，隨時間累積而致逐漸滲入骨髓、甚至化為精神上不由自主的東施效顰，更往往還附加上沾沾自喜。片面、單面地輸入境外文化，理所當然會導致一種文化關係的傾斜、扭曲、失衡。往往也正因此，百多年歷史的西方現代文學，便化為一種快速閃現的幻燈片般、交錯在台上映。即使這中間多少存在有資本主義現代化的動力，但正如同台灣經濟發展的歷史所顯示的線索，六、七十年代才步入起飛期的台灣，又如何而可能會在那樣的土壤上、孕育出現代主義

的果實？

　　殖民地上的被殖民者，從來就極端地匱乏著自我文化之認同，也因而反覆罹患著一種自我精神尊嚴不足、底氣淺薄的症候。

四、結語

　　台灣文學當然不會僅只殖民地文學一個概念，就足以一言蔽之。但話又說回來，透過殖民地文學的諸多特徵、或者徵狀，其實頗能夠讓我們在最初的時機點上，好好認識到台灣文學與過往歷史歲月、聯繫或糾纏較深的一面。

　　結合一個初步的歷史骨架，與一系列相關的特質風貌所構築而成的整體形象，台灣文學也許有機會以較為鮮明的型態，讓人來接觸、來認識。當然，這只是個開始。在我個人的設想中，一個系列性的介紹，在這樣的引導母題之後，可以陸續串連起台灣文學的其他面向、其他單元。譬如台灣文學的文化追尋、台灣文學的政治旋律、台灣文學的敘事實驗，以及被概括為種種多元文化現象的各種組成部分，其實，都應該成為人們在接近台灣文學的道路上，好好理解、好好認識的對象。

　　然而，這一切其實都存在著一個內在的渴望。那就是有一天，大陸各界、各世代的朋友，都能夠像過往對待第三世界的弱小民族那樣，或者就像大哥維護、護衛小弟那樣，拉拔、照看小老弟台灣的成長。到那時候，擁有自主性文化、完整精神尊嚴的台灣小老弟，又怎會多繞彎路去依附老美、老日？又怎麼不會來親近老大哥呢？

【藍建春，靜宜大學台文系副教授】

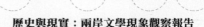

何種現實，如何虛構

對大陸近年小說創作的一種觀察

饒翔

在某種程度上說，曾一度遠離公眾關注焦點的中國文學在近年彷彿成功地殺了個「回馬槍」，屢屢占據「熱門新聞排行榜」——這其中，自然少不了莫言獲得諾貝爾文學獎的轟動效應，少不了「魯迅文學獎」評獎風波，也少不了「腦癱詩人」余秀華掀起的詩歌閱讀熱潮……如果這些還都是以「事件」的方式吸引公眾視線的話，那麼，余華《第七天》、方方《涂自強的個人悲傷》等作品，則是以小說創作本身的影響，成功越出了文學界。它們以其所投射的社會現實成為公眾「話題」，某種程度上，它們也被理解／闡釋為具有症候性的今日中國之「現實一種」。

「問題小說」的「問題」

《涂自強的個人悲傷》延續方方沉鬱頓挫的風格，將貧困農民子弟涂自強的

北京十月文藝出版社

奮鬥自強之路與失敗之路，鋪陳演繹得分外真切動人。相對於多年前《風景》聚焦酷烈的生存「風景」，這部新作的敘事更顯內斂平實，也更具普通性，觸及貧富分化、城鄉差距、階層固化等時代難題。涂自強這樣一個「沒背景、沒外形、沒名牌也沒高學歷」的「普通青年」，僅靠個人努力，在大城市中安身已如此艱難，更何談立命。有不少人將這部2013年的長篇小說與上世紀八〇年代初路遙膾炙人口的名篇《人生》做了對比，分析同樣的主題

在不同社會時期的不同演繹。同樣作為從農村「自我奮鬥」的個人，《人生》的主人公高加林與方方筆下的涂自強一樣，終究只是城市的一個過客，「失敗者」是他們共同的命運。然而，誠如論者所言，「路遙在講述高加林這個人物時，他懷著抑制不住的欣賞和激情。高加林給人的感覺是總有一天會東山再起，捲土重來」。（孟繁華：〈從高加林到涂自強──新時期文學「青春」形象的變遷〉，《光明日報》2013年9月3日。）而渺小的涂自強被浩渺的都市吞沒的命運卻給人一種無力和無望感。小說沒有渲染人世險惡，而是在普遍的人性善中，以一齣「從未鬆懈，卻也從未得到」的個人悲劇，叩問現實法則：涂自強的悲傷到底是個人的，還是時代的、社會的？

大概是由於《涂自強的個人悲傷》所觸及的社會問題的敏感度和尖銳性，它在普通讀者中引發了廣泛的共鳴。不少讀者（包括筆者身邊的專業讀者）表示被這部小說所深深打動以致淚流滿面。然而，同時，在評論者中，它也引發爭議。對《涂自強的個人悲傷》比較有代表性的批評來自青年批評家翟業軍，他在其批評文章中認為，《涂自強的個人悲傷》「像『五四』的『問題小說』一樣浮皮潦草」，文學性上乏善可陳，細節大量失真；他由此斷言：「涂自強的悲傷，您不懂」。（翟業軍：〈與方方談《涂自強的個人悲傷》〉，《文學報》2014年3月27日。）支持方方者則認為，「方方的價值在於，她是中國當代文壇現實主義文學的一點星火，是九十年代以來的文學長夜中的星火，因為有了這個星火，文學稍稍對這個時代有了回應。至於方方的問題，有，有自身無法超越的，也有時代給予一代作家的，但這不是主流，不妨礙她的價值認定。」（付豔霞：〈也說方方〉，http://blog.sina.com.cn/s/blog_560898250101qn5u.html。）雙方爭論的焦點仍然是「現實」，只不過對於「現實」的理解各執一詞，那麼，究竟誰更能代表「現實」呢？

青年作家石一楓的〈地球之眼〉也是近期受到關注的小說，它同樣關乎中國

社會的貧富和階層問題。小說有意將貧寒子弟安小男和「官二代」李牧光此起彼伏的命運勾連交織在一起：數學天才安小男因為執著於「道德」問題，而欲轉投歷史系，尋求拯救社會道德淪喪的方法，卻未能如願。畢業後，躋身社會的他因為堅守「道德」而一度失業潦倒。而李牧光雖然以昏睡虛度過四年大學時光，卻在家人安排下順利出國留學，還發展起一椿跨國事業。為維持生計，安小男受雇於李牧光，在國內通過高科技手段幫他看管美國倉庫，在此過程中，發現了他的不法勾當。通過高超的科技本領，安小男收集李牧光的犯罪證據，使其身敗名裂，而他自己則再度回歸底層生活。

與《涂自強的個人悲傷》的無望感相比，〈地球之眼〉畢竟給出了希望。這不僅在於主人公安小男與「道德感」相匹配的超凡能力，還在於敘事的圓滿。我們發現，它所借用的是一個武俠小說的敘事模式：主人公的父親被奸人所害，他長大後，通過機緣和苦練，獲得武功絕學，最後報仇雪恨，維護了「世間正義」。（在〈地球之眼〉中，作者設計安小男的工程師父親被官商勾結所害，留下孤兒寡母。安小男所習得的「武功」是他卓越的科技本領，並最終成為他鏟奸除惡、報仇雪恨的手段。）如果說，武俠小說所代表是一個社會矛盾激化的時期，矛盾不能夠通過正常手段得以有效解決而產生的文學想像（與之相聯繫，俠客是一種社會公平正義的有力量的化身），那麼，〈地球之眼〉的作者對武俠小說敘事模式的借用，或者也投射了他對於現實矛盾得不到有效解決的焦慮，以及借用文學手段對時代困局的想像性解決。

以上兩部小說可以說都是典型的中篇小說的架構，以一定的體量和篇幅，較為完整地呈現一個人物在一定時段內的典型事件。不是所謂生活橫截面（短篇小說），也並非人物線頭眾多的廣闊的社會生活（長篇小說）。就小說文體而言，中篇小說最適合近距離地表現時代和社會問題，提出思考。魯迅的《阿Q正傳》就堪稱中國現代中篇小說的典範。在上世紀八〇年代，中篇小說也曾迎來它的輝煌時

期，留下了諸多名篇。這與那一時期社會
問題的峻急及思想的熱情有關，也提示出
那一時期文學與現實之間的密切關係。近
年來，中篇小說又呈現出新的熱度（〈涂
自強的個人悲傷〉與〈地球之眼〉均發
表在《十月》雜誌上。創刊於1978年的
《十月》雜誌是一家以刊發中篇小說為重
點的大型文學期刊，在上世紀八〇年代發
行量一度達到五十萬份。近年《十月》上
刊發的多部作品均獲反響，也可在一定程
度上說明中篇小說的「復興」。）這或許
也與中國當前社會現實問題突出有關。然
而，與八〇年代相比，如今的中國社會已
進入了媒體時代，網路事件、新聞熱點令
人應接不暇，近距離地表現時代和社會問
題，這一特長或許早已讓渡於新聞報導和
網路傳播。那麼，中篇小說存在的必要性
和競爭力在哪裡，或許是作家應該直面的
問題。即就《涂自強的個人悲傷》與〈地
球之眼〉這類「問題小說」而言，如果以
「揭出病苦，引起療救的注意」為訴求，
那麼在某種程度上，可以說它們是成功
的，然而，其引起的社會關注仍然難以與

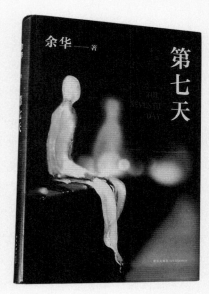

新星出版社

更為直接的社會新聞報導相匹敵。而且，
在兩部作品中，主題先行、對社會承擔的
意識壓倒了一個作家的藝術律令，也在一
定程度上導致了人物形象的失真。

兩種傾向：新聞化與寓言化

余華的長篇小說《第七天》的開篇
呈現了一個在「空虛混沌」的城市裡孑孑
而行的孤魂形象（讓人聯想起涂自強如螻
蟻般淹沒在茫茫都市的孤絕感）。然而，
相比於方方的寫實筆法，余華的《第七
天》則多了幾分誇張變形的荒誕意味。它
的敘事人是一位死者，作為一個買不起墓

地的亡靈，他只能遊蕩到「死無葬身之地」，與另一些同樣沒有墓地的亡靈待在一起。原來每個亡靈生前都有一段悲傷的「人間」往事——有抵抗「強拆」而死於非命的平民，有不堪忍受層層盤剝、死於煤氣爆炸的小飯館老闆，有因揭露醫院死嬰祕密而橫遭車禍的退休婦女，有罹患絕症後不願拖累養子而離家出走的大爺，還有這樣一對年輕的情侶：男孩買不起真的iPhone手機，以冒牌iPhone欺騙女友，女友發現後賭氣跳樓；男孩追悔莫及，賣腎為女友買墓地……這些善良的亡靈在一起相互訴說傾聽，相互溫暖慰藉。在「死無葬身之地」，他們卻感受到了苦難人間所少有的溫情。

《第七天》出版後遭到了不少的批評。評論者對《第七天》的批評多集中在余華虛構上的討巧，大量拼貼社會新聞、網路段子，如「《第七天》裡對近兩三年內社會新聞的大面積移用，已幾乎等同於微博大V順手為之的轉播和改編」。余華筆下「奇觀化」的中國現實，或許迎合了西方人的「偏狹趣味」，滿足了他們對於

一個「魔幻中國」的想像認知。（〈余華：為美國讀者寫中國〉這篇報導似乎也可佐證余華的目標讀者群，見《中國青年報》2014年6月10日。）但作為中國的讀者，我們卻不免疑惑：中國的現實難道就是如此嗎？

在小說中占據重要分量的一對年輕情侶，「鼠妹」和男友的故事最明顯地暴露了《第七天》的症候。這不僅因為這兩人的故事讓中國的讀者能直接對應出廣為流傳於報紙網路的社會新聞，而且，在小說內部，敘事人「我」恰恰是從報紙新聞上得知鄰居「鼠妹」的遭遇，這或許已經暗示了作者本人獲取中國現實的途徑和方法。可以說，社會新聞的直接挪用，導致了《第七天》對中國現實的簡單化認識。而這或許已經明白無誤地告訴我們，作者對於中國現實有多麼隔膜。

在多年前的〈虛偽的作品〉一文中，余華反對以要求新聞記者眼中的真實，來要求作家眼中的真實。因為就事論事的寫作態度只能獲取表面的真實，而窒息了作者應有的才華。余華有一段話是這麼說

的：「我開始意識到生活是不真實的，生活事實上是真假雜亂和魚目混珠。這樣的認識是基於生活對任何一個人都無法客觀。生活只有脫離我們的意志獨立存在時，它的真實性才切實可信……因此，對於個體來說，真實存在的只是他的精神。」（余華：〈虛偽的作品〉，《上海文論》1989年第5期。）作為先鋒文學的重要文獻之一，余華的文章試圖在表面真實／精神真實之間劃出界限，推動了中國文學「真實觀」的變革，也為先鋒文學的荒誕性爭得了合法性。在這樣的認識框架中，荒誕成為作家們向「不真實」的生活索取「真實」的重要的甚至是必要的手段。而更為重要的是，作為現代主義文學的本土實驗，荒誕也是先鋒文學所要致力揭露的世界的「本來面目」，是其所要表達的哲學觀和世界觀。

在我看來，《第七天》裡，余華借用了大量「新聞記者眼中的真實」來作為「作家眼中的真實」，儘管這些社會新聞聽起來足夠荒誕，但它們疊加出來的並非是一個荒誕化的世界，而僅僅是一個奇觀

化的中國——而這或許恰恰因為余華並沒有越過「表面的真實」和「不真實的生活」，而抵達一種精神的真實。

另一部近年引起關注的長篇小說《炸裂志》，被出版方宣傳為其作者閻連科對其提出的「神實主義」創作精神的一次成功實踐。閻連科對於「神實主義」的定義是：在創作中摒棄固有真實生活的表面邏輯關係，去探求一種「不存在」的真實，看不見的真實，被真實掩蓋的真實。閻連科提出「神實主義」是因為，在他看來，中國當代文學的實踐已經溢出了既有

上海文藝出版社

文學觀念的解釋範圍；現實與寫作的關係，現實背後的真實要求，當下中國呈現出來的邏輯，這些都需要新的解釋範式。（閻連科：〈當代文學中的「神實主義」寫作〉，見閻連科、張學昕：《我的現實我的主義》，中國人民大學出版社2011年版。）

《炸裂志》試圖尋找當代中國三十餘年的發展模型，給出一種解釋向度。「炸裂」由村而鎮、市、超級市，不可遏制地發展。經濟發展的軀體下，拖曳著漫長的由荒原與垃圾場所構成的墳地的陰影。炸裂的發展是活脫脫的喪德史，傳統道德序列中最低賤的男盜女娼成了炸裂的發展永動機。它的邏輯是，當下中國無所不在、戰無不勝的拜金主義，「笑貧不笑娼」，「權力是最好的春藥」。其背後隱含的邏輯：物質必然使人瘋狂，在物質的驅動下，個人必然喪失主體性與尊嚴感。

閻連科自稱「現實主義的不孝之子」，這句話或許最為準確地概括其寫作。他可以更名改姓，以「神實主義」來指認自己的寫作，但根本上他的血管裡流淌的是現實主義的血液，他的寫作仍是現實主義的子嗣。以《炸裂志》的創作實踐來看，所謂「神實主義」仍然被籠罩在八〇年代風靡中國大陸的「魔幻現實主義」的陰影底下，尤其表現在那種將歷史和現實寓言化的衝動。然而，在將中國三十年的發展予以寓言化時，正如有論者指出的，「又似乎顯得過於簡單而直白，缺乏蘊藉和更為深遠的內涵，而作者一味的批判也幾乎成為掩飾作品藝術性不足的『護身符』。其中尤其值得注意的是，從其所表述的歷史來看，他實際上對三十年發展的經驗做了一種簡化的處理。換言之，他用小說的方式做的是一種『歷史的減法』的工作，而不是去發現歷史經驗的鮮活與複雜。」（徐剛：〈寓言中國的「實」與「虛」——評閻連科《炸裂志》〉，《揚子江評論》2014年第5期）。

虛構與非虛構

從以上分析可以見出，中國作家在把握當下中國現實時的難度與問題。所謂「文學的危機」，其實是「虛構的危

機」。媒體爆炸的年代，網路微博、微信等自媒體，廣泛傳播資訊，迅速報導事件（如在2011年「7‧23」甬溫線特大鐵路交通事故中，自媒體對事故前線的報導就搶佔了先機）；此外，報紙、新聞週刊的「深度報導」（比如原發在《人物》週刊並在網路上廣為傳播的該週刊記者王天挺撰寫的「調查報告」《北京零點後》，以大量的翔實資料，呈現了一種攝人心魄的、令人透不過氣來的「真實」），以及介於「新聞」與「文學」之間的「非虛構寫作」（如比德‧海斯勒《尋路中國》、《江城》，梁鴻《中國在梁庄》、《出梁庄記》等），都在對小說這種文體構成極大挑戰。

　　「非虛構」並不是一個陌生的詞語。二十世紀五〇至七〇年代的美國出現了大量的非虛構作品。學者約翰‧霍洛韋爾在《非虛構小說的寫作》中將其定義為「一種依靠故事的技巧和小說家的直覺洞察力去記錄當代事件的非虛構文學作品（nonfiction）的形式」。它融合了新聞報導的現實性與細緻觀察和小說的技巧與道德眼光──傾向於紀實的形式，傾向於個人的坦白，傾向於調查和暴露公共問題，並且能夠把現實材料轉化為有意義的結構，著力探索現實的社會問題和道德困境。這其中最著名的就是諾曼‧梅勒的《劊子手之歌》，但他把這部書的副標題定為「一部真實生活的小說」。在其後的小說《夜晚的軍隊》中，他也加了一個副題──「如同小說的歷史和如同歷史的小說」。這些都是對「非虛構」所謂「真實性」的充滿矛盾的詮釋。「真實」，但不限於真實本身，而讓它試圖去呈現真實背後更深更遠的東西。

　　有學者認為，美國二十世紀五、六〇年代社會的劇烈變化是這一文學現象出現的主要原因，藝術家缺少能力去記錄和反映快速變化著的社會。美國的這種現象是與其高速的社會發展有關係的。「這一時期裡的日常生活時間的動人性已經走到小說家想像力的前面了」，「小說家經常碰到的困難是給『社會現實』下定義。每天發生的事情不斷混淆著現實與非現實、奇幻與事實之間的區別」。非虛構小說的

出現是對社會危機的反映與象徵。這很有點兒像當前中國社會的情形。在社會巨大的轉型下，中國社會生活經歷了猶如過山車般的眩暈與速變。光怪陸離的現實常讓人有匪夷所思之感，比虛幻更不真實。在全球化和資訊化時代，「真實」和「真實感」反而成為一種稀缺的存在和感覺。（梁鴻：〈艱難的「重返」〉，見梁鴻《中國在梁庄》，中信出版社2014年版。）

「真實本身是有力量的」。在「現實比小說還精彩」的時代，小說再靠什麼去吸引讀者呢？對此，有人說：「新聞結束的地方，文學開始」。然而，文學又該如何開始，似乎並非不言自明。

就以上這幾部小說所聚焦的現實而言，早已大量見諸報刊網路，從「拼爹時代」、「屌絲」、「盧瑟」（失敗者）、「強拆」、「賣腎」這些網路熱詞的流行便可知一二。余華的《第七天》中的事件我們也耳熟能詳。然而，與新聞傳播表層的、碎片化的敘事所不同，小說需要提供對於時代癥結的完整敘事與深刻思考。一個合格的小說作者，需要在日常新聞所提供的零碎事實中，形成了自己對所處時代的整體性的感知與洞察，進而以虛構的藝術形式，呈現了我們這個時代的「主要的真實」。

在喧囂的傳媒話語場中，資訊爆炸和觀點紛爭，既彰顯著價值觀的多元，也常常讓人憂慮於價值觀的混亂。偉大的小說家總是能讓我們從其作品中發現那個強大的作家主體，他的「誠與真」，他充滿勇氣的現實批判，他毫不含糊的價值判斷。相對於新聞報導所要求的「客觀真實」，文學創作的「主觀真實」既構成差異，有時候也構成優勢。

青年作家喬葉的「非虛構小說」〈拆樓記〉或許最能佐證「主觀」的作用。作品中的「我」既是小說的敘事者，也是事件的參與者。她敘述她參與過的張莊蓋樓和拆樓事件，這其中的態度值得玩味。借用一位論者的話，作者表現出了「卑微者對於卑微的坦承」（李勇：〈卑微者及其對卑微的坦承〉，《文藝報》2011年8月17日），這需要寫作者在普通的道德感之外堅守寫作的倫理。而這種有

「我」的寫作，使得「非虛構」和「小說」這種奇怪的組合得以成立。「我」的存在一定程度上導致了敘述「非虛構」的「虛構性」，同時也使得現實變得分外複雜。正如作品在結束對整個事件的敘述時所說的那樣「——很多事情，我曾經以為我知道。但是，現在，我必須得承認，我並不知道。而我曾經以為的那些知道，其實使得我反而遠離了那種真正的知道。——此時，如果一定要確認一下我的知道，我只能說：我最知道的是，張莊時間按之前的我，和之後的我，已不太一樣。」

在虛構的危機中，如何進行文學虛構？事實上，在馬原的「敘事圈套」風靡中國文壇，及其後的先鋒文學引發敘事革命，至今，中國當代文學可以說已經累積了相當豐厚的美學經驗。關於文學的敘事自覺與「虛構自覺」也早已有深入討論。如在1993年出版的《紀實與虛構》中，王安憶說：「我虛構我的歷史，將此視作我的縱向關係……我還虛構我的社會，將此視作我的橫向關係，這則是一種人生性質的關係。」而方方的〈風景〉至今仍堪稱經典的原因，也是她在這部「新寫實」的小說中，調動了多種敘事手段，包括對先鋒技法的借鑒，以一種令人眼前一亮的新穎手法，展現「棚戶居民」令人震顫的酷烈生存。試問，這些文學虛構財富如何能夠輕易拋棄？若此，虛構還能憑藉什麼與非虛構展開競爭呢？

在如何實現美學轉換上，小說結構性的因素也應予以重視。單一緊抓現實經驗的小說未必能夠充分有效地抵達當下生活背後的精神狀況，結構也許可以藉由更多的交錯、省略、不對稱等映照出更多的可能角度。在此，「七○後」作家徐則臣的《耶路撒冷》提供了一個範例。作者在主要的敘事脈絡的各章之間插入「我們這一代」的專欄文章，雖然拿掉小說中的「專欄」，敘事也是流暢的，但是它的意義就會被縮減了。《耶路撒冷》的問題或許是它的「專欄」與主人公命運之間的張力和互文性還不夠強，作者所懷抱的寫作野心因而尚未充分實現，但它仍然堪稱一部厚重的作品。在這部四十萬言的小說中，文體的交叉互補和語言的變化多端形

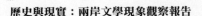

成敘事空間的多重性，嵌套、並置、殘缺、互補，它們在一起構成一張蛛網，隨著人物的歸鄉、出走、逃亡，蛛網上的節點越來越多，它們自我編織和衍生，虛構、記憶、真實交織在一起，挾裏著複雜多義的經驗，最終形成一個包羅萬象但又精確無比的虛構的總體世界。

外部聲音與內部聲音

作家、導演康赫新近出版的長篇小說《人類學》（起初的名字是《入城記》，就是一群人在一座陌生城市北京的故事）提供了如何記錄／虛構城市的堪稱極致樣態的「樣本」。這部以八年的時間寫一部1345頁厚、133萬字之巨的實驗性質的長篇小說幾乎是一件古人幹的事情了（高效高產的網路小說不算），讓人聯想到的是十九世紀的巴爾扎克、托爾斯泰、陀思妥耶夫斯基，或者二十世紀的詹姆斯·喬伊斯、普魯斯特。這在今天絕對是挑戰讀者，甚至評論家閱讀極限的作品。

與作者之前描寫南方生活的長篇小說《斯巴達》不同，《人類學》把目光指

作家出版社

向北方——北京。在九個月裡，一百多人輪番登場，有房東，有大學生，有外交官，有億萬富翁，有文人，有演員，有銀行行長，有藝術家，有跟爸爸賭氣剁了一個手指的從西北來的年輕人等等。在這部宏大而奇譎的小說裡，康赫想記錄下他記憶中的那個九十年代。為此，作者在小說中進行了大量的敘事技巧和形式的實踐，這其中包括被認為向喬伊斯致敬的「意識流」手法的嫻熟運用；也包括多種文體的混雜並陳。

而《人類學》中最重要的探索卻無疑是對於「聲音」的記錄。康赫堪稱這個

時代聲音的採集、記錄與創作者，《人類學》記錄的是北京在九〇年代的各種聲音。這既包括自然的聲音（如棗子落在方瓦上的聲音），也包括工業城市特有的聲音（如垃圾翻滾的聲音等等）。既有後天的人聲（普通話與江浙、陝西、四川、河南等地的方言，小說中有一段一個西北姑娘從西直門到動物園這段路上的一段意識流，西北方言和普通話交織影響），也有先天的人聲（混沌的不帶「意義」的「嗓音」），如小說第一章開篇：「啊。母音中的母音，丹田宗氣推送萬音之母無阻無礙迴旋於蟹殼空腔呃，啊，嗯嗯嗯，被咽喉深處乾澀發癢的小巴屌附近冒出的一小串粗糙的摩擦音意外打斷。」

英國作家維吉尼亞・伍爾夫在〈本涅特先生與布朗太太〉一文中，舉本涅特的小說《茜爾達・萊斯維斯》為例，小說開篇寫到主人公茜爾達站在視窗向四周張望，作者以冗長的筆墨不厭其煩地描寫茜爾達所居住的環境和房屋，就在她的視線尚未從「外部世界」收回時，突然，她聽到了母親的聲音。伍爾夫以譏誚的語氣說道：「但我們聽不到她母親的聲音，或茜爾達的聲音；我們只能聽到本涅特先生的聲音，向我們講述租金啦，自由處置權哪，副本處置權啦，還有貢金。」（伍爾夫：《一間自己的房間》，賈輝豐譯，人民文學出版社2003年版。）伍爾夫批評「物質主義」作者們在不斷將視線投向外部物質時，忽略了人物的內部聲音。

如果說，《第七天》中，余華倚重社會新聞事件去推動小說敘事，這可以看做是一種城市「外部的聲音」，那麼《人類學》中康赫以人物獨白、意識流等手法所記錄的聲音，則是一種「內部的聲音」。與新聞的「外部的聲音」相比，文學的品質正在於「內部的聲音」的記錄與呈現是否元氣豐沛，是否幽微深入。由此觀之，《第七天》的問題恰恰在於，其「外部的聲音」過於強大，輕易地蓋過了「內部的聲音」。而康赫在《人類學》中則以豐富甚至蕪雜的「內部的聲音」力圖呈現中國城市與時代的內在肌理，其探索經驗值得評論家們重視。

【饒翔，《光明日報》文藝部編輯】

「終身成就獎」的喜與憂
由第九屆茅盾文學獎獲獎作品想到

徐剛

上海文藝出版社

一

　　2015年8月16日，萬眾矚目的第九屆茅盾文學獎（以下簡稱「茅獎」）評選工作，以五位當紅作家毫無懸念的獲獎而宣告終結。儘管這次「茅獎」評選被認為是「史上角逐最激烈」的一次，但就結果而言，從525部入圍作品中選出的這五部作品，終究代表了四年以來當代長篇小說最重要的成就，其權威性不容置疑。

　　如格非的《江南三部曲》便堪稱「知識分子寫作的典型代表」，從《人面桃花》到《山河入夢》再到《春盡江南》，三部曲前後相隔七年，它所處理的歷史時空也相當廣闊，而這「史詩般」的作品也

正是從二十世紀中國最為迷人的烏托邦夢想入手，講述糾纏人們整整一個世紀的革命、大同，乃至後革命時代的日常生活，無數的草蛇灰線，貫通歷史和現實的隱秘線索，都在這三部具有真切歷史感的小說中漸次呈現。

　　而王蒙那部「舊作新出」的《這邊風景》則無疑具有「特殊時期」的「特殊的歷史價值」。與其他作品不同，這部上個世紀六〇年代所寫的作品稍加修飾後的出版，卻足以撐得起它獨有的世界，也在一定程度上彌補了「文革」文學的空白。對於多數人來說，這位令人敬重的文壇宿

花城出版社

上海文藝出版社

眷重新發掘的青春情懷，無疑令人感念，而他所依然堅持的文學理想也足以讓人表達敬意。

　　金宇澄的《繁花》雖存在較大問題，但它的「橫空出世」還是收穫了良好的口碑，能夠獲獎也是眾望所歸的結果。就當代文學而言，《繁花》確實提供了令人意外的閱讀體驗，也意味著一種全新的當代小說質感。它顯然接續的是近百年以來的海派文學傳統，從《海上花列傳》到張愛玲，有關上海生活的敘述，它的語言、風物，城市日常的活力，都被慢條斯理、事無鉅細地展示了出來，因而也堪稱當代文學本土化寫作的典範。

　　同樣，蘇童的《黃雀記》也顯示了獨一無二的「南方的情調、氣味、氣氛」，小說在一種樸素淨美的寫作中精雕細琢，將一個簡單的少年強姦案，三段「被侮辱與被損害」的人生，織成細密的大網。小說以普通人的生活故事，精微地描摹了個體精神所遭受的凌辱和摧殘，進而展示生活平常中蘊含的兇險，以及時代靜謐處潛藏的悲劇性。

　　李佩甫的《生命冊》更不用說，這部「儲備五十年」築就的「心靈史」，被認為「揭示了城市和鄉村的時代變遷及其帶給人們的心理裂變」。小說之中，來自鄉村的主人公帶著他的悲壯闖蕩城市，由此引出城鄉文化的遭逢與衝突，以及個體在此面臨的無奈命運。小說帶著強烈的痛

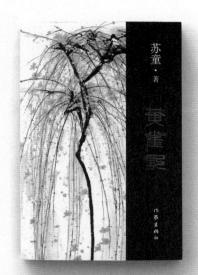

作家出版社

作家出版社

感，咀嚼浪漫主義文學由來已久的城鄉命題，在此，城市化的趨勢不可阻擋，而城市的墮落也無盡綿延。

五部作品的藝術成就自不贅言，然而同樣引人注目的還有五位作家的平均年齡，掐指算來，已然超過了六十一歲，其中最年長的王蒙早已年過八十。作為創作積累都已超過三十年的當代作家，他們都可謂功成名就，這些自然令初出茅廬的年輕人遠不能及，獲此殊榮也算實至名歸。然而，這個以單個作品為中心的獎項，卻悄然轉變為憑藉積累的名聲來充分考量，這實在是讓人大感意外。一時間人們也恍然大悟，原來當我們評選茅盾文學獎時，評的是「終身成就獎」，此言果然不虛。

儘管就長篇小說的創作而言，它對作家的經驗能力、思考和思想能力都有著極高的要求，因而更加青睞「文壇老人」其實也無可厚非。但總體上「老人們」的持續獲獎，還是讓人心生不快，這也不得不讓人思索「茅獎」「終身成就」背後的諸多奧秘。

二

在對「茅獎」評選進行善意的指責之前，我們有必要對其過往進行簡要的回顧和梳理。眾所周知，作為一種歷史悠久的國家級文學獎項，茅盾文學獎的起源可以追溯到1981年，根據當時茅盾先生遺願，以其捐獻的二十五萬元人民幣稿費作為基金，設立了中國內地這個首次以個人

名字命名的文學獎。作為繁榮與促進社會主義文藝的當然之舉，此獎的設立旨在推出和褒獎當代的長篇小說作家和作品，鼓勵優秀長篇小說創作，因此從一開始就是與具體作品緊密相連的。首屆評選在1982年確定，評選範圍限於1977年至1981年的長篇小說。當時決定由巴金擔任評委會主任，規定這一獎項每三年評選一次。此後改為四年一次，凡在評選年度內公開發表與出版，能體現長篇小說完整藝術構思和創作要求，字數十三萬以上的作品，均可參加評選。「茅獎」無疑是中國內地長篇小說的最高獎項。而且自2011年起，由於香港富商李嘉誠的贊助，「茅獎」獎金從每部作品五萬一舉提升到五十萬人民幣，從而也順理成章地成為中國獎金最高的文學獎項。

由於國家級獎項的重要背景，茅盾文學獎評獎工作必然以馬列主義、毛澤東思想為指導，遵循文藝的「二為方向」（「文藝為人民服務、為社會主義服務」），貫徹「雙百方針」（「百花齊放、百家爭鳴」），弘揚主旋律，提倡多樣化，鼓勵深入生活、扎根人民，堅持導向性、權威性、公正性，褒獎體現中國當代長篇小說創作思想高度和藝術水準的優秀作品。事實上，無論是第一屆評獎所要

求的「反映時代、創造典型、引人深思、感人肺腑」，還是新近《茅盾文學獎評獎條例（修訂稿）》所要求的「弘揚主旋律」，以及貫穿每屆評獎實踐的思想標準，都對茅盾文學獎的價值取向有著內在的規約與要求，其核心就在於不遺餘力地宣導正面價值。

基於這樣一些過於主流化的原則，「茅獎」大多數獲獎作品也都是以現實主義風格與史詩品格，以及民族性追求為主。比如路遙的名作《平凡的世界》就是一例。這是一部承繼革命現實主義精神但又有很大更新的典型文本，路遙從他的文學「教父」柳青那裡汲取養分，在寫法上又更接近批判現實主義的托爾斯泰、巴爾扎克、狄更斯模式。而正是這樣一部陝北農村及城鄉「交叉地帶」的編年史，雖在當時普通讀者心中產生了強烈共鳴，但由於在一片甚囂塵上的現代主義文學大潮中依然堅守過於古典的現實主義情懷，而被主流文學界漠視多年。直到因其獲得茅盾文學獎而風靡全國，甚至成為經久不衰的文學暢銷書（亦為「常銷書」）時，主流文學界對它的態度才有所改觀。

當然，「茅獎」的評選也會存在一些以藝術之名的博弈和協商，這便使得整個獎項能夠適當容納異質性的元素。比如

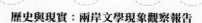

陳忠實的經典作品《白鹿原》雖整體的現實主義風格與「茅獎」的大方向比較一致，但其具體文本中儒家文化的體現者朱先生對政治鬥爭的「翻鏊子」的說辭，以及瀰漫文本中露骨的性描寫，也是對主流文化的冒犯。基於此，當時就由評委會副主任陳昌本在評獎現場親自打電話徵求陳忠實的意見，在得到陳忠實表示願意接受個別詞句修改的答覆後，評委會才決定授予其茅盾文學獎。這也就是當時發布和頒獎時，始終在《白鹿原》書名之後追加「修訂本」字樣的重要原因。

當然，由於現實主義的開放性，以及在長篇小說創作中充滿著的變異性，因而也始終處於變動不居的狀態之中，這便給評獎帶來困難。評委們在審美選擇上大多趨向保守和穩重，難以及時接受現實主義在長篇小說創作中所彰顯的新質，因而將一些「對於深化和發展現實主義有所貢獻的優秀作品」排斥在茅盾文學獎之外也不足為奇。比如韓少功的《馬橋詞典》便有點遺珠之恨的意思。當然，即便存在著這樣令人抱憾的情況，但總體來說，所選的作品還是基本反映了當代中國長篇小說的創作水準。而事實上，茅盾文學獎也將不少優秀的當代作品帶上了經典化的道路，如《白鹿原》、《塵埃落定》、《秦腔》、《蛙》、《長恨歌》、《無字》等等，公眾也切實通過「茅獎」的評選，得以領略當代長篇小說的藝術成就。

三

內地自1949年以來國家級的評獎制度並不多，粗略算來，大概只有電影的「百花獎」、「全國少年兒童文藝創作獎」等少數幾個獎項。1978年以後，「全國優秀短篇小說獎」、「全國優秀中篇小說、報告文學、新詩評選」等獎項陸續設立。然後才有「茅盾文學獎」、「魯迅文學獎」、「老舍文學獎」以及民間設立的各種獎項。在此，既然是評獎，就難免存在爭議，而事實也是，沒有任何一種文學獎項沒有異議，它永遠不會令每個人都滿意。

可問題在於，由於茅盾文學獎不僅關係到作家們畢生的榮耀，更是涉及到巨大的實際利益，尤其就後者而言，不僅體現為巨額的獎金（個別省市往往還有額外的獎勵）和大量的版稅（獲獎作品往往會成為大眾知名品牌，或被列為高校必讀書，不僅短期內銷量激增，從長期來看，也會躋身「常銷書」行列，為作者帶來持久的經濟利益），更重要的是，地方作協的權力分配也多以是否獲得過「茅獎」為

據，因此綜合種種原因，每次「茅獎」的評選競爭都極為激烈，甚至有少數不擇手段的作家為此鋌而走險。早年幾部「意外」獲獎卻聲名寥寥的作品，就曾被江湖傳言為「賄選」和「暗箱操作」的產物。

基於這樣的原因，每次「茅獎」評選，都會極為自然地激起公眾對於「潛規則」、「暗箱操作」的猜測和揣度。總有一些質疑的聲音圍繞「茅獎」展開，而媒體亦會敏感地捕捉其間的負面消息，偶有蛛絲馬跡便會經過網路快速傳播，成為公眾事件。但坦率地說，這次第九屆茅盾文學獎的評選卻是一次沒有爭議的評選，因而也並沒有什麼關於評獎的負面消息傳出，從任何角度來看，這次的評獎都顯得極為圓滿。但仔細分析，我們也可看到，問題也恰恰在於這種「圓滿」本身。換言之，就其評選而言，各方的滿意在某種程度上恰恰證明了這次「折中選擇」的審慎與平庸。這似乎是各方力量妥協的結果，這種選擇既是文學自身的勝利，也必然包含它的遺憾。

從這次評選的結果來看，很大程度上是來源於「茅獎」評選機制的變化。「茅獎」評選之所以不斷改革，也是為了應對可能的爭議，以及由此帶來的不良社會影響。這也難怪，其實不光是茅盾文學獎，一切官方的評獎都逃脫不了媒體聚光燈的審視，這固然顯示了媒體監督的社會進步意義；但另一方面，這種商業式的關注卻是一種質疑式的「挑剔」和「挑釁」，它以尋找新聞的方式製造社會效應，這給評獎本身的「偶然性」與「多層次性」帶來巨大壓力。這一點，在最近幾屆的魯迅文學獎中產生了諸多教訓。在這個背景下，基於制度的改革，對「茅獎」評選方式予以調整便顯得至關重要了。

也就是從2011年第八屆茅盾文學獎評選開始，作協引入了大評委制和實名投票制。儘管有人特意指出，評選的「大評委制」和實名投票，不僅對參評的評委是一個挑戰，同時公開發表的多輪投票的「不確定性」構成的「懸念」，這也使評獎多少帶有「娛樂」性質，但事實上，這一制度的有效規約還是令人信服的。面對六十二人的龐大評委陣容，顯然沒人有能力左右最終的結果，而內定、賄選等不良操作更是變得越來越困難，這也從根本上杜絕了過往評獎中偶然出現的「爆冷」狀況，這當然有利於評選的公正。再加之幾乎所有的評委都來自文學一線，極大地降低了宣揚官方意識形態的政府工作人員的所占比重，這都無疑使得評獎有機會達成「回歸文學本身」的夙願。

四

然而問題在於，純文學內部的表演其實也絕難令人滿意。一方面，現在我國一年大約出版兩千部長篇小說，四年評一次的茅盾文學獎在評獎時就等於要面對八千部作品，這給評獎帶來極大的困難。另一方面，美學上的廣泛分歧，又使得評價一部作品變得日益困難，尤其是在「大評委制」人多勢眾的情況下。而當絕對的「唯作品論」變得舉步維艱時，所有的共識也只能依據作者的名頭勉強展開，這也就是業內逐漸形成的所謂評選「潛規則」。甚至評委們也都理直氣壯地承認，「一種均衡原則在起作用」，「在評選作品時，也同時參照作家的創作經歷與創作積累」，「在看作品的同時，也看作家的貢獻」，即更為「看重作家的持久創作力、作家長期以來累積的文學口碑」，因而，「有多年創作經驗並保持高水準的作家更容易贏得評委青睞」，也是「順理成章，理所應當」的規則。

由此可見，在「純文學」這個狹小的天地裡，作者的名望成了裁決作品好壞的重要依據，也成為評獎環節中一種簡單的取捨方式。於是，評獎自然而然地淪為圈子範圍內論資排輩的遊戲也就不足為

奇了，這無論如何都是一件令人不安的事情。比如這次獲獎的王蒙，這是1950年代便登上文壇的「資深作者」，但單就長篇小說的品質而言，他最好的作品被一致認為是出版於1986年的《活動變人形》，這也是那個時代的優秀之作，但當時卻因種種原因遺憾地與「茅獎」擦身而過。而這次《這邊風景》的獲獎既是對當年「遺珠之憾」的補償，也是對王蒙本人多年來堅持創作的肯定。同樣的情況也出現在李佩甫的身上，《生命冊》的獲獎固然是對這部作品的肯定，但也不能忽視當年《羊的門》的落選為他此次獲獎所埋下的伏筆。這種補償式的選擇，早已成為「茅獎」評選公開的祕密。就拿上屆獲獎的湖北作家劉醒龍來說，他最為看重的作品當然是史詩巨著《聖天門口》，而非脫胎於舊作《鳳凰琴》的那部《天行者》，但事實上獲獎的卻是後者。這毋寧說是評委們基於《聖天門口》最後一輪抱憾落選的愧疚之情，而做出的平衡和心理補償。甚至是諾貝爾文學獎獲得者莫言，也有著同樣的經歷，客觀地說，他的《蛙》很難說就超越了之前的《檀香刑》和《豐乳肥臀》。

這種「傑作」的落選，與事後的「補償」，久而久之也成為了一種評選「常態」，使得原本獎勵作品的重要獎項，逐

漸蛻變成為如今這「疑似」的「終身成就獎」。這樣的評獎也終將滋生出它的惰性來，看還有誰沒有得獎，看他這次有沒有新的作品問世，姑且不論新作的水準究竟如何。而沒有得獎的作家，只要堅持創作，便很有可能在不久的將來有所斬獲。「茅獎」就這樣鬼使神差地從「作品獎」變成了「作家獎」。看樣子，這是要傾力打造對於我們時代的「偉大作家」和「不朽作品」的情感追認。比如許多評論者都已注意到格非、蘇童同時獲獎的文學史意義，在他們看來，這是當年叱吒風雲的先鋒派作家經典化的重要標誌，也是對於一代人影響至深的寫作者修成正果的重要標誌。而有趣的是，「茅獎」評選也非常及時地滿足了人們這種微妙的情感體認。

在此值得一提的，還有「茅獎」評審規則中那句「同一作者不宜連屆獲獎」的明文規定。這看起來似乎為作家的跨屆得獎保留可能，但實際上，對於評委們而言，即便不連屆，累計兩次獲獎也是一件極為困難的事情。在競爭如此激烈的評獎爭奪中，大家基於一種心照不宣的分享原則，顯然是更樂於褒獎那些從未獲此殊榮的作家。所以迄今為止，只有張潔分別憑藉《沉重的翅膀》和《無字》兩次獲獎。再加之如今「終身成就」的公然引入，如此奢侈地將來之不易的獲獎名額分配給已獲過獎的作者，這在以後的日子裡是絕難發生的故事。

總而言之，以對評審「黑幕猜測」的忌憚為由所做出的制度創新，固然極大提升了「茅獎」評選的嚴肅性和公信力，但這樣的方式終究顯得沉穩有餘而活力不足，它過於追求「實至名歸」的僵化和保守，使得獲獎本身逐漸蛻變為對於「經典化」的文壇「名宿」的「還債」。在此，「茅獎」的規矩已然建立，它消除了草創之初的簡單和粗礪，卻轉而以中規中矩的「排隊」，死氣沉沉的「分豬肉」，走向異化和無趣的歧途。當獲獎變成一種寫作成就的簡單積累和追認時，年輕作家的光彩勢必會被無情漠視，而提攜後進更是一紙空文。

儘管任何評獎都不可能是完美的，而追求完美只能是一種強迫症的表現。但從「茅獎」「終身成就」的背後，我們看到，這個有著一定歷史的權威獎項，在對它所謂評選正義的追求中，逐漸成長為一個拒絕任何「意外」的評獎。這也同時拒絕了它未來任何的「可能性」，它會讓自己因過於「規矩」而流於平庸，甚至引人厭煩。

【徐剛，中國社會科學院文學研究所助理研究員】

橋 QIAO 書訊

橋2014年冬季號（創刊號）

徐秀慧等編｜人間出版社｜2014年12月出版

在物質娛樂掛帥的年代，辦一份文學評論刊物似乎是件不智的事。之所以不惜氣力搭橋，無非是為了摸索新的契機，希望重新激發文學與我們當前生活之間的活力。

兩岸當代文學評論刊物《橋》由五位學者發起，首期介紹備受曯目大陸七〇後作家張楚，並且嘗試由兩岸評論者相互評論對方作品，包括台灣的伊格言、吳明益、郝譽翔、駱以軍等，大陸的徐則臣、阿乙、付秀瑩、田耳等七〇後作家均在評論之列。

期望，這一次新的嘗試，是通往深層理解的開始。

橋2015年夏季號（第二期）

徐秀慧等編｜人間出版社｜2015年6月出版

第二期的《橋》安排台灣新銳作家「野路上的少年郎——張萬康」專題，透過作家自述、作品選刊及評論，來凸顯作家創作的精神與特質。同時，本期推出「對話空間：我們一起讀書！」特輯，由兩岸評論者共同評論十本近幾年出版的兩岸文學作品，既展現兩岸文學作品在作家關懷和寫作風格上的差異，也呈現兩岸評論者閱讀視點與評論方式的異同。

當代大陸新銳作家系列

01 在雲落

張楚著｜人間出版社｜2014年12月出版

2014年魯迅文學獎得主張楚第一本台灣版小説集

河北作家張楚的《在雲落》以現代主義筆緻，書寫北方小縣城裡面貌模糊、生存堪慮的人們面對生活中種種困阨與苦難時的現實選擇與精神狀態。無論是〈曲別針〉裡既是殘暴凶手也是慈愛父親的宗國，或是〈七根孔雀羽毛〉裡吃軟飯的宗建明，甚者是〈細嗓門〉裡因不堪長期家暴殺了丈夫後，被捕前到了閨蜜所在的城市，想幫閨蜜挽救婚姻的女屠夫林紅；張楚既逼近他們的生命創傷又滿含悲憫，寫出他們絕望的黑暗與卑微的精神追求，介乎黑暗與明亮間蒼茫的生存景觀。

02 愛情到處流傳

付秀瑩著｜人間出版社｜2014年12月出版

被譽為具有沈從文之風的七〇後女作家

在《愛情到處流傳》中，北京作家付秀瑩以沉靜的目光靜看「芳村」，遙念「舊院」，不管是「芳村」系列中農村大家庭裡夫妻、母女、贅婿們之間的愛情與競爭，或者是〈小米開花〉裡，小米的性啟蒙與看待身體的方式，無一不精準的抓到鄉村人們特有的、微妙的人際關係、獨特的處世方式與世界觀。另一部分作品則是書寫都市人們精神與情感的隱密曖昧：〈出走〉裡男性小職員亟欲逃離瑣碎平庸日常生活的衝動；〈醉太平〉中學術圈裡浮沉男女的利益交換、欲望追逐；〈那雪〉則寫出了都市女性的情感缺憾。付秀瑩以傳統溫柔敦厚的溫暖剔透筆法，書寫了這人世間的岑寂荒涼。

03 一個人張燈結彩

田耳著｜人間出版社｜2014年12月出版

當魯蛇（loser）同在一起！

《一個人張燈結彩》具有鮮明的通俗色彩，來自湘西鳳凰的田耳筆下的人物都是現實世界中的失敗者、邊緣人、被損害者，他們在陰鬱、沒有出口的情境中，群聚在一起，以欲望反抗現實困厄的生存法則，以動物感官吹響魯蛇之歌。他們欲以魯蛇之姿，奮力開出一朵花。

04 愛情詩

金仁順著｜人間出版社｜2014年12月出版

與衛慧、棉棉、陳染齊名的七〇後女作家

2002年的〈水邊的阿狄麗雅〉造就了2003年張元、姜文和趙薇的電影《綠茶》。

2009年的〈春香〉又開啟了朝鮮民間傳說的故事新編。

不管是朝鮮族的金仁順、女作家的金仁順，或是編劇的金仁順，她總面對著愛情，描繪著孔雀開屏時的美好與幸福，以及華麗開屏的背後的殘酷與幽微。

05 在樓群中歌唱

東紫著｜人間出版社｜2014年12月出版

山東作家東紫擅長日常生活化敘事，在《在樓群中歌唱》一書中，她敏銳細膩地觀察人情百態，寫出各階層人物在近乎無事日常生活中的情慾空虛與心靈創傷。〈白貓〉藉由一隻白貓介入初老失婚男性與闊別十年的十八歲兒子重聚的生活，帶出父親對兒子期待又戒慎恐懼的情感、初老失婚男性枯寂冷漠的生活與對生命的回顧與甦醒。〈在樓群中歌唱〉中，透過喜歡唱著「我在馬路邊撿到一分錢，把它交到警察叔叔手裡邊」的清潔工李守志無意間撿到十萬元所引發的波瀾，寫出消失中的德性與安於本分的快樂。東紫的作品看似庸常，卻宛若「顯微鏡」般總能於瑣碎中見深刻。

06 狐狸序曲

甫躍輝著｜人間出版社｜2014年12月出版

今年剛滿三十歲的甫躍輝來自中國南方邊陲保山，大學考上了上海復旦大學，從此開始了一個鄉村青年的都市震撼教育，也開啟了他的創作之路。身為作家王安憶的學生，也為現在大陸最受注目的八〇後青年作家之一，他的小說主人公多數和他自身一樣，是外地移居上海的異鄉人，他們孤寂，他們飄零，他們邊緣，他們是大城市中的一點浮塵微粒，他們存在，但並不擁有這個世界。然而，這群浮塵微粒也有過去，因此，他也書寫老家保山，這個孕育他想像力的故鄉。在這些鄉村書寫中，可以察覺出他對幼年時代農村生活的懷念。然而，懷念亦表示這群浮塵微粒再也回不去了，他們注定在這個世界中繼續飄零。

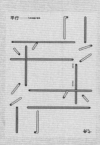

07 平行

弋舟著｜人間出版社｜2015年11月出版

蘭州作家弋舟寫作題材多元，他描寫愛情、親情、友情，他勇於直面社會的不公、時代的不義、人身肉體的老朽、愛情的逝去、親情的消融、友情的善變。弋舟用他充滿愛情的眼光，深情的注視著這些生活中的起承轉合、陰晴圓缺，然後執筆，將這一切化作一句句重情又深刻的文字。

08 走甜

黃咏梅著｜人間出版社｜2015年12月出版

杭州七〇後女作家黃咏梅擅長從日常出發，透過一點一滴、細水長流般的生活細節，描繪出單身大齡女性的複雜心理和細緻的情感流動。她筆下的女人們，多數生活在狹小的南方騎樓。她們煲湯，她們喝粥；她們有情有義，有哀有怨；她們不死去活來，不驚天動地；她們放下浪漫，立地成佛；她們在平凡的日常中，過得有苦有甜，有滋有味。

09 北京一夜

王威廉著｜人間出版社｜2015年12月出版

定居廣州的八〇後作家王威廉喜從哲學思辨出發，透過他筆下的一個一個人物、一篇一篇故事，討論人的存在意義，並對虛無和絕望進行巨大的反抗。如此，王威廉的作品成為在思想與藝術張力之中，又隱含著深奧迷思的詭祕綜合。

10 春夕

馬小淘著｜人間出版社｜2015年12月出版

北京女作家馬小淘小說中的角色幾乎都是伶牙俐齒的新世代少女，她們多數從事廣播工作，透過作者幽默犀利的對話和明快聰慧的筆調，表現出這批新世代年輕人的機靈、俏皮與刁鑽，字裡行間充盈著八〇後的生猛活力。然而，她們並非不解世事。在一些世故卻又淡然的細節和收束中，我們又可以看出這些新世代少女直面低工資、無情愛、蟻族困境等日常生活壓力時的韌性和勁道。

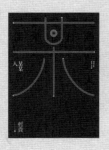

11 不速之客

孫頻著｜人間出版社｜2015年12月出版

太原八〇後女作家孫頻迥異於一般女作家溫柔婉約的陰柔寫作特質，以極具力道和痛覺的陽剛式寫作方式，創作出一篇篇討論底層人們生存與死亡、尊嚴與卑微、幸福與苦難的作品。透過這些懷有強烈敘述美學和文字魅力的作品，孫頻展現出在人間煉獄中，人們用殘破的肉身於黑暗與光明中穿梭、抗爭的力度、堅韌與尊嚴。

12 某某人

哲貴著｜人間出版社｜2015年12月出版

溫州作家哲貴運用他曾經擔任過經濟記者的經驗，創造出「住酒店的人」、「責任人」、「空心人」、「賣酒人」、「討債人」這五種類型的人物，並透過這些人物描繪出中國改革開放之後的巨大社會困境，以及由此帶來的人心的徬徨與荒涼。這群人在被他命名為「信河街」的經濟特區中，在各大高檔會所、高爾夫球場、高級餐廳中進行巨大的資金、商業交易和利益交換，然而經濟危機讓他們無法從中脫身，他們躁動不安、騷動無助，他們漸漸的迷失於商業數字中。最後，在大環境一步一步的侵逼之下，人心只能深陷於迷惘、浮動、空心和荒蕪中，無法自拔。

橋 QIAO 2015 冬季號 第 3 期

光明中尋找黑暗——哲貴

國家圖書館出版品預行編目（CIP）資料

橋. 冬季號. 2015：光明中尋找黑暗:
哲貴 / 徐秀慧等編輯. -- 初版. -- 臺
北市：人間，2015.12
184 面；17 X 23 公分
ISBN 978-986-92485-8-7（平裝）

1.中國小說 2.現代小說 3.文學評論

820.9708   104028969

編輯群	徐秀慧　彭明偉　黃文倩　黃琪椿　蘇敏逸
責任編輯	蘇敏逸
文字編輯	黃淑芬　林淑瑩　蘇敏逸
封面設計	黃瑪琍
美術編輯	仲雅筠
發行人	呂正惠
社長	林怡君
出版	人間出版社
地址	台北市長泰街59巷7號
電話	(02)2337-0566
傳真	(02)2337-7447
郵政劃撥	11746473 人間出版社
電郵	renjianpublic@gmail.com
定價	160元
初版一刷	2015年12月
ISBN	978-986-92485-8-7
印刷	崎威彩藝有限公司
總經銷	正港資訊文化事業有限公司
地址	台北市大安區溫州街64號B1
電話	(02)2366-1376